U0516731

古典文學研究資料彙編

張耒資料彙編

周義敢
周雷 編

中華書局

圖書在版編目(CIP)數據

張耒資料彙編/周義敢,周雷編. －北京:中華書局,
2007.9
(古典文學研究資料彙編)
ISBN 978－7－101－03833－0

Ⅰ.張… Ⅱ.①周…②周… Ⅲ.張耒(1054～1114)
－研究資料 Ⅳ.I206.2

中國版本圖書館 CIP 數據核字(2003)第 008199 號

責任編輯:宋鳳娣

古典文學研究資料彙編
張耒資料彙編
周義敢 周 雷 編
*
中 華 書 局 出 版 發 行
(北京市豐臺區太平橋西里 38 號 100073)
http://www.zhbc.com.cn
E－mail:zhbc@zhbc.com.cn
北京瑞古冠中印刷廠印刷
*
850×1168 毫米 1/32・9⅝印張・2 插頁・191 千字
2007 年 9 月第 1 版 2007 年 9 月北京第 1 次印刷
印數:1－3000 册 定價:28.00 元

ISBN 978－7－101－03833－0/I・484

目録

二　金元

三 明代

四　清代

序言

張耒(一〇五四——一一一四),字文潛,自號柯山,祖籍亳州譙縣(今安徽亳縣),生長於楚州淮陰(今江蘇清江市)。他是北宋著名作家,以詩文聞名於世。他的詩歌關心民生疾苦,抒發了以民爲本的信念。藝術風格樸素自然,不事雕琢。他的散文針砭時弊,包容古今,筆力雄健,有一唱三嘆之聲。蘇軾、黄庭堅、楊萬里等均給予很高評價。爲了瞭解歷代學者研究張耒的情況,多年來筆者廣泛收録有關他的資料,今整理成集,願爲廣大讀者和研究工作者提供方便。

關於張耒的先世,至今我們仍然知之甚少。他在筆記《明道雜志》中曾自叙:「先君舊説,嘗隨侍祖父官閩。」「先人嘗仕三司檢法官,以親老求知吴江縣。」在詩文中也説起:「某爲兒童,從先人於山陽學宫。」「昔我先人,剛介峭峙,行於天下,得友無幾。」這些自叙説明,他的祖輩雖有仕者,但官職不大。他在少年時曾隨父親到過華州和巴蜀一帶,以後纔在山陰(淮陰)定居。現有資料可考的是他的外祖家。外祖父李宗易,字簡夫,陳州(今宛丘)人。宋真宗天禧三年(一〇一九)進士,歷官尚書屯田員外郎,知光化軍,仕至太常少卿。他與名臣晏殊、范仲淹交誼深厚。晏殊知亳州時,他是譙縣知縣,常宴飲酬唱。范仲淹文集中答謝李宗易的詩達十首之多,詩中有云:「秋風海上憶神交,江外書來慰寂寥。松柏舊心當化石,塤篪新韻似聞韶。」稱他是推心置腹的道義之交,關係非同尋常;將他的詩比作典雅美好的韶樂，決非一般人所能企及。范仲淹還寫了《舉李宗易堪任清要狀》，稱其「素負詞雅，居常清慎」。李宗易晚年退居故鄉，與蘇轍交游。蘇轍時爲陳州教授，曾爲其詩集寫序，稱其作詩爲人，以白樂天爲師，「詩曠然閑放，脱略繩墨」。由於外祖家的原因，張耒十七八歲時在陳州得從蘇轍學習，并因此而能成爲蘇軾的門下士。以後他爲政清廉謹慎，寫詩學白居易，首先是受到外祖父的影响。他與表兄李文饒、表弟李德載情同手足，官場失意時數次往依外祖家，晚年居陳州以歿。

關於張耒的生平，陳振孫《直齋書録解題》記有《張耒年譜》一卷。以宋人譜宋人，見聞較真，可惜久佚不傳。現在我們要瞭解其經歷，祇能取証於他的詩文以及同時代人的文集和史料。宋神宗熙寧六年（一〇七三），他二十歲時策名進士，次年授臨淮主簿。臨淮地處汴泗交通要道，爲政特别辛苦。熙寧八年，蘇軾在密州修超然臺，約他寫了《超然臺賦》，這是他們詩文交往的開始。與此相前後，他與秦觀、晁補之等人也詩文唱和，結爲知己。熙寧九年，父死居喪。其家素貧，喪父後更爲困苦。他當時在淮陰守喪，與當地以孝聞名的徐積（字仲車）結鄰爲忘年交；也常與禪師智軫交游，談詩論禪。其間也奔走陳州、蘇州一帶，就食以繼活。

丁憂之後，張耒任洛陽壽安縣尉。其任職的起訖日期，在《書曾子固集後》一文中記載甚詳：「元豐二年夏，曾公自四明守亳道楚，余時自楚將赴河南壽安尉，始獲以書拜公于行次。……六年，余罷壽安尉居洛，而聞公卒。」（文集卷四十七）由此可知他赴壽安任在元豐二年秋，任滿則在元豐五年。當時社會矛盾十分尖鋭，作爲縣尉，他常下鄉捕盜，也曾爲伊陽巡檢任青立傳，贊賞其捕盜方略。當時他寫了不少同情人民的詩，如《和晁應之憫農》，寫農民力田竟歲，猶寒餓而卒。又如《八盜》，寫官逼民反，八盜劫富濟貧，市人聽令喜且舞。其間還幾次拜見退居於洛陽的司馬光，請教如何讀書作文。據闕名《愛日齋叢鈔》卷二所記，司馬光勉勵他讀書應專心致志，從卷首讀至卷末，不能從中或從末隨意讀起。司馬光還有《答福昌張尉耒書》，書中稱贊其文如柳子厚，「依事以叙懷，假物以寓興，高颺横鶩，不可羈束。」（《温國文正司馬公集》卷六十二）壽安任滿後，他在洛陽、陳州閑居，元豐七年任咸平縣丞。在咸平時有兩件事應該提起：一是致書黄庭堅，表示願意結交之心意。一是得蘇軾答書，書中先稱其文似蘇轍，「汪洋澹泊，有一唱三嘆之聲」；復又感慨文學衰落，「惟荒瘠斥鹵之地，彌望皆黄茅白葦」，故寄希望於門下士。蘇軾此書作於元豐八年末，結尾提到「聞君作太學博士」，可知張耒即將去太學任職。

元祐元年四月，詔執政大臣各舉可充館閣之選。經范純仁推薦，張耒于是年冬試學士院，遷祕書省正字。黄庭堅、晁補之亦同時應試，並擢館職，黄庭堅遷集賢校理、著作佐郎，晁補之遷祕書省正字。自此，他們開始了「圖書堆枕旁，編簡自相依」的清閑生活。以後秦觀也來到祕書省。在公務之暇，他們經常與文學前輩蘇軾、錢勰、李常等人相聚，同游名勝，詩文酬唱。這是他們難以忘懷的歡樂年代，也是北宋文壇的盛事。張耒的館閣生活前後長達八年，其官階升遷情況，李燾《續資治通鑑長編》有記載。元祐五年六月除著作佐郎，十二月加集賢校理（卷四百五十九）。元祐六年六月遷祕書丞，十一月爲國史院檢討官，除著作郎，參與編修《神宗皇帝正史》（卷四百六十八）。元祐八年冬，張耒自著作郎除起居舍人。其時哲宗親政，政局起了變化，張耒不斷遭到彈劾。據寶祐刻本《皇宋通鑑長編紀事本末》卷一百零一所記，是年十一月，監察御史來之邵、侍御史楊畏接連上章，誣其「性質狷薄，士望素輕」，「附離權貴，以謀進取」。次年七月，右正言張商英詆其「交接内臣陳衍，奸狀中外共知」。衆章交奏，張耒不安於朝，祇得請求外任。

紹聖元年四月，張耒以直龍圖閣知潤州，其《潤州謝執政啟》言，「閏四月二十九日到任」。當時蘇軾貶謫英州，道過潤州，師弟子得以會晤，張耒遣兵卒護蘇軾南行。「竭來京口見花落，歸去西風未吹柳」，張耒在其《贈吴孟求承議》詩中，説自己在潤州僅數月，就奉調回京。行至中途，又改命知宣州。當時他寫的《自淮陰被命守宣城》詩、《宣州謝兩府啟》，均言明守宣城在是年秋。紹聖三年以後，宋哲宗進一步嚴懲元祐黨人。蘇軾被追貶爲琼州别駕，秦觀由處州徙郴州、横州，直至雷州，晁補之貶監信州酒税。張耒處境稍好，罷守宣城後，入京除管勾明道宫。其《次韻淵明飲酒詩序》云：「紹聖丙子（三年），得官明道，寓居宛丘。」紹聖四年二月，詔張耒落直龍圖閣，貶監黄州（齊安）酒税。其《黄州謝到任表》，説在三月到任。他在黄州監酒將近三年，生活還比較安定，其《與徐仲車書》説，黄州太守與通判均爲親舊，風土食物亦相得，乃謫官之幸。元符二年秋貶復州監酒，居竟陵，但为時不長。

元符三年正月哲宗崩，徽宗踐阼，神宗后向氏以皇太后身份垂簾聽政。元祐黨人均遷内郡居住，蘇軾復朝奉郎，提舉成都玉局觀，黄庭堅、晁補之均有新職。張耒於是年春任黄州通判，七月改爲知兖州。當時寫的《發政亭宿故鎮》詩云：「我别竟陵時，楚稻如碧絲。秋風發齊安，稻穗如植旗。」可證是年春離開復州，八九月間離開黄州，到兖州當在十月。他的老友陳師道聞其蒙恩復起，寫了《寄兖州張龍圖文潛》詩表示祝賀：「賸喜開三面，旋聞乞一州。力難隨鳥翼，行復立螭頭。」但他的兖州任期僅三個月，歲末輒回京都任太常少卿。這有詩爲証：「那知歲暮東州客，大山蒼寒曉霜白。雲收霧卷日月明，却上天衢瞻玉色。弊裘疲馬古道長，九旬刺史歸空囊。」（《將至都下》）他本想留在皇帝身邊，但建中靖國元年任太常少卿僅一春，入夏即出守潁州。是年七月蘇軾卒於常州，張耒聞訃，出己俸於薦福禪院修供，以致師尊之哀。同年尚有知揚州之命，鄒浩《道鄉集》卷十五有《張耒直龍圖閣知揚州制》，然並未到任。是年冬改知汝州，他在《萬壽縣學記》中提到：「辛巳之冬，予移官臨汝。」

宋徽宗仿效宋哲宗，在親政後嚴厲懲治元祐黨人。據《皇宋通鑑長編紀事本末》所記：「崇寧元年五月乙亥詔：朝奉郎直龍圖閣知汝州張耒，落直龍圖閣，管勾明道宫。」同年七月，臣僚上言，張耒在潁州聞蘇軾身亡，飯僧縞素而哭。詔：「張耒責授房州别駕，黄州安置。」「次年四月乙亥詔：蘇洵、蘇軾、蘇轍、黄庭堅、張耒……等印板，悉行焚毁。」同年八月又下詔，將元祐黨人名單「下外路州軍，於監司長吏廳立石刊記」。張耒名列其中（均見卷一百二十一）。崇寧四年九月，元祐黨人貶謫者依次徙近地，但張耒仍在黄州，次年冬纔離開。此次安置於黄州，前後共四年多。作爲放臣，他不得住官舍和佛寺，祇能在柯山旁租屋而居。荒村枯木，與棲鴻相對，寂寞自不待言。但也因此而能接近勞動人民，瞭解民間疾苦，寫有不少内容充實的詩篇。貶謫期間值得慶幸的是在崇寧元年冬，黄庭堅自鄂州駕舟來訪，患難知己，久别重逢，其歡愉可想而知。他們游歷名勝，以詩唱和：「經行東坡眠食地，拂拭寶墨生楚愴。」「天生大材竟何用？祇與千古拜圖像。」這些詩句，表達了他倆對東坡老人的尊敬和懷念。

張耒《跋杜子師字説》云：「耒以丙戌歲仲冬自黄之潁，過盱眙少留。」丙戌年即崇寧五年，那年元月，徽宗下詔毁元祐黨人碑，黨人可復仕籍。張耒叙復爲承議郎，途經盱眙等地回淮陰居住。到達故鄉在次年即大觀元年暮春。雖云故鄉，但廬舍蕩然，只能寄居於大寧山禪寺。寺主崇岳乃父輩故交，静掃高堂，欣然相延。張耒賦詩相謝，詩存文集卷十三。吕本中《紫微詩話》云：「張丈文潛大觀中歸陳州，至南京，答余書云：『到宋冒雨，時見數花凄寒，重裘附火端坐，略不類季春氣候也。』」《紫微詩話》僅云張耒在大觀中歸陳州，但未言明是在何年。趙令畤《侯鯖録》卷三云：「余崇寧中，坐章疏入籍爲元祐黨人。後四年，牽復過陳，張文潛、常希古皆在陳居，相見慰勞之。」趙令畤入黨籍在崇寧三年，後四年當爲大觀二年，則張耒至陳是在大觀二年之暮春。那年正月，徽宗大赦天下，元祐黨人中「情理輕者，與落罪籍」。張耒出籍，除畿輔外，得便自由居住。

自大觀二年之後，張耒一直在陳州（淮陽）閒居。大觀四年，晁補之卒於泗州任所，張耒忍着悲痛，爲其寫了墓志銘和祭文。他與晁補之交游最密，如今「平生膠漆，永隔存亡」，真是「至悲薰心，言不能文」。是年三月，張耒經甄别叙復，得管勾崇福宫，生活上略有改善。次年即政和元年，他寫了《四月望日自孝悌坊遷冠蓋孫氏第》詩，詩中提到：「中有騰騰者，淮陽四年客。坐偷太倉粟，穩睡而飽食。」此處之「太倉粟」，指管勾宫觀得禄而言。他似乎看到了希望，奮然欲飛，想實現平生抱負。他還爲亡友潘大臨的文集作序，序云：「士有聞道於達者，一會其意，涣然不疑。師其道，治其言，終身守之而不變。甚者或因是以取謗罵悔吝，而不悔其心，視世之樂，無足以易之者。」他所説的「聞道於達者」，即聞道於蘇軾，會其意後終身恪守不移，即使遭受種種打擊也不後悔，並認爲這是人生最大的樂趣。表面上看，他是在贊揚潘大臨，實際上是借以喻志，因爲他們都是蘇軾的門下士。

張耒管勾崇福宫似乎衹有一任，以後的生活就失去依靠。他的《歲暮即事寄子由先生》詩，叙説了晚年凄凉的境遇：「歲暮淮陽客，貧閑兩有餘。朝昏面壁睡，風雪閉門居。……肉似聞韶客，齋如持律徒。女寒愁粉黛，男窘補衣裾。已病药三暴，辭貧飯一盂。長瓶卧墻角，短褐倒天吴。」可以想見，他當時已食不果腹，三月不知肉味，鶉衣百結，更談不上長瓶汲酒了。政和二年，蘇子由卒，張耒悲痛不已。當年兩蘇公以文倡天下，自己和其他同門友從之游，而今相繼以殁，往事真是不堪回首！據《宋史》本傳：「耒獨存，士人就學者衆，分日載酒殽飲食之。誨人作文以理爲主，……學者以爲至言。」他「聞道於達者」、「聊傳師所授」，矢志不移。因此他是結束北宋文壇、又影響南宋文學的重要作家。政和三年，他的友人陳州知州翟汝文（公巽）赴京任中書舍人，他賦詩贈别。政和四年卒於陳州，享年六十一歲。

張耒殁後歸藏淮陰。據乾隆十三年《淮安府志》卷二十八：「張右史墓去府治北七里。嘉定六年，常平使者施宿建祠於斯。」「《舊志》又謂：耒墓在城西。」傳聞中有二墓，未知孰是。他的墓志銘未傳，也許原來就未立銘。陸游曾談到他的後世：「張文潛三子：秬、秸、和，皆中進士第。秬、秸在陳死於兵，和爲陝府教官，歸葬二兄，復遇盗見殺，文潛遂亡後，可哀也。」（《老學庵筆記》卷四）一代著名詩人，生前與死後，如此寂寞寒悴，真是悲哀酸辛！

關於張耒著作的版本，論述者代有其人。但由於張集名稱不一，頭緒繁多，欲探求其源流系統，實非易事。他在生前及見之文集，因崇寧年間詔命毁板而未存。今傳集本乃南宋重編，曾幾見後就深表不滿，其《東萊先生詩集後序》有云：「蓋知之不深，則歲月先後，是非去取，往往顛倒錯亂，不可以傳。近世張文潛、秦少游之流，其遺文例遭此患，知與不知之異也。」（《茶山集·拾遺》）曾幾年齒稍後於張耒，當及見原集本，而新出之張集，非門人故舊所編次，歲月顛倒，是非錯亂，故感慨良深。現僅就筆者所見張耒文集及有關資料，作考辨如下。

先説宋本，宋本張耒文集有七種，另有筆記《明道雜志》傳世。

（一）《鴻軒集》、《柯山集》　此二集是有案可查的張耒著作最早的版本，或刻於北宋，久佚未傳。汪藻《柯山張文潛集書後》云：「其集以《鴻軒》、《柯山》爲名者，居復、黄時所作也。」（《浮溪集》卷十七）鴻軒，張耒元符二年任復州監酒時寓所；柯山，乃其安置黄州時住地。汪藻未言二集之卷數與篇目，但既云居復、黄時之作，自然不包括在此前後的作品。

（二）《張龍圖集》三十卷　南宋初汪藻（字彦章）所編。其《柯山張文潛集書後》云：「右文潛詩千一百六十有四，序、記、論、誌、文、贊等，又百八十有四，第爲三十卷。」（《浮溪集》卷十七）其時汪藻屏居毗陵，從士大夫家借所藏張集，聚而校之。

（三）《張文潛文集》十卷　南宋建安余騰夫刻本，選録文潛之論文與雜著。清季振宜（滄葦）藏有此書。徐葵用以校明郝粱刻本《張文潛文集》，作題識云：「昨吴興書賈鄭甫田以宋建安余騰夫所刊、永嘉先生標注《張文潛文集》來，上有「季滄葦」與「毛子晋圖書」書印，共十卷。與此本校對，篇目正同，惟分卷異，因知此本即南宋初十卷之本，後人亂其卷次耳。……姑餘徐葵識。」徐葵此題識，李盛鐸《木樨軒藏書題記及書録》卷四、傅增湘《藏園羣書經眼録》卷十三均轉載。

（四）《張右史集》七十卷　南宋紹興十三年張表臣編纂，並作集序。序云材料取自四家。一是汪藻所編三十卷本；二是王鈇所録四十卷，續集十餘卷；三是察院何公若干卷；四是秦熺送家舊藏八册，不分卷。共計百餘卷。於是「亟加考訂，去其重複，正其訛謬，補其缺漏，定取七十卷，號《張右史集》。」（《東湖叢記》卷一附載）該集共收作品二千七百餘篇，其中包括《同文館唱和》六卷。

（五）《譙郡先生文集》一百卷　據周紫芝《書譙郡先生文集後》云：此百卷本爲四川轉運副使井某所編校，共收作品一千八百零三首。自己又收得十卷本，三十卷本與七十卷本，欲「削其重複，一其所無，以歸於所謂一百卷者。」（《太倉稊米集》卷六十七）由此可知，井某此集雖稱百卷，而所收作品不及七十卷本。周紫芝言欲删繁補闕，然語焉不詳。晁公武《昭德先生郡齋讀書志》卷十九著録：張文潛《柯山集》一百卷。此百卷本何人所編？是否即《譙郡先生文集》？則不可知。

（六）《宛丘集》七十五卷　陳振孫《直齋書録解題》卷十七云，南宋有蜀刊叢書《蘇門六君子集》，中有《宛丘集》七十五卷。他還見過《宛丘集》七十卷本，附《張耒年譜》一卷。所記均甚簡略，詳情不明。

張耒還著有筆記《明道雜志》，爲管勾明道宮時所作。但未見宋人著録。

再説明本。張耒文集明刻本有一種，鈔本有四種，另有《明道雜志》刻本。

（一）《張文潛文集》十三卷　明嘉靖甲申郝梁刻本。半葉十行，行十八字。前有馬駉序，云郝梁得宋本而刻之。此謂宋本，即南宋建安余騰夫所刻十卷本，後人亂其卷次而成爲十三卷本。

（二）《宛丘集》七十四卷　明謝肇淛小草齋鈔本。傅增湘見到此集，事見《藏園羣書經眼録》卷十三。謝肇淛，字在杭，萬曆壬辰進士，博學能詩文，收藏宋人集頗富。

（三）《張右史文集》六十五卷　張集六十五卷本，未見宋人著録。此爲明萬曆趙琦美鈔校本，有跋。翁心存復校，有翁同龢跋。趙琦美，字元度，明常熟人，好網羅古今載籍，繕寫三館之祕本。此鈔本現存北京圖書館，中有闕卷。該館還存同卷數另一張集明代鈔寫本，有翁心存校並跋。

（四）《張右史文集》六十卷　張集六十卷本，未見宋人著録。《汲古閣書目》首次記此集，並云：「世所行《文潛集》纔十之五，《右史集》乃大全。」明代尚有此集鈔本，闕卷部分由後人據清鈔本補足，詳見《北京圖書館善本書目·集部上》。

（五）《明道雜志》一册　明楊士奇《文淵閣書目》卷八、葉盛《菉竹堂書目》卷三，均記有《明道雜志》一部一册。嘉靖年間，長洲人顧元慶曾刻《文房小説》四十二種，《明道雜志》乃其中之一。鍾人傑印《唐宋叢書》，亦收録此書。

最後説清代與民國的版本。在此期間的張集刻本有六種，鈔校本有十四種，另有《明道雜志》印本二種，《詩説》印本四種，《柯山詩餘》一種，《竹夫人傳》一種。

（一）《宛丘先生文集》七十六卷　此文集不知始於何時。陸心源《宛丘集跋》曰：「《直齋書録解題》云蜀本七十五卷，此本分卷與蜀本合，當從宋刊蜀本傳録者。」（《儀顧堂題跋》卷十一）邵懿辰、邵章《增訂四庫簡明目録標注》卷十五，則「疑後人以殘本重編」。此集較爲完備，清人甚重視，刻本、鈔本有七種。其一是清康熙時，吕無隱有鈔本，此鈔本現藏北京圖書館。其二是康熙時金檀鈔校本，除七十六卷外，尚有補遺六卷。其三是《四庫全書》本，館臣據鮑士恭家藏本付印。其四是瞿世瑛鈔校本。卷首有丁丙手書《前記》云：「此清吟閣瞿穎山從鮑以文借文瑞樓舊藏本，依式刊格，重爲鈔校。兵燹後祇存一十八卷，目録二卷，配以小山堂藏舊影宋本。」此鈔本現藏南京圖書館。其五是紅欒山房鈔本。集前有丁丙手書《前記》，略叙張耒及同文館唱和者之籍貫簡歷等。其六是瞿鏞藏舊鈔本，事見《鐵琴銅劍樓藏書目録》卷二十。其七是清另一鈔寫本，鈐有「紅豆後人」印，事見傅增湘《藏園羣書經眼録》卷十三。

（二）《張文潛文集》十三卷校本　清徐葵用南宋建安余騰夫刻本，校於明嘉靖郝梁刊本上，因知郝梁本翻刻余騰夫本，詳情如前述。

（三）《張右史文集》三十卷　舊寫本，半葉九行，行十七字，前録《宋史》本傳。鈐有「翰林院印」大官印，又「臣昀私印」、「曉嵐」二印。事見傅增湘《藏園羣書經眼録》卷十三。

（四）《柯山集》五十卷，《拾遺》十二卷　此本不知始於何時。據晁公武《昭德先生郡齋讀書志》，張文潛有《柯山集》一百卷。馬端臨《文獻通考》亦同樣著録，然未見傳本。今見《柯山集》及拾遺共六十二卷，版本有四種。其一是清武英殿聚珍叢書收有此集。陸心源曾以此本與《宛丘集》七十六卷互校，云「《柯山集》總計詩騷一千六百餘首，《宛丘集》二千一百餘首，多得詩五百餘首，文賦則大略相同。……《四庫全書》既收此集，聚珍版排印時，不收此集，而印不全之《柯山集》，不可解」。（《儀顧堂題跋》卷十一）其二是清光緒二十五年廣雅書局翻刻聚珍版，此本有傅增湘之校補並跋，詳見《北京圖書館善本書目·集部上》。其三是民國十八年刻本，前有田毓璠序，説是借粤本《柯山集》付梓，並以友人邵祖壽所編《張文潛先生年譜》附之。其四是商務印書館《叢書集成》中收有此集。由於多次付印，《柯山集》遂成習見之本。

（五）《張右史文集》六十卷　此集清代有四種鈔本。其一是金檀文瑞樓藏書中有此集之鈔本，具體情況不詳。其二是雍正己酉年謝浦泰手鈔本。據謝氏手跋，曾以《宛丘集》校此鈔本。發現《宛丘集》中所有、而《右史集》所無者：古詩二百七十首，律詩二百三十三首，絶句七首，書二篇，墓誌五篇，《補遺》六卷全無。《右史集》中所有、而《宛丘集》中所無者：不過古詩四首，律詩九首，《讀唐書》論第二條而已。詳見王文進《文禄堂訪書記》卷四。其三是傅增湘在楊以增海源閣遺籍中，見到此集之舊寫本。鈐有「笥河府君遺藏書籍」、「嘉蔭簃藏書印」，知前後爲清人朱筠、劉喜海所藏。詳見《藏園羣書經眼録》卷十三。其四是丁丙八千卷樓有光緒年間此集鈔本。民國年間，商務印書館四部叢刊亦影印此集之手鈔本。

（六）《張右史文集》六十五卷　此集清鈔本有二。一是錢曾《述古堂藏書目》卷二云：「内府有此集之鈔本，共八册。」三是錢大昕《竹汀先生日記鈔》卷一云：「秀水朱梓廬與海鹽吴思亭來訪，談良久，以《張右史集》鈔本六十五卷贈。」

（七）《明道雜志》　清《學海類編》本、商務印書館《叢書集成》本，均選載《明道雜志》。

（八）《詩説》一卷　張耒《詩説》另印單行，不知始於何時。清納蘭性德《書張文潛〈詩説〉後》中寫道：「文潛《詩説》一卷，雜論雅頌之旨，僅十二條，已載《宛丘集》中，後人鈔出别行者。……此亦經學一種，因校而梓之。」嗣後《説郛》、《藝海珠塵》、《叢書集成》等均録有《詩説》。

（九）《柯山詩餘》　張耒文集不附詞作。民國年間趙萬里輯得《柯山詩餘》共六首。詳見《校輯宋金元人詞》。

（十）《竹夫人傳》　《王直方詩話》曾記張耒作《竹夫人傳》。此傳爲短制，未見另印單行。民國間《香艷叢書》第六集存有此傳。

本書在編輯過程中，曾得到北京圖書館、北京大學圖書館、北京師大圖書館、南京圖書館、浙江省圖書館、浙江大學圖書館、安徽大學圖書館以及校内外許多同志的支持和幫助。中華書局文學編輯室的同志，反復審定原稿，提出不少寶貴的意見，謹此一併致謝！限於水平，本書的錯誤和疏略之處，至盼專家和廣大讀者指正。

周義敢　周雷　一九八九年元月於安徽大學古籍整理研究所

凡例

一、本書輯集從北宋中葉至「五四」前後有關張耒研究的資料，内容大致包括：張耒生平事迹的記述，張耒作品的評論，作品和版本的考証，文字和典故的詮釋等。

二、本書所輯資料的範圍，包括詩文集、總集、詩話、筆記、史書、地志和類書。清人邵祖壽編有《張文潛先生年譜》一卷，未單獨成書，故收録。

三、本書對古代文獻中的重複材料，一般採用其中最早或較爲完備者。對後出資料，如無新意則不録。張耒的同時人與張耒的唱和酬贈之作，一般加以收録，以便我們瞭解其交游的情況。輯集的原則是：宋代部分求全，元明以後取精。他人的詩文，而後人誤爲張耒所作並加評論者，也予輯録，後附按語，加以説明。

四、本書資料按時代先後順序排列。同一人名下的資料，其編排次序爲先本集，次其它著作，最後列見於他書的文句。古人所編的綜合性的詩歌評述著作，如《苕溪漁隱叢話》、《詩人玉屑》等，其中引及的各家有關張耒的資料，均一一分屬於原作者的名下，力求恢復原貌。其中作者甚可懷疑者，附按語説明。

五、本書所收各書的版本，原則上擇其通行可靠者。如無通行本，則採用舊刻本。原書中明顯的誤字，或可確知的闕字，就逕行改正或補足，不加校語。各家所引的張耒詩文，異處甚多，除明顯錯誤外，也一仍其舊，以供校勘者參考。

一　宋代

司馬光

【答福昌張尉耒書】　五月五日，陝人司馬光謹復書福昌少府秘校足下。光行能固不足高於庸人，而又退處冗散。屬者車騎過洛，乃蒙不辱而訪臨之，其榮已多。今又承賜書，兼示以新文七篇，豈有人嘗以不肖欺聽聞邪？何足下所與之過也！始懼中愧，終於感藏以自慰，知幸，知幸！

光以居世無一長，於文尤所不閑。然竊見屈平始爲《騷》，自賈誼、東方朔、嚴忌、王子淵、劉子政之徒，踵而爲之，皆蹈襲模倣，若重景疊響，訖無挺特自立於其外者。獨柳子厚恥其然，乃變古體，造新意，依事以叙懷，假物以寓興，高揚橫騖，不可羈束。若《咸》、《韶》、《護》、《武》之不同音，而爲閎美條鬯，其實鈞也。自是寂寥無聞，今於足下復見之，苟非英才間出，能如此乎？欽服慕重，非言可迨。然彼皆失時不得志者之所爲。今明聖在上，求賢如不及。足下齒髮方壯，才氣茂美，官雖未達，高遠有漸。異日方將冠進賢，佩水蒼，出入紫闥，訏謨黄閣，致人主於唐虞之隆，納烝民於三代之厚，如斯文者，以光愚陋，竊謂不可遽爲也。不宣。光再拜。（《温國文正公文集》卷六十二）

徐積

【俊老行送林次中赴都司 并序】客有張文潛，與之夜坐，論事良久，及林公之義，於是兩人者名公爲俊老。因公之去，作《俊老行》送諸御者，爲公一笑也。（《節孝先生文集》卷二）

【感秋和張文潛三首】汎汎河中舟，莫繫河上柳。君看道傍葉，行人一揮手。枝條旦旦空，顔色何可久。坐恐霜霰繁，諸媚歸一朽。我有千丈松，亭亭不可揉。生在孤峰上，獨與雲霞偶。群形靡且紛，不與較妍醜。群動日夜馳，而以静爲守。守松者爲誰？白髮無憾叟。蓬蒿可蔽身，糟糠可餬口。言者寓於詩，默者寓於酒。誰知杯酌間，便是無何有。念子於我深，我於子亦厚。記我《守松篇》，行行重回首。

張子非不厚，涕泗中夜起。蘭蕙雖已衰，松筠正堪佩。君愛蘭與蕙，忘我筠與松。君愛洛陽官，棄我淮上翁。翁如揚大夫，其心甘賤貧。不投天禄閣，却反《離騷》文。騷人雖已殁，萬古爲忠魂。欲知冤憤氣，但看蒼梧雲。冤情寄湘水，冤聲寄湘竹。年年霜露時，夜夜秋聲哭。

秋風一何慘，物形隨以變。秋風如無情，蟲鳥聲俱怨。我無物外累，但有屋中燕。翩翩勢將去，盼盼如有戀。此物雖至微，其舊殆可念。而況西郭交，年將屈五指。南城文字間，東皋松竹裏。氣類亦相合，老少兩忘齒。昔居吾舍傍，今在河之涘。船頭纜將解，船上桅將起。留君恨不早，此役定難止。如何捨我去，處我復何以。君看淮泗間，一派良可喜。從來病濁汙，而今稍清泚。人方涉其流，

冠纓殆可洗。此行君樂否？一千五百里。未見洛陽山，先見洛陽水。（同上卷三）

【寄張文潛】不知今之人，誰識張縣尉。勿問胸中事，但看面上氣。所謂人英者，正是斯人輩。前年南郭中，文酒日夜會。一從捨我去，忽忽再逾歲。今兹歲且盡，爲子吟不睡。起坐却就枕，伸頭出紙被。約是三四更，老老抱双脚。此時吟正酣，聲調不可却。春風起淮東，須臾到嵩洛。往往入子家，但子眠不覺。子覺將奈何，聲盡情思多。上東門外路，洛水生春波。還我「大松」來，不用寄詩歌。（同上卷五）

【和張文潛晚春六首】春在亦飲酒，春去亦飲酒。若問此間時，便是無何有。

昨日枝頭紅，鮮鮮染人指。今朝尋不見，已在汙泥底。

麥穎未黄乾，桑實半紅濕。恰得一犂雨，田事正火急。

人事無如何，多於道旁草。但問酒有無，莫管老不老。

人生少娱樂，閑日亦有數。藥草正肥時，好望雲山去。

風暖燕窠牢，雲晴鳥翅健。物生自有樂，亦各適其願。（同上卷十）

【和張文潛晚春四首】留春是芳草，送春宜柳花。日長花正亂，誰倚闌干斜。

問花開何遲，問花底急飛。人間惜花少，閬苑等花歸。

易貯千尋水，難藏一點春。也須幾杯酒，還似送行人。

渡水衣須扱，穿林手自披。經春脚力軟，但恐上山遲。（同上卷十九）

【張宛丘帖】耒拜上。季春極暄，恭維仲車教授先生尊體起居萬福。耒向罷宣州，到京蒙除管勾明道宮，尋便居陳，僅半年餘，卬頗優游。今年閏月初，忽捧告命，謫監黄州酒税，仍落職。遂出陸，自陳入蔡，自蔡入光，遂至貶所。黄在大江上，風土食物却相得。太守乃楊怀寶，與之親舊，通守山陽人也，真長者，謫官之幸。耒卑體亦頑健，新婦以次各無恙。職事亦不絶冗，公私既無事事，中亦泰然。其他外物，應自有命，非人能與也。先生以謂如何，有以見教，乃卑誠所願也！未由參省，伏乞順時保重。（《節孝先生文集》附録）

【節孝先生語録（江端禮録）】陳無已謂予曰：「徐公善論人物，試令評黄魯直、張文潛之爲人。」予問之，公曰：「魯直詩極奇古可畏，進而未已也；張文潛有雄才，而筆力甚健，尤長於騷詞，但恨不均耳。」（同上）

蘇　軾

【和張耒高麗松扇】可憐堂堂十八公，老死不入明光宫。萬牛不來難自獻，裁作團團手中扇。屈身蒙垢君一洗，挂名君家詩集裏。猶勝漢宫悲婕妤，網蟲不見乘鸞子。（《蘇軾詩集》卷二十九）

【桃榔杖寄張文潛一首時初聞黄魯直遷黔南范淳父九疑也】睡起風清酒在亡，身隨殘夢兩茫茫。江邊曳杖桄榔瘦，林下尋苗蓽撥香。獨步儻逢勾漏令，遠來莫恨曲江張。遥知魯國真男子，獨憶平生盛孝章。（同上卷三十九）

【答張文潛縣丞書（節録）】惠示文編，三復感嘆。甚矣，君之似子由也！子由之文實勝僕，而世俗不知，乃以爲不如。其爲人深不願人知之，其文如其爲人，故汪洋澹泊，有一唱三歎之聲，而其秀傑之氣，終不可没。……僕老矣，使後生猶得見古人之大全者，正賴黄魯直、秦少游、晁無咎、陳履常與君等數人耳。如聞君作太學博士，願益勉之。「德輶如毛，民鮮克擧之。我儀圖之，愛莫助之」。此外千萬善愛。偶飲卯酒，醉。來人求書，不能復覼縷。（《蘇軾文集》卷四十九）

【答李昭玘書（節録）】軾蒙庇粗遣，每念處世窮困，所向輒值墻谷，無一遂者。獨於文人勝士，多獲所欲，如黄庭堅魯直、晁補之無咎、秦觀太虚、張耒文潛之流，皆世未之知，而軾獨先知之。今足下又不見鄙，欲相從游。豈造物者專欲以此樂見厚也耶？然此數子者，挾其有餘之資，而騖於無涯之知，必極其所如往而後已。則亦將安所歸宿哉。（同上）

【答黄魯直五首（選二首）】某啓。前日文潛、無咎見臨，卧病久之，聞欲牽公見過，所深願也。……某啓。方惠州遣人致所惠書，承中塗相見，尊候甚安。……文潛在宣極安，少游謫居甚自得，淳父亦然，皆可喜。（同上卷五十二）

【答張文潛四首（節録三首）】某啓。久不奉書，忽辱專人手教，伏讀感嘆。且審爲郡多暇，起居佳勝，至慰！至慰！……蒙遠致兒子書信，感激不可言。子由在筠，甚自適，養氣存神，幾於有成，吾儕殆不如也。聞淳父、魯直遠貶，爲之悽然。此等必皆有以處之也。……

某啓。屏居荒服，真無一物爲信。有桃榔方杖一枚，前此土人不知以爲杖也。勿誚微陋，收其遠意爾。荔枝正出林下，恣食亦一快也。羅浮曾一游，每出勞人，不如閉户之有味也。……曾子開、陸農師俱不免，以知默定非智力所能避就也。

來兵王告者，極忠厚。方某流離道路時，告奉事無少懈，又不憚萬里再來，非獨走卒中無有也。願公以某之故，少優假之，置一好科坐處。當時與同來者顧成，亦極小心。今來江海者，亦謹格。遠來極不易，可念，愧愧。（同上）

【答李端叔十首（選一首）】子由近得書，度已至岳矣。……黄魯直、張文潛、晁無咎各得信否？文潛舊疾，必已全愈乎？（同上）

【答毛澤民七首（選一首）】文章如金玉，各有定價。先後進相汲引，因其言以信於世，則有之矣。至其品目高下，蓋付之衆口，決非一夫所能抑揚。軾於黄魯直、張文潛輩數子，特先識之耳。始誦其文，蓋疑信者相半，久乃自定，翕然稱之，軾豈能爲之輕重哉！……（同上卷五十三）

【答李方叔十七首（選一首）】比年於稠人中，驟得張、秦、黄、晁及方叔、履常輩，意謂天不愛寶，其獲蓋未艾也。比來經涉世故，間關四方，更欲求其似，邈不可得。以此知人決不徒出，不有益於今，必有覺於後，決不碌碌與草木同腐也。（同上）

【太息一章送秦少章秀才（節録）】張文潛、秦少游此兩人者，士之超逸絶塵者也。非獨吾云爾。二三子亦自以爲莫及也。士駭於所未聞，不能無異同，故紛紛之言常及吾與二子，吾策之審矣。士如良金美玉，市有定價，豈可以愛憎口舌貴賤之歟？（同上卷六十四）

【書黄泥坂詞後】余在黄州，大醉中作此詞，小兒輩藏去稿，醒後不復見也。前夜與黄魯直、張文潛、晁无咎夜坐。三客翻倒几案，搜索篋笥偶得之，字半不可讀，以意尋究，乃得其全。文潛喜甚，手録一本遺余，持元本去。明日得王晋卿書，云：「吾日夕購子書，不厭近。又以三縑博兩紙，子有近書，當稍以遺我，毋多費我絹也。」（同上卷六十八）

蘇　轍

【次韻答張耒】客舟逝將西，日夜西北風。維舟罷行役，坐令鬢如蓬。偶從二三子，步上百尺臺。雲烟遍原隰，敞怳令人哀。山中難久居，浮沉在城郭。欲學揚子雲，避世天禄閣。浮木寄流水，行止非所期。何須自爲計，水當爲我移。外物不可必，惟此方寸心。心中有樂事，手付瑟與琴。夜吟感秋詩，惜此芳物零。幽人亦多思，起坐再三聽。白駒在空林，缾罄有恥罍。盡我一杯酒，愁思如雲頹。（《欒城集》卷九）

【次王適送張耒赴壽安尉二首】緑髮驚秋半欲黄，官居無處覓林塘。浮生已是塵勞侣，病眼猶便錦繡章。羞見故人梁苑廢，夢尋歸路蜀山長。憐君顧我情依舊，竹性蕭疎未受霜。

魏紅深淺配姚黄，洛水家家自作塘。遊客賈生多感慨，閑官白傅足篇章。山分少石雲烟老，宫廢連昌草木長。路出嵩高應少駐，孱顔新過一番霜。（同上）

【次韻張耒見寄】相逢十年驚我老，雙鬢蕭蕭似秋草。壺漿未洗兩脚泥，南轅已向淮陽道。我家初無負郭田，茅廬半破蜀江邊。生計長隨五斗米，飄摇不定風中烟。茹蔬飯糗不願餘，茫茫海内無安居。此身長似伏轅馬，何日還爲縱壑魚？憐君與我同一手，微官骯髒羞牛後。請看插版趨府門，何似曲肱眠甕牖。中流千金買一壺，櫝中美玉不須沽，洛陽榷酒味如水，百錢一角空滿盂。縣前女几翠欲滴，吏稀人少無晨集。到官惟有懶相宜，卧看南山春雨濕。（同上）

【次韻張耒學士病中二首】一卧憐君三十朝，呼醫仍苦禁城遥。靈根自逐新陽發，病枿從經野火燒。勿燥未須尋麯蘖，囊空誰與典絺蕉。何時匹馬隨街鼓，睡起頻驚髀肉消。

塵垢汙人朝復朝，病中吟嘯夜方遥。長空雁過疑相答，虚幌螢飛坐恐燒。稍覺新霜試松竹，未應寒雨敗梧蕉。從來百鍊身如劍，火滅重磨未遽銷。（同上卷十六）

【次韻張君病起二首】壯年得疾勢能支，不廢霜螯左手持。漸喜一杯留好客，未應五斗似當時。口中舌在時聞句，雪裏心安不問師。去卧淮陽從病守，功名他日許君期。

老去生經廢不行，鏡中白髮見空驚。解將冲氣通枯指，易甚新陽發舊莖。一悟少年難久恃，不妨多病却長生。文章繆恭追前輩，服食從來亦强名。（同上）

孔武仲

【晁無咎、張文潛同校君臣事迹因贈】書省深沉天上居，道貌日與塵客踈。天公恐我太寂寞，更遣兩仙同校書。名臣已去騎箕尾，尚有規模在新史。浩然初若泛滄溟，目眩形勞安得止。興亡治亂略可

知，兩公少壯方施爲。齋房比鄰數相就，聽公傾談勝飲酒。（《宗伯集》卷四）

【次韻和文潛休日不出】清風入北窗，幽曠諧我心。之子亦宴坐，焚香齋閣深。平時仙道家，蓬蒿倚瑶林。願言枉相過，小駟馳駸駸。

文潛真可人，壯歲有老心。塵境暫來寄，天機元自深。鸞鳳翥赤靈，亦有鶴在林。冲天期一飛，載驟謝駸駸。（同上）

【送張文潛出守丹陽】山陽驚坐早軒軒，元祐登瀛正少年。殿上仍簪侍臣筆，江頭新艤使君船。吟哦氣爽滄溟外，曲步心期白日邊。守得東南知不負，夢中應作五洲山。（同上卷七）

【遊州南同文潛作】峨峨宫殿列仙居，渌水方圓氣象殊。萬里舟船會京洛，幾人詩酒到蓬壺。日斜清弄來幽谷，風定嫣紅滿綠蕪。語罷恍然真夢幻，不應天邑有江湖。（同上）

【送張文潛之淮南】瀛館登仙俊，金閨引籍優。辭班見天子，行色動諸侯。楚日籃輿暖，淮南畫舸遒。歸時春已好，遲子曲江頭。（同上卷八）

闕名

張文潛嘗言：近時印書盛行，而鬻書者往往皆士人，躬自負擔。有一士人，盡掊其家所有約百餘千，買書將以入京。至中塗，遇一士人，取書目閲之，愛其書而貧不能得，家有數古銅器，將以貨之。而鬻書者雅有好古器之癖，一見喜甚，乃曰：「毋庸貨也，我將與汝估其值而兩易之。」於是盡以隨行之書換數十銅器，亟返其家。其妻方訝夫之回疾，視其行李，但見二三布囊，磊魄然鏗鏗有聲。問得其實，乃詈其夫曰：「你換得他這箇，幾時近得飯喫？」其人曰：「他換得我那箇，也則幾時近得飯喫？」因言人之惑也如此，坐皆絶倒。（《道山清話》）

余少時嘗與文潛在館中，因看《隋唐佳話》，見楊祭酒贈項斯詩云：「度度見詩詩總好，今觀標格勝於詩。平生不解藏人善，到處逢人説項斯。」因問諸公，唐時未聞項斯有詩名也。文潛曰：「必不足觀。楊君詩律已如此，想其所好者皆此類也。」（同上）

張文潛言：嘗問張安道云：「司馬君實直言王介甫不曉事，是如何？」安道云：「賢只消去看《字説》。」文潛云：「《字説》也只是二三分不合人意思處。」安道云：「若然，則足下亦有七八分不解事矣。」文潛大笑。（同上）

張文潛嘗云：子瞻每笑「天邊趙盾益可畏，水底右軍方熟眠」，謂湯燖了王羲之也。文潛戲謂子瞻：「公詩有『獨看紅蕖傾白墮』，不知『白墮』是何物？」子瞻云：「劉白墮善釀酒，出《洛陽伽藍記》。」文潛云：「白墮既是一人，莫難爲傾否？」子瞻笑曰：「魏武《短歌行》云，『何以解憂？惟有杜康』，杜康亦是釀酒人名也。」文潛曰：「畢竟用得不當。」子瞻又笑曰：「公且先去共曹家那漢理會，却來此間斯魔。」蓋文潛時有僕曹某者，在家作過，亦丢失酒器之類。既送天府推治，其人未招承，方文移取會也。坐皆絶倒。（同上）

范祖禹

【舉自代狀 十八日】右臣蒙恩授前件職，合舉官自代。伏覩國史編修官著作郎集賢校理國史院檢討張耒，文章瑰瑋，論議閎博，必能發揮典誥，爲國光華。臣實不如，今舉自代。（《范太史集》卷六）

鄧忠臣

【詩呈同院諸公六首（選三首）】秋日同文館，多朋信可依，慧鶯還伴鎖，巧燕自知歸。藻鑑由來定，翹材未覺稀。賢書早晚上，拭目看珠璣。

秋日同文館，分場試未齊。借書窮石室，刊字費棠梨。想見英雄彀，誰當甲乙題。喜陪群彦集，通籍在金閨。自注：屬彦常、彦思、元忠、文潛、無咎

秋日同文館，晨興不待鷄。耽書迷甲子，行樂在東西。静對庭柯盼，閑常柹葉題。相期放朝後，連日醉如泥。自注：文潛、無咎、天啓有約。（《同文館唱和詩》卷二）

【夜聽无咎文潛對榻誦詩響應達旦欽服雄俊輒用九日詩韻奉貽】連牀交語響春容，激楚評騷徹曉鐘。繞宅金絲神共應，滿潭雷雨劍初逢。信知自有江山助，便欲長操几杖從。俱是年家情不淺，依蘭應許丐香濃。先子與張丈職方、晁丈都官同年，忠臣與應之同年，兩家俱有事契。（同上卷四）

【和文潛嘲无咎夜起明燈誦予詩】參横月轉與天高，歸士飛心憶大刀。故作楚吟排滯思，吟成風葉更蕭

騷。（同上卷六）

【與文潛無咎對榻夜話達旦】書窗燈火夜深明，窗外蕭蕭雨葉聲。對榻不眠談往事，紞如五鼓過嚴城。（同上）

【曹子方用釜俎字韻賦詩見遺予洎張文潛晁无咎蔡天啓因以奉酬并示四友】長愛陳思詠萁釜，幾年不見徂南土。朅來相逢翰墨塲，夜窗共聽空階雨。躍馬蔡卿能齧肥，好書張侯期飲乳。晁令知從博士遷，智囊不厭傳經苦。于兹邂逅如夙契，睠我劬勞勤晤語。詩成乍變龍虎文，筆落更驚鸞鳳舞。我將隱遁山林姿，公等整頓乾坤户。分同尺鷃搶榆枋，難使犧牛登鼎俎。（同上卷八）

【考校同文館戲贈子方兼呈文潛】五年坎壈哀南方，江湖魏闕兩相忘。洞蘿巖桂搴孤芳，月潭風渚儔漁郎。單閼孟夏草木長，望都樓觀鬱蒼蒼。原注：忠臣。癸亥六月以家艱去國，丁卯四月還省。誰令焚芰辭楚狂，復來上君白玉堂。黄門戟曜羽林槍，未央引籍班氏羌。雲屯錦簇馬斯臧，大官日膳瓊爲糧。追隨威鳳鳴高岡，豈敢偃息復在牀。投鉛歸休下殿旁，衛士傳詔來如驤。館閶闔外西城隍，書橐迫遽不及裝。籲俊士集要言揚，得弓勿問何人亡。趙璧既入秦城償，穎脱喜見錐出囊。同人于野不擇鄉，峩峩羽翮整顔行。天閑玉勒皆驌驦，伯喈懷贖望金商。原注：天啟。魁梧奇偉值子房，原注：文潛。令數家術應帝王。原注：无咎。三英粲粲日争光，我輒與之較雌黄。芳菲滿室蘭生香，坐堂月久秋氣涼。將軍思歸歌撫觴，原注：子方。倚梧目送雁南翔。想見葭菼水中央，洞庭河漢遥相望。香楓葉老赤染霜，感慨少日七步章。長安城西約鄭莊，原注：予與子方、无咎、文潛、天啟嘗有此約。牽率不往有底忙。

人生可意皆吉祥，快馬劃過小苑牆。入門爛醉銀瓶漿，秦箏趙瑟喜高張。（同上卷九）

【敬次無咎來韻抒寫素懷兼呈文潛天啓伯時仲遠】梁宋吴楚各異方，交情一契不相忘。况乃顔色瓊枝芳，石渠金馬從諸郎。我從瀟湘烟水長，江湖飫見山色蒼。扣舷弄月浩歌狂，朅來濫吹崇賢堂。……張侯同聲羽應商，蓬萊方丈屋連房。海口瀾翻議百王，太乙下照青黎光。要我挾槧弄鉛黄，四庫顛倒翻芸香。……（同上卷十）

曹輔

【慎思屢以佳篇見貽且俾屬和而衰老困於强敵輒爲詩以謝之兼簡无咎文潛天啓】鄧侯清骨如冰瘦，少日文章苦用心。賦罷吹噓因狗監，詩成傳誦到雞林。《陽春》《白雪》無凡曲，流水高山有至音。更唱自存三益友，老來衰病廢長吟。（《同文館唱和詩》卷五）

【和文潛嘲无咎夜起明燈誦予詩】秋風落盡千林葉，恰似并州快翦刀。香冷洞房歸未得，一窗明月讀《離騷》。（同上卷六）

【和中秋月】空谷秋寒同子午，白月紛紛洗清露。遥想燈花結夜愁，鬱金斗帳香如霧。（同上）

【呈鄧張晁蔡】都城薄禄纔三釜，白髮朱衫污黄土。九人同日鎖重闈，一夜濤聲卷秋雨。投身雖喜豪俊窟，刺手如逢虎方乳。鄧侯相逢十載後，清骨巉巖詩思苦。張晁自是天下才，黄卷聊同聖賢語。蔡子彎弓欲射虎，拔劍酒酣時起舞。何當連袂上霄垠，速致時康門外户。病夫行矣老江湖，尸祝安能

越庖俎。（同上卷八）

蔡　肇

【詩呈同院諸公三首】圖書從所好，英俊此焉依。奎壁重開照，琳琅盡得歸。地嚴宫漏轉，門掩吏人稀。子有詩三百，西江咀寶璣。

客去衣裳懶，更長燈燭光。隨身一書笈，貯腹萬雕梁。夢舊傳青館，封鬚拜皂囊。羽翰從此正，天步赤霄長。

諸彦聯翩入，斯文迤邐回。滔滔引溟漲，爛爛繚巖隈。此地身拘窘，他時心往來。倡酬真有味，顧我獨無才。自注：此屬文潛、无咎。无咎時病目。（《同文館唱和詩》卷一）

【次韻慎思貽无咎文潛誦詩】臥聽高齋落葉風，清詩交詠想晨鐘。故人厚意論千載，正始遺音僅一逢。膠漆初期在俄頃，雲龍莫恨不相從。芸房深鎖秋香冷，鬱鬱葱葱佳氣濃。（同上卷五）

【和无咎奉答文潛戲贈】鄧子詞鋒魯孟勞，剸鍾劓玉盡鉛刀。風流陶謝枝梧困，擊節期君僕命騷。（同上卷六）

【和鄧忠臣與文潛无咎對榻夜話達旦】窮秋天氣少晴明，雨葉風窗夜夜聲。應爲幽人聽未足，不教驄馬出重城。（同上）

【和文潛初伏大雨戲呈无咎】城中鼎食排翠釜，羊胛駝峰賤如土。青衫學士家故貧，斗米束薪炊濕雨。

縱横圖史照屋壁，呫囁詩騷從稚乳。省中無事騎馬歸，雨聲一洗茅簷苦。急呼南巷同舍郎，聽我臨風有涼語。且貪青簡事文章，未有黄金買歌舞。往來詩卷牛腰許，太羹玄酒並在户。吾詩老澀邀使前，政坐可口收糗俎。（同上卷七）

【次韻上文潛丈】張侯胸中包覆釜，百里奔流無寸土。玄蛟白鼉有時作，一洗乾坤三日雨。詩雄變怪有如此，震動猶能止啼乳。已傾太白酒船空，更壓少陵飯山苦。昨朝東門同拜勑，玉齒猶殘道中語。閉門十日無一事，坐對空庭秋葉舞。何時御史出霜臺，便假前騶辭棘户。城南邀我倒餘尊，紫栗黄橙已登俎。（同上）

【再答文潛】羌兵昔出皋蘭路，欲鏟新城無聚土。烟烽照夜氣如霞，鐵馬連群歕成雨。東西兩關同日破，股掌嬰兒絶哺乳。鼓聲十日拔帳歸，至今猶説防城苦。當時諸將無奇策，不敢彎弓向胡語。槖駝西來金帛去，孽狐小鼠猶跳舞。王師八月盡防秋，惴惴軍輿恐編户。腐儒不用輒憂邊，廟堂有人制尊俎。（同上卷八）

【和文潛欲知歸期近呈天啓】欲知歸期近，朱墨復在手。出門豈無時，官事少邂逅。張公晚定交，千仞仰森秀。華堂耿青燈，夜半獅子吼。真龍服内閑，爽氣凛群厩。新詩陳五鼎，斟酌皆可口。光華委行色，於我亦何有。緘藏不知報，刻畫無鹽醜。（同上卷九）

余幹

【詩呈同院諸公三首（選一首）】秋日同文館，官寮許暫依。衛軒留鶴住，楚澤滯鴻歸。木選山中勝，珍求世上稀。清時方物貢，寧在篋中璣。（《同文館唱和詩》卷一）

【未試即事雜書率用秋日同文館爲首句三首（選一首）】簾幕深常閉，門庭闃未開。愁將河女隔，喜見月娥來。騷客吟冰柱，仙官醉玉杯。蹇修那可得，笑齒竟誰媒。（同上卷二）

【重九考罷試卷書呈同院諸公】庭實方期國士充，知音須辨鐸符鐘。孔融愛客樽常滿，摩詰思親節又逢。鳥養任真終自適，雉媒傷性竟誰從。閉門預計無多日，猶起清愁暮靄濃。（同上卷五）

【和曹子方呈鄧張晁蔡】可畏日輪如赤釜，賴有群仙司下土。稍從寥廓湧濃雲，旋向塵埃灑甘雨。松蘿既女更施澤，山木欲童俄得乳。馬牛暫息要途勞，魚鼈頓舒炎海苦。野鸛那虛屋上鳴，穴狸不繆山中語。清風豈假白羽摇，輕汗寧沾翠綃舞。已憐爽氣滿襟袖，更喜餘霞照庭户。後朝便是閱英才，爲指絣幪設千俎。（《同文館唱和詩》卷八）

黄庭堅

【次韻答張文潛惠寄】短褐不磷緇，文章近楚辭。未識想風采，别去令人思。斯文已戰勝，凱歌偃旌旂。君行魚上冰，忽復燕哺兒。學省得佳士，催來費符移。方觀追金玉，如許遽言歸。南山有君子，握蘭

懷令姿。但應潔齋俟，勿詠無生詩。（《山谷詩内集》卷三）

【奉和文潛贈無咎篇末多以見及以既見君子云胡不喜爲韻（録五首）】龜以靈故焦，雉以文故翳。本心如日月，利欲食之既。後生玩華藻，照影終没世。安得八紘罝，以道獮衆智。

談經用燕説，束棄諸儒傳。濫觴雖有罪，末派瀰九縣。張侯真理窟，堅壁勿與戰。難以口舌争，水清石自見。

野性友麋鹿，君非我同群。文明近日月，我亦不如君。十載長相望，逝川水沄沄。何當談絶倒，茗椀對鑪薰。

張侯窘炊玉，僦屋得空壚。但見索酒郎，不見酒家胡。雖肥如瓠壺，胸中殊不麤。何用知如此，文采如於菟。

荆公六藝學，妙處端不朽。諸生用其短，頗復鑿户牖。譬如學捧心，初不悟己醜。玉石恐俱焚，公爲區别不？（同上卷四）

【以團茶洮州緑石研贈無咎文潛】晁子智囊可以括四海，張子筆端可以回萬牛。自我得二士，意氣傾九州。道山延閣委竹帛，清都太微望冕旒。貝宫胎寒弄明月，天網下罩一日收。此地要須無不有，紫皇訪問富春秋。晁無咎，贈君越侯所貢蒼玉璧，可烹玉塵試春色，澆君胸中《過秦論》，斟酌古今來活國。張文潛，贈君洮州緑石含風漪，能淬筆鋒利如錐。請書元祐開皇極，第入思齊訪落詩。（同上卷六）

【次韻文潛休沐不出二首】風塵車馬逐，得失兩關心。唯有張仲蔚，門前蓬藋深。自公及歸沐，畢願詩書林。墻東作瘦馬，萬里氣駸駸。

與世自少味，閉關非有心。戎葵一笑粲，露井百尺深。著書灑風雨，枯筆束如林。蘇公歎妙墨，逼人太駸駸。（同上卷七）

【戲和文潛謝穆父松扇】猩毛束筆魚網紙，松柎織扇清相似。動搖懷袖風雨來，想見僧前落松子。張侯哦詩松韻寒，六月火雲蒸肉山。持贈小君聊一笑，不須射雉彀黄間。（同上卷八）

【病起荆江亭即事十首（録一首）】張子耽酒語蹇吃，聞道潁州又陳州。形模彌勒一布袋，文字江河萬古流。（同上卷十四）

【贈高子勉四首（録一首）】張侯海内長句，晁子廟中雅歌。高郎少加筆力，我知三傑同科。（同上卷十六）

【次韻文潛】武昌赤壁弔周郎，寒溪西山尋漫浪。忽聞天上故人來，呼船凌江不待餉。我瞻高明少吐氣，君亦歡喜失微恙。年來鬼祟覆三豪，詞林根柢頗摇蕩。天生大材竟何用，只與千古拜圖像。張侯文章殊不病，歷險心膽元自壯。汀洲鴻雁未安集，風雪牖户當塞向。有人出手辦兹事，政可隱几窮諸妄。經行東坡眠食地，拂拭寶墨生楚愴。水清石見君所知，此是吾家秘密藏。（同上卷十七）

【和文潛舟中所題】雲横疑有路，天遠欲無門。信矣江山美，懷哉譴逐魂。長波空淮記，佳句洗昣昏。誰奈離愁得，村醪或可尊。（同上）

【明月篇贈張文潛】天地具美兮，生此明月，陞白虹兮貫朝日。工師告余曰，「斯不可以爲珮」，棄捐櫝中兮，三歲不會。霜露下兮百草休，抱此耿耿兮，与日星遊。山中人兮招招，耕而食兮無邮榛艾，蓁蓁前吾牛兮，痯不可更抶。淺耕兮病歲，深耕兮石嬰耜。登山兮臨川，雉得意兮魚樂。小風兮吹波，從其友兮尾尾。日下兮川逝，射雉兮喪余一矢。佳人兮潔齊，悵何所兮行媒。南山有葛兮葛有本，我羞餔兮，以君之鉏來。（《豫章黄先生文集》卷一）

【次韻文潛立春日三絶句】渺然今日望歐梅，已發黄州首更回，試問淮南風月主，新年桃李爲誰開。

誰憐舊日青錢選，不立春風玉筭班。傳得黄州新句法，老夫端欲把降幡。

江山也似隨春動，花柳真成觸眼新。清濁盡須歸甕蟻，吉凶更莫問波臣。（同上卷十一）

【書秦覯詩卷後】少章别來踰年，文字亹亹日新，不惟助秦氏父兄驩喜，子與晁、張諸友亦喜交游，間當復得一國士。然力行所聞，是此物之根本，冀少章深根固蔕，令此枝葉暢茂也。（同上卷二十六）

【題蘇子由黄樓賦草】銘欲頓挫崛奇，賦欲宏麗。故子瞻作諸物銘，光怪百出。子由作賦，紆徐而盡變。二公已老，而秦少游、張文潛、晁無咎、陳無己，方駕於翰墨之場，亦望而可畏者也。（《山谷全書》卷六）

【論作詩文】……余自謂作詩頗有自悟處，若諸文亦無長處可過人。余嘗對人言：「作詩在東坡下，文潛、少游上。至於雜文，與無咎等耳。（《山谷全書》卷十二）

【與李端叔書】……比得荆州一詩人高荷，極有筆力，使之淩厲中州，恐不減晁、張，但公不識耳。方叔安否？（同上卷十四）

【答王周彦書】往在元祐初，始與秦少游、張文潛論詩，二公初不謂然。久之，東坡先生以爲一代之詩當推魯直，而二公遂捨其舊而圖新。方其改轅易轍，如枯弦敝軫，雖成聲而疎闊，跌宕不滿人耳。少焉，遂能使師曠忘味、鍾期改容也。（《山谷老人刀筆》卷十七）

秦　觀

【次韻答張文潛病中見寄】與君涉世網，所得如鈎温。念昔相乖離，俯仰變寒暄。把袂安可期，寄書囑加飧。三年汝水濱，孤懷誰與言。末路非所望，聯鑣金馬門。校文多豫暇，玄談到羲軒。孰云笭箵小，史書垂後昆。匪惟以舊聞，抵牾良可刊。比枉病中作，筆端淮海奔。亟駕問所苦，兀坐一室閑。晤對不知夕，歸途斗星翻。平時帶十圍，頗復減臂環。君其專精神，微恙不足論。愷悌神所勞，此理真如紘。（《淮海集》卷七）

【寄張文潛右史】解手亭皐纔幾月，春風已復動林塘。稍遷右史公何泰，初閱除書國爲狂。日出想驚儒發冢，風行應罷女争桑。東坡手種千株柳，聞説邦人比召棠。（同上卷九）

【書晋賢圖後】此畫舊名《晋賢圖》，有古衣冠十人，惟一人舉杯欲飲，其餘隱几杖策，傾聽假寐，讀書屬文，了無霑醉之態。龍眠李伯時見之曰：「此《醉客圖》也。」蓋以唐竇蒙《畫評》有毛惠遠《醉客圖》，故以名之焉。……獨譙郡張文潛與余以爲不然，此畫晋賢宴居之狀，非醉客也。伯時易其名，出奇以眩俗耳。……雖然余懼伯時以余與文潛異論，亦將以醉見名，則余二人者將何以自解也。伯時好古博雅君子，其言宜不妄，豈評此畫時方在酩酊邪？圖中諸客，洎予二人，孰醉孰不醉？當有能辨之

者。(同上卷三十五)

【和蔡天啓贈文潛之什】蔡侯飽學困千釜,濯足清江起南土。劇談頗似蒸客豪,快奪范睢如墜雨。東城橋梓未足論,柏直何爲口方乳。蔣信山中伴香火,三年不厭長蔬苦。平生瑰瑋有誰同,要得張侯三日語。畫閑那自運甓忙,時清不用聞雞舞。桓榮歡喜見車馬,書册辛勤立門户。要當食肉似班超,猛虎何嘗窺案俎。(《淮海後集》卷二)

李　彭

【次韻文潛立春三絶】臘前漏泄有官梅,春色懸知裏許回。日涉園中聊步屧,黄菘早韭復争開。后皇司春生意還,無知草木亦班班。顧憐緑鬢添華髮,羞插耐寒花上幡。舉酒徵賢且合姻,盤飧野菜鬬嘗新。陽春有脚今誰是,始覺前期貴老身。(《日涉園集》卷十)

米　芾

【西園雅集圖記】李伯時效唐小李將軍,爲著色泉石、雲物、草木、花竹,皆絶妙動人。而人物秀發,各肖其形,自有林下風味,無一點塵埃氣,不爲凡筆也。其烏帽黄道服,捉筆而書者,爲東坡先生。仙桃巾紫裘而坐觀者,爲王晋卿。幅巾青衣,據方几而凝竚者,爲丹陽蔡天啓。捉椅而視者,爲李端叔。後有女奴,雲鬟翠飾,倚立自然,富貴風韻,乃晋卿之家姬也。孤松盤鬱,上有凌霄纏絡,紅緑相間,下有大石案，陳設古器、瑶琴，芭蕉圍繞。坐於石盤旁，道帽紫衣，右手倚石，左手執卷而觀書者，爲蘇子由。團巾繭衣，手秉蕉箑而熟視者，爲黄魯直。幅巾野褐，據横卷畫淵明歸去來者，爲李伯時。披巾青服，撫肩而立者，爲晁無咎。跪而捉石觀畫者，爲張文潛。道巾素衣，按膝而俯視者，爲鄭靖老。後有童子，執靈壽杖而立二人。坐於盤根古檜下，幅巾青衣，袖手側聽者，爲秦少游。琴尾冠、紫道服摘阮者，爲陳碧虚。唐巾深衣，昂首而題石者，爲米元章。幅巾袖手而仰觀者，爲王仲至。前有鬅頭頑童，捧古研而立。後有錦石橋，竹逕繚繞，於清溪深處、翠陰茂密中，有袈裟坐蒲團而説無生論者，爲圓通大師。旁有幅巾褐衣而諦聽者，爲劉巨濟。二人並坐於怪石之上，下有激湍潨流於大溪之中，水石潺湲，風竹相吞，爐烟方裊，草木自馨，人間清曠之樂，不過於此。嗟乎！洶湧於名利之域而不知退者，豈易得此耶？自東坡而下，凡十有六人，以文章議論、博學辨識、英辭妙墨、好古多聞，雄豪絶俗之資，高僧羽流之傑，卓然高致，名動四夷。後之攬者，不獨圖畫之可觀，亦足彷彿其人耳。（《寶晋英光集·補遺》）

陳師道

【晁無咎、張文潛見過】白社雙林去，高軒二妙來。排門銜鳥雀，揮壁帶塵埃。不憚除堂費，深愁載酒回。功名付公等，歸路在蓬萊。（《後山居士文集》卷一）

【答張文潛 來詩云：欲餉子桑歸問婦，食單過午尚懸墻】我貧無一錐，所向皆四壁。瀛洲足風露，胡不減飢色。

昔聞杜氏子，剪髻事尊客。君婦定不賢，三梳奉巾櫛。（同上）

【嘲無咎、文潛】詩人要瘦君則肥，便然偉觀詩不宜。詩亦於人不相累，黄金九鐶腰十圍。一飢緣我不緣渠，身作賈孟行詩圖。窮人乃工君未可，早據要路肩安輿。（同上）

【寄文潛、無咎、少游三學士】北來消息不真傳，南渡相忘更記年。湖海一舟須此老，蓬瀛方丈自飛仙。數臨黄卷聊遮眼，穩上青雲小着鞭。李杜齊名吾豈敢，晚風無樹不鳴蟬。（同上）

【賀文潛】飛騰無那高詹事，奔軼難甘杜拾遺。釋梵不爲寧顧計，公侯有命却隨宜。且留陳迹來韓愈，不用逢人説項斯。富貴風聲真兩得，窮人從此不因詩。（同上）

【贈張文潛 少公之客也，聞文潛召試。】張侯便然腹如鼓，飢雷收聲酒如雨。讀書不計有餘處，尚着我輩千百許。翻湖倒海不作難，將軍百戰富善賈。弟子不必不如師，欲知其人視其主。秋來待試丞相府，轂馬礪兵吾甚武。商周不敵聞其語，一戰而霸在此舉。百年富貴要自取，人將公卿還爾汝，德如墨君誰敢侮。（同上）

【寄張文潛舍人】今代張平子，雄深次子長。名高三俊上，官立右螭旁。車笠吾何恨，飛騰子莫量。時平身早達，未用夢凝香。來書云：補外之樂，發於夢寐。（同上卷三）

【寄張宣州】與世情將盡，懷仁老未忘。故人今五馬，高處讓三長。詩豈江山助，名成沈鮑行。肯爲文俗事，打鴨起鴛鴦。（同上）

【寄兖州張龍圖文潛二首】去國遭前政，還家未白頭。百年當晚遇，一辱獨先收。齒脱空餘舌，顔衰早着秋。三爲郡文學，大勝鄧元侯。剩喜開三面，旋聞乞一州。力難隨鳥翼，行復立螭頭。今日騏驎閣，當年鸚鵡洲。寄書愁不達，書達得無愁。（同上卷六）

【答李端叔書】……兩公之門有客四人，黄魯直、秦少游、晁無咎，長公之客也；張文潛少公之客也。僕自念不敢齒四士，而足下遽進僕於兩公之間，不亦怵乎？（同上卷十）

【答張文潛書】師道啓：近者足下來京師，不鄙其愚，辱貺以文。卒卒一再見，懷不得吐。既别，欲一致問，因以自效，方事之不閒，竟後足下，大以爲恨。及讀足下書，乃僕所欲言者。君子之所存，夫人不遠，惟設之於僕，爲不當耳。嗟乎，足下誠知我矣，亦既愛之矣。不識足下何從而得之，其得之於人耶，其有以自得之耶？得之於人耶，譽者可信，則毁者又可信矣。有以自得之耶，則僕言未效，而跡未接，竊有疑焉。豈足下使人可疑，乃僕之不敏，不能不疑耳。古有之目逆而道存，而僕不足當也。以僕之愚，有以知足下，而謂足下何從而得之，僕過矣。夫衆言鑠金，三人成虎，僕懼足下有時不自信而信人，不待人毁而自毁矣。僕以小人之懷，爲君子之心，則又過矣。然所以言者，雖君子不可不戒也。足下憫僕無以事親畜妻子，宜從下科以幸斗食，疑僕好惡與人異情。足下於僕至矣，僕何以得之，何以受之邪！僕家以仕爲業，捨仕則技窮矣。故僕之於仕，如瘖音者之溺聲，氣不動而手足亂矣。世徒見其忍而不發，遂以爲好惡異人，此殆談者過情、聽者過信耳。雖然，僕病且老矣，目有黑子而昏華，瘰俠於頸領，隱起而未潰，氣伏於胸腹之間，下上不時，痔形于下體者十年矣。志彊而形憊，年未既而老及之，足下雖欲進之，而僕不能勉也！閏月甲子，詔以河内公爲相，是時自九月不雨，有司傳詔未竟而雨，貴賤賢不肖，下至房室女子，歡然相慶，天人之意如此。僕方卧，聞之起立，尚可勉耶。足下視此時如何，僕獨得不勉耶？羊鼎之側，飢者吐舌，但未染指耳。足下欲與僕居，將坐僕而沐薰之耶？豈意其逃世而加束縛焉，抑愛之過厚而欲常常見之與？李耽家于瀨鄉，莊周老于蒙田邑之間，復有昔時懷器而隱處者乎？願一覽焉。僕於書如貪者之嗜利，未嘗厭其欲也。譙祁氏多書稱，號外府太清老氏之藏室，願與足下盡心焉。春益暄，惟爲道重慎。師道再拜。（同上卷十）

晁補之

【釋求志】……張子，予太學同舍文潛也。文潛不苟合於人，黄魯直爲《明月篇》遺之曰：「天地具美兮，生此明月，陞白虹兮，貫朝日。」予愛之。浮石沈木，無是道也，而誣善者其言嘗類此。大才而小使之，譬霹霳非鱣所游也，求斯世而莫予知也。（《雞肋集》卷一）

【飲酒二十首同蘇翰林先生次韻追和陶淵明（録一首）】黄子似淵明，城市亦復真。陳君有道舉，化行閭井淳。張侯公瑾流，英思春泉新。高才更難及，淮海一髯秦。嗟予竟何爲，十駕晞後塵。文章不急事，用意斯已勤。平生不共飲，歎息無與親。問道伯昏室，何人獨知津。各在天一方，淚落衣上巾。歸休可共隱，山中復何人。（同上卷四）

【次韻張著作文潛休日不出二首】張侯經濟術，見遇未容心。揚子執戟老，蔣生開徑深。予亦拙造請，素懷愛園林。閉門鳥雀喜，朝日上駸駸。文史平昔契，淮山别離心。省中竝日直，天上青春深。買屋近城塢，往來成竹林。詩模黄著作，吾亦意駸駸。（同上卷五）

【次韻文潛病中作時方求補外】貧爐初著灰，濁酒寒不温。鄰張病未來，獨負南窗暄。昨日往過之，歡喜能兩餐。醒醲洪然解，愧無枚乘言。祝君抱虚一，邪氣襲無門。今晨有起色，迎笑眉宇軒。扶掖兩男兒，總丱佳弟昆。遣誦寄我詩，妙可白玉刊。平生俱豪氣，見酒渴驥奔。賜休常苦稀，晨謁良不閑。約君向南邦，勿厭敲扑諠。公餘未忘飲，何必釂十分。時平但行樂，卧治安足論。琵琶五十面，雷雨出鵾絃。（同上）

【再次韻文潛病起】淮浦見之子，春風初策名。頗訝謫仙人，有籍白玉京。晚遇廣文直，老交心愈傾。同升芸香府，偶坐華髮生。斯人自龍性，意變難章程。耆酒不疵吝，身如秋葉輕。自言士處世，何必冰雪清。交游滿臺省，毀譽半王城。不肯效俯仰，畏高侮鰥惸。常思老伊潁，紫蟹羞吴秔。我輒抵掌和，音同磬隨笙。小人奉慈親，皆當小人羹。寒衣婦補綻，學績女娉婷。日欲江海去，心期楊柳青。衆木構大廈，豫章倚孤撑。如子足醫國，可容移疾行。丹書紫皇告，玉篆五嶽形。何必陶隱居，吞霞養純精。訪道自素約，諧心期暮齡。但恐牽俗緣，老大功不成。息交屏妻子，此語不須驚。（同上）

【次韻張著作文潛飲王舍人才元家時坐客户部李尚書公擇光禄文少卿周翰大理杜少卿君章黄著作魯

直】霜雪埋百花，及時闘春陽。城南有高士，買屋入花藏。經時不出門，爲花日日忙。我居在何許，近止東數坊。亦有佳公子，連車換帷裳。隔墻蜂蝶諠，開户草木香。仙人朱桃椎，髮緑童臉芳。此公不可見，此畫來遠方。竹欹屠蘇塢，柳拂轆轤床。素兒雖小小，亦足侑客觴。尚書廊廟具，氣若冰壺凉。忘年此賓主，吾黨有輝光。人生走塵土，歲月顔鬢蒼。曷不休沐暇，過此薰修房。宴坐二十年，非癡實難量。王才元未四十休官。張侯不出家，在家説緣忘。尚擬問兩卿，携肴借紅粧。妍歌聽黄子，不飲亦清狂。（同上卷七）

【試院次韻文潛欲知歸期近呈天啓慎思】眉山得張侯，心許出一手。臨川見蔡子，千載慰邂逅。鄧君起南國，磊落看三秀。譬如黄鐘陳，我尚瓦釜吼。欲知歸期近，唤馬牽出廄。官壺持餉婦，傾寫不漬口。千章輸明堂，勿問草澤有。群公自凜凜，水鏡照妍醜。（同上）

【初與文潛入館魯直貽詩並茶硯次韻】黄侯閲世如傳郵，自言何預風馬牛。草經不下天禄閣，詩入雞林海上州。兼陳九鼎燦玉鉉，竝綴五冕森珠旒。後來傀磊有張子，姓名竝向紫府收。青春一篇更奇麗，勢到屈宋何秋秋。洮州石貴雙趙璧，漢水鴨頭如此色。贈酬不鄙亦及我，刻畫無鹽譬傾國。月團聊試金井漪，排遣滯思無立錐。乘風良自興不淺，愁報孟侯無好詩。（同上卷十二）

【至日同文潛舍人飲錢京兆穆父家】大尹孤標琢崑玉，舍人骨相飛食肉。弊裘羸馬愧我寒，唤飲東齋散膚粟。少時獨識孔文舉，不交餘子平生足。尹門如市立相躡，尹心如水清可掬。鄰無惡少歸醉卧，不遣長鬚訟騎屋。閉門不出三日雪，冷坐西軒花眩目。未妨詩句敵青春，痛飲何由髮還緑。（同上卷十三）

【次韻鄧正字慎思秋日同文館九首（選一首）】雄深張子句，山水發天光。黄鵠愁嚴道，玄龜困吕梁。愛君豪穎脱，嗟我病傖囊，驥尾何當附，西風萬里長。屬文潛（同上卷十五）

【秋夜西崗聯句】城南遠人跡，蟲響最先秋。河漢横疑近，補之星辰爛不收。露濃枝上月，耒風駛苑中籌。下直身田野，補之相忘世馬牛。市聲城郭夜，耒遥色草茅幽。寂寞容還往，補之文章得獻酬。天依閶闔轉，耒斗直未央留。清洛東輸海，補之夷門北拱州。寒燈知苦織，耒濁酒識窮愁。飽食容高議，補之蒼顔媿薄遊。黑貂寒事早，耒青史素心遒。附驥容吾鈍，黄金試絡頭。補之（同上）

【凝祥池上聯句】粉垣周十里，補之丹碧焕神宫。耒樓閣晚多雨，梧桐天早風。補之人來夕照外，耒鳥起白蘋中。補之何用厭城郭，滄洲佳興同。耒（同上）

【試院呈文潛用前韻】神交千古聖賢中，尚想銅山應洛鐘。傾蓋十年唯子舊，知音一世更誰逢。天如蟻磨駸駸旦，談似繅車亹亹從。鄰榻鄧侯那不共，擁食百首興方濃。（同上卷十六）

【次韻文潛尉福昌時壁間清暑亭詩　亭在水竹中】梅福當年守此官，荆山誰見韞琅玕。人如修竹三冬好，詩與清溪九夏寒。未信簪裳妨小隱，蚤時雷雨起深蟠。春風攬轡河陽縣，痛飲狂歌憶舊年。（同上卷十七）

【題文潛詩册後】君詩容易不著意，忽似春風開百花。上苑離宫曾絶艶，野墻荒徑故幽葩。愜心芻豢非雜俎，垂世江河自一家。頭白昏昏醉眠處，憶君頻夜夢天涯。（同上卷十八）

【驀山溪·亳社寄文潛舍人】蘭臺仙史，好在多情否。不寄一行書，過西風、飛鴻去後。功名心事，千載與君同，只狂飲，只狂吟，緑鬢殊非舊。　山歌村館，愁醉潯陽叟。　且借兩州春，看一曲、樽前舞袖。　古來畢竟，何處是功名，不同飲，不同吟，也勸時開口。（《晁氏琴趣外篇》卷三）

李之儀

【和張文潛贈楊妹】草草聲名等漏巵，相逢佳處暫舒眉。　我方擊節聊乘興，君可忘憂莫見疑。（《姑溪居士文集》卷十）

【和張文潛喜東坡過嶺】紛紛擾擾何爲哉，一身之餘皆儻來。　當前荊棘誰所樹，到了醯酸蜹方聚。　公歸斯文乃有主，公去妖淫幾人誤。　狐狸羆嗥蛟龍衆，户外何嫌常滿屨。（《姑溪居士後集》卷二）

【跋東坡諸公追和淵明歸去來引後（節録）】予在潁昌，一日從容，黄門公遂出東坡所和，不獨見知爲幸。而於其卒章，始載其後盡和。　平日談笑問所及，公又曰：「家兄近寄此作，令約諸君同賦，而南方已無魯直、少游相期矣，二君之作未到也。」居數日，黄門公出其所賦，而輒與亭强。　後又得少游者，而魯直作與不作未可知，竟未見也。　張文潛、晁無咎、李方叔亦相繼而作。　三人者，雖未及見，其賦之則久矣。　異日當盡見之。（同上卷十五）

柳子文

【次韻呈文潛學士同年】才堪斗量君獨釜，年少登瀛脱塵土。　重闈幾日鎖清秋，酬唱新篇亂如雨。　讀書相逢十載前，君家酥酪和腐乳。案：此下原闕苦字韻二句。晚將衰颯奉英遊，漫記雪窗邀夜語。平生意氣杯酒間，我醉狂歌君起舞。即今頭白老青衫，但期教子應門户。燕領從來骨相殊，看君鼎食羅五俎。（《同文館唱和詩》卷八）

李　廌

張文潛曰：先皇尚經術，本欲求賢聖旨趣。而一時師説，競以新奇相高，妄爲臆説，即附意穿鑿。（《濟南先生師友談記》）

晁説之

【答李子能先輩書（節録）】前日張文潛知潁州，爲東坡喪服，重得罪於廷臣，不赦不知，又如何哉！（《嵩山文集》卷十五）

范純夫撰《宣仁太后發引曲》，命少游製其一，至史院出示同官。文潛曰：「内翰所作，烈文昊天，有成命之詩也。少游直似柳三變。」少游色變。純夫謂諸子曰：「文潛奉官長，戲同列，不可以爲法也。」（《晁氏客語》）

元祐末，純夫數上疏論時事，基言尤激切，無所顧避。文潛、少游懇勸，以謂不可，公意竟不回。其子冲亦因間言之。公曰：「吾出劍門關，稱范秀才，今復爲一布衣，何爲不可！」其後遠謫，多緣此數章

也。（同上）

鄒　浩

【張耒除祕書少監制】敕具官某。朕方崇册府，以集天下之豪英；嚴史官，以昭先帝之功德，惟時寄選，不輕用人。以爾學博文高，表于多士，召從孤外，亦既踰年，蔚然禮樂之中，休有服勤之譽。總司秘籍，參預信書，疇爾居焉。朕命惟允，勉圖報效，勿愧恩榮。（《道鄉集》卷十五）

【張耒直龍圖閣知揚州制】敕具官某，揚於東南爲一都會，師帥其上，率多顯人。以爾文學著聲，蚤踐臺閣，寵還舊職，往莅兵民。其思所以鎮撫之，稱朕惠澤元元之意。（同上）

趙令畤

元祐中，館職諸公賦《韓幹馬》詩，獨張文潛最高勝，云：「頭如翔鸞月頰光，背如安輿梟臆方。」（詩載文集，不録）（《侯鯖録》卷一）

張文潛初官通許，喜營妓劉淑女，爲作詩曰：「可是相逢意便深，爲郎巧笑不須金。門前一尺春風髻，窗外三更夜雨衾。别燕從教燈見淚，夜船惟有月知心。東西芳草皆相似，欲望高樓何處尋？」又云：「未説蝤蠐如素領，固應新月學蛾眉。引成密約因言笑，認得真情是别離。尊酒且傾濃琥珀，淚痕更著薄胭脂。北城月落烏啼後，便是孤舟腸斷時。案二詩《宛丘集》不載。（同上）

紹聖中，有人過臨江軍驛舍，題二詩，不書姓名。時貶東坡，毁《上清宫碑》，令蔡京别撰。詩云：「李白當年謫夜郎，中原不復漢文章。納官贖罪何人在？壯士悲歌淚兩行。」又云：「晉公功業冠皇唐，吏部文章日月光。千載斷碑人膾炙，不知世有段文昌。」乃江端友子我作，或云張文潛作。（同上卷二）

余崇寧中，坐章疏入籍爲元祐黨人。後四年，牽復過陳。張文潛、常希古，皆在陳居，相見慰勞之餘，答曰：「靈轂子王叡作《解昭君怨》，殊有意思，能到入妙處。」詞云：「莫怨工人醜畫身，莫嫌明主遣和親。當時若不嫁胡虜，祇是宫中一舞人。」文潛云：「此真先生所謂篤行而剛者也。」（同上）

張文潛每見親友書後無年月，便擲於地，更不復觀。（同上卷八）

潘　淳

【張文潛詩無雨有碑出處】文潛次張公遠韻，有「襄王坐上徽詞客，子建車前步水妃。瞥過低鬟留盼處，争先凝笑獨來時。東邊日下終無雨，闕上題詩合有碑。腸斷吴王煙水國，扁舟何日逐鴟夷」。或問：「無雨有碑，何等語也。」予答以「東邊日出西邊雨，道是無情却有情」，劉夢得《竹枝歌》也；「别後當相思，頓書千丈闕，題碑無罷時」，宋《華山畿》詞也。事見匠智《古今樂録》。（《潘子真詩話》）

吴　幵

【秋去暑無權】張文潛《明道雜志》記一詩云：「秋去暑無權。」以爲意新而韻工。予見邵堯夫云：「春陽

得權故多旱，秋陰得權故多雨。」（《優古堂詩話》）

【獨鵲裊庭柯】錢内翰希白《畫景》詩云：「雙蜻上簾額，獨鵲裊庭柯。」「裊」字最其所用意處也。然韋蘇州《聽鶯曲》云：「有時斷續聽不了，飛去花枝猶裊裊。」趙嘏詩云：「語風雙燕立，裊樹百勞飛。」錢意韋、趙已先用，張文潛亦有「啄雀踏枝飛尚裊」之句。（同上）

【耕田欲雨刈欲晴　去得順風來者怨】東坡《泗州僧伽塔》詩云：「耕田欲雨刈欲晴，去得順風來者怨。若使人人禱輒應，造物應須日千變。」張文潛用其意别爲一詩云：「山邊半夜一犂雨，田父高歌待收穫。雨多蕭蕭蠶簇寒，蠶婦低眉憂繭單。人生多求復多怨，天公供爾良獨難。」（同上）

【飛鳥外夕陽西】張文潛詩云：「新月已生飛鳥外，落霞更在夕陽西。」蓋用郎士元《送楊中丞和蕃》詩耳。郎詩云：「河陽飛鳥外，雪嶺大荒西。」（同上）

【寒食疾風甚雨】《荆楚歲時記》：「去冬至一百五日，即有疾風甚雨，謂之寒食。」王君玉詩：「疾風甚雨青春老，瘦馬疲牛緑野深。」頃又見周知微詩稿云：「疾風甚雨悲游子，峻嶺崇山非故鄉。」張文潛詩云：「荒山野水非吾土，寒食清明似去年。」（同上）

【薏苡芎藭】張右史耒《晝卧口占》云：「病栽薏苡無勞謗，溼要芎藭不待庾。」東坡亦云：「巧語屢曾傷薏苡，庾詞那復託芎藭。」（同上）

王直方

【鬼作人語人作鬼語】山谷又有一篇云：「玉户金釭，願悟君王。邯鄲宫中，金石絲簧。鄭女衛姬，左右成行。紈綺繽紛，翠眉紅粧。王歡轉盻，爲王歌舞。願得君歡，長無災苦。」蘇公以爲「邯鄲宫中，金石絲簧」，此兩句不唯人少能作，而知之者亦極難得耳。張文潛見坡谷論説鬼神，忽曰：「舊時鬼作人語，如今人作鬼語。」二公大笑。（《王直方詩話》）

【砲車雲】舟人占風，若砲車雲起，輒急避之，乃大風候也。東坡有云：「今日江頭天色惡，砲車雲起風欲作。」文潛有云：「喜逢山色開眉黛，愁對江雲起砲東。」（同上）

【旱詩】張文潛《賦虎圖》詩末云：「煩君衛吾寢，振起蓬蓽陋，坐令盜肉鼠，不敢窺白晝。」或云此却是猫兒詩也。又《大旱》詩云：「天邊趙盾益可畏，水底武侯方熟眠。」時人以爲幾於湯燖右軍也。（同上）

【潘邠老詩】潘大臨字邠老，……惟和張文潛痛字韻詩，頗有佳語。其云：「文章邇來氣餒低，聖經頗遭餘子弄。公歸除荆舒，之説懲應痛。」蓋王介甫始封於舒，後封於荆，故邠老云耳。（同上）

【文潛詩自記妙處】李希聲云：「見文潛外生言文潛每作詩，其有用得妙處必自記録。如《法雲會中懷無咎》云：「獨覺欠此翁。」自以「欠」字頗佳。（同上）

【用當時作者語爲故事】樂天云：「哺歠眠糟甕，流涎見麴車。」杜甫有「路逢麴車口流涎」，而張文潛有寄予詩云：「須看遠山相對蹙，莫欺病齒惱衰翁。」自注云：「黄九《謝人遺梅子》詩，有遠山對蹙之

句。」乃知詩人取當時作者之語，便以爲故事。此無他，以其人重也。（同上）

【虚幌坐燒】張文潛病中作七言詩，蘇黄門和之云：「長空雁過疑來客，虚幌螢飛坐恐燒。」秦觀云：「文潛讀至此不樂。」余曰：「何也？」觀云：「『虚幌坐燒』近於死，病人所諱。」（同上）

【張文潛輸麥行】文潛嘗因過倉前作《輸麥行》，有云：「場頭雨乾場地白，老稚相呼打新麥，半歸倉廩半輸王，免教縣吏相煎逼。」輸王乃老農語，若時享歲貢終王勤王之類，其語古矣。（同上）

【詩句優劣】「日月老賓送」，山谷詩也。「日月馬上過」，文潛詩也。其工拙有能辨之者。老杜云：「厨人語夜闌」，東坡云：「圖書跌宕悲年老，燈火青熒語夜深。」山谷云：「兒女燈前語夜深。」余爲當以先後分勝負。（同上）

【蘇黄愛文潛詩】文潛先與李公擇輩來飲余家，作長句。後數十日，再同東坡來。坡讀其詩，歎息云：「此不是吃烟火食人道底言語。」蓋其間有「漱井消午醉，掃花坐晚凉，衆緑結夏帷，老紅駐春粧」之句也。山谷次韻云：「張侯筆端勢，三秀麗芝房。作詩盛推賞，月珠計斛量。掃花坐晚吹，妙語亦難忘。」（同上）

【黄魯直楚詞律詩】鼂父云：朋見張文潛，言魯直楚詞誠不可及。晁無咎言魯直楚詞固不可及，而律詩，補之終身不敢近也。（同上）

【張文潛三佛名榜詩】石曼卿以書名世，然愈大愈妙；嘗書鼂山寺三佛名最爲雄俊。張文潛有詩云：「煌煌三佛榜，鐵貫金石鈕。開張宫室正，渾質山岳厚。井水駭龍吟，蟻封觀驥騄。」余愛能道其妙

處。（同上）

【桃李春風江湖夜雨】張文潛謂余曰，黄九云：「桃李春風一盃酒，江湖夜雨十年燈」，真奇語。（同上）

【蘇黄咏竹夫人詩】東坡寄柳子玉云：「聞道床頭惟竹几，夫人應不解卿卿。」……張文潛後作《竹夫人傳》。（同上）

【潘邠老答張耒齊安行】張文潛嘗作《齊安行》，詞甚不美，末云：「最愁三伏熱如甑，北客十人九人病。百年生死向中州，千金莫作齊安游。」而潘邠老，黄人也，爲作解嘲云：「爲邦雖陋勿雌黄，我曾侍立蘇公旁，見公顔色不憔悴，不似賈誼來江湘。它州雖粗勝吾州，無此兩公相繼游。」（同上）

【詩嘲張文潛】張文潛在一時中，人物最爲魁偉。故陳無己有詩云：「張侯魁然腹如皷，雷爲飢聲酒爲雨，文云要瘦君則肥。」山谷云：「六月火雲蒸肉山」，又云「雖肥如瓠壺」。而文潛卧病，秦少游又和其詩云：「平時帶十圍，頗復減臂環。」皆戲語也。（同上）

【張文潛題奉先寺詩】「荒涼城南奉先寺，後宮美人官葬此。角樓相望高起墳，草間柏下多石人。秩卑焚骨不作塚，青石浮屠當丘壠。家家墳上作享亭，朱門相向無人聲。樹頭土梟作人語，月黑風悲鬼摇樹。宫中養女作子孫，年年犢車來作主。廢后陵園官道側，家破無人掃陵域。官家歲結半千錢，街頭買餅作寒食」。此張文潛《題奉先寺》詩。晁以道嘗與江子之言：「文潛近來詩不甚好。」子之因誦此詩以對。以道云：「莫不是文潛詩否？」（同上）

【蘇王黄秦詩詞】東坡嘗以所作小詞示無咎、文潛曰：「何如少游？」二人皆對云：「少游詩似小詞，先

生小詞似詩。」（同上）

【少游論山谷詩文】……有學者問文潛模範，曰：「看《退聽稿》。」蓋山谷在館中時，自號所居曰退聽堂。（同上）

【張文潛王康功詩】「白頭青鬢隔存没，落日斷霞無古今」，此文潛《過宋都》詩，氣格似不減老杜也。……（同上）

【聲律末流】張文潛云：「以聲律作詩，其末流也，而唐至今謹守之。獨魯直一掃古今，直出胸臆，破棄聲律，作五七言，如金石未作，鐘聲和鳴，渾然天成，有言外意。近來作詩者頗有此體，然自吾魯直始也。（同上）

惠洪

【跋謝無逸詩】臨川謝無逸，布衣而名重搢紳，於書無所不讀，於文無所不能，而尤工於詩。黄魯直閲其與老仲元詩曰，「老鳳垂頭噤不語，枯木查牙噪春鳥」，大驚曰：「張、晁流也！」陳瑩中閲其贈普安禪師詩曰，「老師登堂撾大鼓，是中那容嗇夫喋」，歎息曰：「計其魁傑，不減張、晁也」。二詩於無逸集中未爲絶唱，而陳、黄已絶倒無餘，惜其未多見之耳。然無逸又喜論列而氣長，詩尚造語而工，置於文潛、補之集中，東坡不能辨。文章如良金美玉，自有定價，殆非虚語也。（《石門文字禪》卷二十七）

【跋三學士帖】秦少游、張文潛、晁無咎，元祐間俱在館中，與黄魯直居四學士。而東坡方爲翰林，一時

文物之盛，自漢唐已來未有也。宣和四年七月，太希先倒骨董箱，得此三帖，讀之爲流涕，嗚呼！世間寧復有此等人物耶！（同上）

徐度

東坡初欲爲《富鄭公神道碑》，久之，未有意思，一日晝寢，夢偉丈夫稱是寇萊公來訪，已共語久之。既寤，下筆首叙景德澶淵之功以及慶曆議和，頃刻而就，以示張文潛。文潛曰：「有一字未甚安，請試言之！蓋碑之末初曰：『公之勳在史官，德在生民，天子虚己聽公，西戎、北狄視公進退以爲輕重，然一趙濟能摇之。』竊謂『能』不若『敢』也。」東坡大以爲然，即更定焉。（《却掃編》卷下）

張守

【答晁公爲顥謨書（節録）】某童丱時喜讀書綴文，然絶無師承，……每聞先生長者之風，則服膺而心師之。自東坡先生主斯文之盟，則聞先公與黄魯直、張文潛、秦少游輩，升堂入室，分路揚鑣，蔚乎其揚袂，炳乎其相輝，每文一出，人快先覩。某嘗窺見一二，而恨不預執鞭之役也。（《毘陵集》卷十）

翟汝文

【次韻張文潛龍圖鳴鷄賦】唯翰音之效旦，風雨晦而晨興。追警露之獨鶴，鵯鳩痦夫先鳴。羽翰照爛而成章，步武差池而中程。接清響於上元，司東方之啓明。凛然介距而峨冠，低衆雌而莫敢膺。方揚音其未引，先拊翼而騫騰。儼意氣之閑暇，四顧躊躇於中庭。擇善鳴而天假，彼群飛之何爭？呼出日於未賓，昇層氛之澄凝。促漢衛之傳唱，竦秦關之先驚。窺幽人之未覺，咿唔斷而猶聲。守曉色于既白，嘯迴風之泠泠。豈惟秉德之有常，抑衆皆穢而獨清。先生嘉兹禽之妙質，孕玉衡之奔星。時哉依人而擾德，安飲啄而飛行。誓將畢願於桑榆，夫誰譙憚犧而傷生。（《忠惠集》卷五）

葉夢得

【書高居實集後】元祐末，余與居實同舉進士，試春官，數往來舅氏晁無咎家。時張文潛爲右史，二公一時後進所推尊，每得居實文，皆擊節稱賞不已。居實試別頭，文潛適主文，居實果擢第一。……始天下名文章，稱無咎、文潛，曰晁張。無咎雄健峻拔，筆力欲挽千鈞，文潛容衍靖深。獨居實之文，氣和而思遠，言約而理暢，超然常出事物之外，而觀者每有餘味，故人以爲似文潛。（《建康集》卷三）

蔡天啓云：「嘗與張文潛論韓柳五言警句。文潛舉退之『暖風抽宿麥，清雨卷歸旗』；子厚『壁空殘月曙，門掩候蟲秋』，皆爲集中第一。」（《石林詩話》卷上）

頃見晁無咎舉魯直詩：「人家圍橘柚，秋色老梧桐。」張文潛云：「斜日兩竿眠犢晚，春波一頃去鳧寒。」皆自以爲莫能及。（同上）

高荷，荆南人，學杜子美作五言，頗得句法。黄魯直自戎州歸，荷以五十韻見，魯直極愛賞之，嘗和其言，有云：「張侯海内長句，晁子廟中雅歌，高郎少加筆力，我知三傑同科。」張謂文潛，晁謂無咎也。無咎聞之，頗不平。（同上卷中）

元祐初，用治平故事，命大臣薦士試館職，多一時名士，在館率論資考次遷，未有越次進用者，皆有滯留之歎。張文潛、晁無咎俱在其間。一日，二人閱朝報，見蘇子由自中書舍人除户部侍郎。無咎意以爲平，緩曰：「子由此除不離核。」謂如果之黏核者。文潛遽曰：「豈不勝汝枝頭乾乎？」聞者皆大笑。東北有果如李，每熟不得摘，輒便槁，土人因取藏之，謂之「枝頭乾」，故云。（《石林燕語》卷五）

政和間，大臣有不能爲詩者，因建言：詩爲元祐學術，不可行。李彦章爲御史，承望風旨，遂上章論陶淵明、李、杜而下皆貶之，因詆黄魯直、張文潛、晁無咎、秦少游等，請爲科禁。故事，進士聞喜燕例賜詩以爲寵。自何丞相文縝牓後，遂不復賜，易詔書以示訓戒。（《避暑録話》卷下）

莊　綽

昔四明有異僧，身矮而皤腹，負一布囊，中置百物，於稠人中時傾寫於地，曰：「看，看！」人皆目爲布袋和尚，然莫能測。臨終作偈曰：「彌勒真彌勒，分身百千億；時時識世人，時人總不識。」於是隱囊而化。今世遂塑畫其像爲彌勒菩薩以事之。張耒文潛學士，人謂其狀貌與僧相肖。陳無己詩止云：「張侯便便腹如鼓」，至魯直遂云：「形模彌勒一布袋，文字江河萬古流。」（《鷄肋編》卷中）

汪藻

【鮑吏部集序（節録）】括蒼鮑欽止既卒若干年，其子延祖始裒欽止之詩，爲小集若干卷，屬藻序。……欽止少從王氏學，又嘗見眉山蘇公，故其文汪洋閎肆，粹然一本于經，而筆力豪放，自見于馳騁之間，深入墨客騷人之域，于二者可謂兼之。自黄庭堅、張文潛没，欽止之詩文獨行于世，而詩尤高妙清新。（《浮溪集》卷十七）

【呻吟集序（節録）】元祐初，異人輩出，蓋本朝文物全盛之時也。邢敦夫于是時，以童子遊諸公間，爲蘇東坡之客，黄魯直、張文潛、秦少游、晁無咎之友，鮮于大受、陳無己、李文叔皆屈輩行與之交。……敦夫卒六十餘年，而其姪總出此書，于是敦夫之詩文盛行于時，與黄、秦、晁、張並傳。（同上）

【柯山張文潛集書後】右文潛詩千一百六十有四，序、記、論、誌、文、贊等，又百八十有四，第爲三十卷。余嘗患世傳文潛詩文人人殊，屏居毗陵，因得從士大夫借其所藏，聚而校之，去其複重，定爲此書，皆可繕寫。文潛名耒，譙郡人，仕至起居舍人，嘗爲宣、潤、汝、潁、兖五州太守，又嘗謫居黄州、復州，最後居陳以歿。其集以《鴻軒》、《柯山》爲名者，居復、黄時所作也。元祐中，兩蘇公以文倡天下，從之游者，公與黄魯直、秦少游、晁無咎，號四學士，而文潛之年爲最少。公于詩文兼長，雖當時鮮復公比。兩蘇公諸學士既相繼以歿，公巋然獨存，故詩文傳于世者尤多。若其體制敷腴，音節疎亮，則後之學公者，皆莫能彷彿。公詩晚更效白樂天體，而世之淺易者往往以此亂真，皆棄而不取。其采獲

之遺者，自如別録云。（同上）

嚴有翼

【河豚】河豚，《新附本草》云：「味甘温，無毒。」《日華子》云：「有毒。」……及觀張文潛《明道雜志》，則又云：「河豚，水族之奇味，世傳以爲有毒，能殺人。余守丹陽及宣城，見土人户食之，其烹煮亦無法，但用蔞蒿荻芽菘菜三物，而未嘗見死者。若以爲土人習之，故不傷。」（《藝苑雌黄》）

【謝宣城詩澄江考】張文潛《明道雜誌》云：「古人作詩賦，事不必皆實，如謝宣城詩『澄江静如練』。宣城去江僅百里，州治左右無江，但有兩溪耳。或當時謂溪爲江，亦未可知也。此猶班固謂八川分流。」予按謝元暉《曉登三山還望京邑作》詩有「澄江静如練」之語，三山在江寧縣北十二里，濱江地名，則此詩非在宣城州治所作也，安得以「八川分流」爲比。按「八川分流」出司馬相如《上林賦》，亦非固之言。（同上）

【中山毫】……比觀張文潛《明道雜誌》，首載白樂天《紫毫筆》詩云：「宣城石上有老兔，食竹飲泉生紫毫。」余守宣，問筆工：「毫用何處兔？」答云：「皆陳、亳、宿州客所販，宣自有兔，毫不堪用。蓋兔居原田，則毫全，以出入無傷也。宣兔居山中，出入爲荆棘樹石所傷，毫例短秃。」則白詩所云，非也。白公，宣州發解進士，宜知，偶不問耳。予按《北户録》説兔毛處云：「宣城歲貢青毫六兩，紫毫三兩。」其後又云：「王羲之歎江東下濕，兔毫不及中山。」由是而言，則宣城亦有兔毫，要之不及北方者

勁健可用也。（同上）

費　衮

【張文潛詩】張文潛詩云「春波一眼去鳧寒」，晁無咎稱之。至東坡，則云「春風在流水，鳧雁先拍拍」，有無盡藏之春意。（《梁谿漫志》卷七）

【本草誤】張文潛好食蟹，晚苦風痺，然嗜蟹如故，至剔其肉，滿貯巨杯而食之。嘗作詩云：「世言蟹毒甚，過食風乃乘。風淫爲末疾，能敗股與肱。我讀《本草》書，美惡未有憑。筋絶不可理，蟹續牢如絙。骨萎用蟹補，可使無騫崩。凡風待火出，熱甚風乃騰。中炎若遇蟹，其快如霜冰。俗傳未必妄，但恐殊愛憎。《本草》起東漢，要之出賢能。雖失諒不遠，堯、跖終殊稱。書生自信書，俚説徒營營。」文潛爲此詩，殆嗜蟹之癖而爲之辨耶，抑真信《本草》也？如河豚之目並其子凡血皆有毒，食者每剔去之；其肉則洗滌數十過，俟色如雪，方敢烹。故梅聖俞詩云：「烹炰苟失所，入喉爲鏌鋣。」而《大觀本草》乃云河豚性温無毒，所謂注《本草》誤而能殺人者，殆此類邪？（同上卷九）

【張文潛粥記】張文潛《粥記贈潘邠老》云：「張安道每晨起，食粥一大碗。空腹胃虚，穀氣便作，所補不細。又極柔膩，與臟腑相得，最爲飲食之良。妙齊和尚説，山中僧每將旦一粥，甚繫利害，如或不食，則終日覺臟腑燥渴。蓋能暢胃氣，生津液也。今勸人每日食粥，以爲養生之要，必大笑。大抵養性命，求安樂，亦無深遠難知之事，正在寢食之間耳。」或者讀之，果笑文潛之説。然予觀《史記》，陽虚侯相趙章病，太蒼公診其脉曰：「法五日死。」後十日乃死。所以過期者，其人嗜粥，故中藏實，中藏實故過期。師言曰「安穀者過期，不安穀者不及期。」由是觀之，則文潛之言，又似有証。後又見東坡一帖云：「夜坐飢甚，吴子野勸食白粥，云能推陳致新，利膈養胃。僧家五更食粥，良有以也。粥既快美，粥後一覺，尤不可說，尤不可說！」（同上）

陳長方

【讀張文潛黄魯直中興頌有作】文皇光明大式圍，招來群策常低眉。恩流動植到肌骨，民心與作邦家基。歲月日逝閲天寶，椿撞家居恣纖兒。婦后一日投三子，内間更納壽王妃。三綱俱紊今若此，漁陽叛將來猶遲。騎騾入蜀事慘惻，靈武即位尤堪悲。五郎父子較名義，直與安史分毫釐。若非貞觀基局牢，分披已作周東西。臨淮電擊亦漫爾，汾陽韜略將何爲。後來更出顔元輩，深詞大刻中興碑。艱難不少念厥祖，坐蒙前福仍夸毗。鑑觀陳迹動嘆息，願上文皇聖德詩。（《唯室集》卷四）

張文潛見《富鄭公神道碑》至論趙濟處，曰：「公文固奇，欲加一字，可否？」遂改云：「及英宗、神宗之世，公老矣，功在史官，德在生民，北敵西戎，視公進退，以爲中國輕重，而一趙濟敢摇之。」「一」字，固文字關紐也。（《步里客談》卷下）

周紫芝

【抄宛丘先生集見和許貴州詩，因以悼之】臺閣諸公盡要途，一麾新拜嶺南除。當時爲我歌新句，別後何人哭訃書。夢斷世間青瑣闥，醉傾天上碧琳腴。平生交舊晁張輩，餘子紛紛可作奴。（《太倉稊米集》卷十四）

【二十八日雪霽讀晁無咎集呈別乘徐彥志且以奉懷】蘇公論士昔未聞，四客輩出俱同門。龍媒忽下洗凡馬，野鶴一舉空雞群。虞皇七友廊廟具，元和十字非渠倫。張公屈宋排衙官，清詞麗句冰雪寒。秦公筆下有《過秦》，平生目短曹、劉垣。……（同上卷十九）

【與王漕乞張右史集二首】文彩推前輩，兒童識姓名。日邊張右氏，江左謝宣城。自恨空飄泊，無由見老成。著書如可得，尚足慰平生。

張緒風流士，文昌古淡詩。發揚知有助，埋没竟多時。公已勤讎校，神應作護持。何當遺珠玉，璀璨滿書幃。（同上卷二四）

【不睡效張文潛】寒沙宿鷺水無聲，湖月留人睡不成。便擬閉門尋好夢，更聽鸜鴿轉三更。（同上）

【古今諸家樂府序（節録）】余嘗評諸家之作，以謂李太白最高，而微短於韻。王建善諷，而未能脱俗。孟東野近古而思淺，李長吉語奇而入怪。惟張文昌兼諸家之善，妙絶古今。近出張右史，酷嗜其作，亦頗逼真。余嘗見其《輪麥行》，自題其尾云：「此篇效張文昌，而語差繁。」則知其效籍之意蓋甚篤，

而樂府亦自是爲之反魂矣。（同上卷五十一）

【詩八珍序】余年十二三歲時，已不喜爲兒曹嬉戲事，聞先子與客論書，常從旁竊聽，往往終日不去。是時張文潛爲宣守，時時得所爲詩，誦之輒喜。自是見俗子詩，必唾而去之不顧也。……紹興元年春，避地山間，不能盡挈群書以行，携古今諸人詩，唯柳子厚、劉夢得、杜牧之、黄魯直、杜子美、張文潛、陳無已、陳去非，皆適有之，非擇而取也。（同上）

【書譙郡先生文集後】余頃得《柯山集》十卷於大梁羅仲洪家，已而又得《張龍閣集》三十卷於内相汪彦章家，已而又得《張右史集》七十卷於浙西漕臺。先生之製作，於是備矣。今又得《譙郡先生集》一百卷於四川轉運副使、南陽井公之子晦之，然後知先生之詩文爲最多，當猶有網羅之所未盡者。余將盡取數集，削其重複，一其有無，以歸於所謂一百卷者，以爲先生之全書焉。晦之泣爲余言：「百卷之書，皆先君無恙時貽書交舊而得之，手自校讎，爲之是正，凡一千八百三首，歷數年而後成。君能裒其所未得者，以補其遺，是亦先君子之志，而某也與有榮耀焉。」因謂晦之，他日有續得者，不可以贅君家之集，當爲别集十卷，以載其逸遺而已。（同上卷六十七）

【書陵陽集後】……大抵子蒼之詩，極似張文潛，淡泊而有思致，奇麗而不雕刻，未可以一言盡也。（同上）

林和靖賦《梅花詩》，有「疏影横斜水清淺，暗香浮動月黄昏」之語，膾炙天下殆二百年。東坡晚年在惠州，作《梅花詩》云：「紛紛初疑月掛樹，耿耿獨與參横昏。」此語一出，和靖之氣遂索然矣。張文潛

云：「調鼎當年終有實，論花天下更無香。」此雖未及東坡高妙，然猶可使和靖作衙官。（《竹坡詩話》）

「兩京作斤賣，五谿無人采。」此高力士詩也。魯直作《食筍詩》，云「尚想高將軍，五谿無人采」是也。張文潛作《薺羹詩》，乃云：「論斤上國何曾飽，旅食江城日至前。嘗慕藜羹最清好，固應加糝愧吾緣。」則是高將軍所作，乃《薺詩》耳，非《筍詩》也。二公同時，而用事不同如此，不知其故何也。（同上）

本朝樂府，當以張文潛爲第一。文潛樂府刻意文昌，往往過之。頃在南都，見《倉前村民輸麥行》，嘗見其親稿，其後題云：「此篇效張文昌，而語差繁。」乃知其喜文昌如此。（同上）

張文潛《中興碑詩》，可謂妙絶今古。然「潼關戰骨高於山，萬里君王蜀中老」之句，議者猶以肅宗即位靈武，明皇既而歸自蜀，不可謂老于蜀也。雖明皇有老于劍南之語，當須説此意則可，若直謂老于蜀則不可。（同上）

曾　幾

【東萊先生詩集後序（節録）】編次而行于世，退之則李漢，子厚則夢得，文忠公則東坡先生，或其門人，或其故舊，又皆與數公深相知。蓋知之不深，則歲月先後，是非去取，往往顛倒錯亂，不可以傳。近世張文潛、秦少游之流，其遺文例遭此患，知與不知之異也。（《茶山集·拾遺》）

呂本中

【送文潛歸因成一絶奉寄】水天空闊片帆開，野岸蕭條送騎回。重到張公泊船處，小亭春在鎖青苔。（《東萊先生詩集》卷一）

【奉懷張公文潛舍人二首】顔子置身陋巷，屈原放跡江湖。何似我公歸去，馬羸不厭長途。

腕中有萬斛力，胸次乃千頃陂。字畫顔行楊草，文章韓筆杜詩。（同上卷二）

【廣陵 借韻戲用文潛體】往來六十里，各是一江郊。柳色團渦岸，春風楊子橋。好山當斷岸，野鳥度空巢。一任雷塘路，暮天風雨號。（同上卷三）

楊廿三丈道孚克一，吕氏重甥，張公文潛之甥也。少有才思，爲舅所知。年十五時，在鄂渚作詩云：「洞庭無風時，上下皆明月。微波不敢興，甚靜蛟蜃穴。」（《紫微詩話》）

張丈文潛大觀中歸陳州，至南京，答余書云：「到宋冒雨，時見數花凄寒，重裘附火端坐，畧不類季春氣候也。」（同上）

余舊藏秦少游上正憲公投卷，張丈文潛題其後云：「余見少游投卷多矣，《黄樓賦》、《哀鏄鐘文》，卷卷有之，豈其得意之文歟？少游平生爲文不多，而一一精好可傳，在嶺外亦時爲文。此卷是投正憲公者，今藏居仁處。居仁好其文，出以示余，覽之令人愴恨。時大觀改元二月也。」（同上）

文潛嘗爲其甥楊道孚作《真贊》云：「其氣揚以善動，其神騖以思用。盍觀老氏之言乎？君子行不離輜

重。」蓋規之也。（同上）

【張文潛詩】文潛詩，自然奇逸，非他人可及。如「秋明樹外天」，「客燈青映壁，城角冷冷霜」，「淺山寒帶水，旱日白吹風」，「川塢半夜雨，卧冷五更秋」之類，迥出時流，雖是天姿，亦學可及。學者若能常玩味此等語，自然有變化處也。（《童蒙師訓》）

【張文潛言熟讀秦漢前文】張文潛嘗云：「但把秦漢以前文字熟讀，自然滔滔地流也。」又云：「近世所當學者惟東坡。」（同上）

張表臣

【張右史集序】予去冬兩侍太師公相，論近世中原名士，因及蘇門諸君子，自黄豫章、秦少游、陳後山、晁無咎諸文集，皆已次第行世，獨宛邱先生張文潛詩文散落，其家子弟死兵火，未有纂萃而詮次之者。因俾訪求，始得公相汪公藻手編三十卷，頗復不全。繼得浙西憲王公鈇所録四十卷，續集十餘卷，稍爲精好。又得察院何公若數卷。最後秘監秦公熺送示舊藏八册，不分卷。大抵總四家，凡百餘卷。亟加考訂，去其重複，正其訛謬，補其缺漏，定取七十卷，號《張右史集》。凡古賦三十二篇，古詩七百四首，五言律詩三百三十四首，七言詩三百三十九首，絶句諸小詩七百七首，古樂府等詩八十四首，哀挽四十一首，騷一十二篇，表狀十五篇，啓十三篇，文二十九篇，贊、銘、偈、疏、簡、評十九篇，題跋三十一篇，傳記二十一篇，序十五篇，議説二十三篇，經史等論五十七篇，書十二篇，墓誌十七篇，同文館唱和六卷。通二千七百餘篇。嗚呼，其盛矣哉！信君子多文之富也。公於諸人，最爲死後。其文章雄深雅健，纖穠瓌麗，無所不有，晻曖陻晦者殆數十年。一旦得師相而振發之，其光明焜耀，蓋將偕五緯二十八宿，爛然而垂無窮矣，不其幸歟？予年十七，始識先生於陳，猥蒙誘掖。其後遷謫流離，而予侍親南北，就學應舉，多不相值。曩時雜蓄先生文集殆百卷，喪亂以來，損失皆盡。今者網羅之餘固不多，然未爲盡也。繼自今有得，當爲後集以附諸。紹興十三年閏四月十八日，單父張表臣叙。（《東湖叢記》卷一附載）

龔明之

【祖姑教子登科】予之祖姑，適知泉州德化縣李處道。祖姑甚有文，讀書通大義，賦詩書字皆過人。其子援登進士第，乃祖姑所親教也。晚而事佛，……張文潛學士爲墓志，首記其事。（《中吴紀聞》卷四）

陳天麟

【太倉稊米集序】……天麟未第時，從竹坡游。公謂予曰：「作詩先嚴格律，然後及句法。予得此語於張文潛、李端叔，故以告子。」（《太倉稊米集》卷首）

張邦基

崇寧初既立黨籍，臣僚論元祐史官云：「初，大臣挾其私忿，濟以邪説，力引儇浮與其厚善，布列史職，毀詆先烈。或鑿空造語以厚誣，若范祖禹、黄庭堅、張耒、秦觀是也；或隱没盛德而不録，若曾肇是也；或含糊取容而不敢言，若陸佃是也。」皆再謫降。時舊史已盡改矣。（《墨莊漫録》卷二）

張文潛詠木香云：「紫皇寶輅張珠幰，玉女熏籠覆繡衾。萬紫千紅休巧笑，人間春色在檀心。」未若黄魯直云：「漢宮嬌額半涂黄，入骨濃薰賈女香。日色漸遲風力細，倚闌偷舞白霓裳。」（同上卷九）

張九成

【畫像】予謫居嶺下，居無與遊，憂過之不聞，學之不進也。乃於書室中置夫子、顔子像，適有淵明、曲江、萊公、富鄭公、韓魏公、歐公……黄魯直、秦少游、晁無咎、張文潛諸畫像，乃環列於夫子左右。晨朝焚香瞻敬，心志肅然，其所得多矣。有一毫愧心，其見諸人，心若市朝之撻矣。（《横浦日新》）

李清照

【浯溪中興頌詩和張文潛二首】五十年功如電掃，華清宫柳咸陽草。吾坊供奉鬭雞兒，酒肉堆中不知老。胡兵忽自天上來，逆胡亦是姦雄才。勤政樓前走胡馬，珠翠踏盡香塵埃。何爲出戰輒披靡，傳置荔枝多馬死。堯功舜德本如天，安用區區紀文字。著碑銘德真陋哉，乃令神鬼磨山崖。子儀、光弼不自猜，天心悔禍人心開。夏商有鑒當深戒，簡册汗青今俱在。君不見當時張説最多機，雖生已被姚崇賣。

君不見驚人廢興傳天寶，中興碑上今生草。不知負國有姦雄，但説成功尊國老。雖令妃子天上來，虢、秦、韓國皆天才。花桑羯鼓玉方響，春風不敢生塵埃。姓名誰復知安史，健兒猛將安眠死。去天尺五抱甕峰，峰頭鑿出開元字。時移勢去真可哀，姦人心醜深如崖。西蜀萬里尚能反，南内一閉何時開？可憐孝德如天大，反使將軍稱好在。嗚呼，奴婢乃不能道輔國用事張后尊，乃能念春薺長安作斤賣。（《李清照集校注》卷二）

王之道

【九江解舟順風追和張文潛】朝來轉西風，天巧借吾便。解維湓江口，去若弦上箭。水光漾朝曦，過浪掣驚電。周旋謝神貺，冠坐敢不變。斯須走四驛，俛仰驀二縣。誰知久留滯，一旦乃適願。吾聞信由中，溪毛可羞薦。咄哉和氏璞，底事待三獻？亨否自有時，時亨百無譴。雷聲在淵默，若訥故大辨。千巖與萬壑，左右供几硯。落帆風亦止，璧月慰江練。（《相山集》卷二）

【曉解糝潭追和張文潛白沙阻風】江上驚風夜穿屋，扁舟正艤沙頭宿。燈寒屢剔短檠青，酒暖孤斟老盆緑。更闌艇子催人起，泥汊而今趁朝市。披衣踉蹡出馬門，凌波逐浪來江豚。嗚櫓嘔啞濺飛雨，静

聽依稀似人語。月城百里指顧中，只好張帆使風去。（同上卷五）

【梅花十絶追和張文潛韻（選一首）】額黄肌粉鬭新粧，春入園林度暗香。留滯江南歸未得，一枝聊復沃愁腸。（同上卷十四）

吴曾

【謝安掩鼻】謝安雖有盛名，而當桓温恣横之際，所以不仕者，政畏温耳。故雖有司按奏，被召歷年不至，禁錮終身而不辭。而其妻不解其意，既見家門富貴，而安獨静退，乃曰：「大丈夫不如此也。」安掩鼻曰：「恐不免耳。」其後遂爲桓温司馬，竟受簡文顧命，與王坦之同事，而温欲殺之。坦之流汗霑衣，倒執手版，安則從容就席。以此觀之，安之所以答妻以不免之言，而推求所以掩鼻之意。蓋畏温知之而不免其禍耳，非爲不免富貴也。張文潛和蘇東坡先生西山舊事詩有云：「謝公富貴知不免，醉眼未爲蒼生開。」豈失史意耶？（《能改齋漫録》卷三）

【九江千歲龜歌】張文潛有二石龜，晁無咎名其大者爲九江，小者爲千歲。文潛因作《九江千歲龜歌》一首贈無咎，略云：「老龍洞庭怒，蕩覆堯九州。」謂半山老人也。又云：「禹咄嗟，水平流。」謂司馬君實也。（同上卷六）

【東邊日下終無雨闕上封書合有碑】《潘子真詩話》記張文潛詩云：「東邊日下終無雨，闕上封書合有碑。」「東邊日出西邊雨，道是無晴却有晴」，此劉禹錫《竹枝歌》也。「别後長相思，頓書千文闕，題碑無罷時。」此宋《華山畿》詞也，事見匠智《古今樂録》。予又以爲文潛兼取宋《讀曲歌》詞耳。「打壞木棲牀，誰能坐相思？三更書石闕，憶子夜啼碑。」梁元帝《金樂歌》亦云：「石闕題書字。」（同上卷七）

【叢竹當封瀟灑侯】張右史文潛《竹詩》：「裊裊墻陰竹數竿，秋風盡日舞青鸞。平生愛爾緣瀟灑，莫作封君渭上看。」潘邠老問張曰：「渭川千畝竹，皆與千户侯等，非斥此耶？」張曰：「非也。陸龜蒙詩云：『叢竹當封瀟灑侯。』」（同上）

【張文潛寄意】張文潛言：「昔以黨人之故，坐是廢放。每作詩，嘗寄意焉。」有云：「最憐楊柳身無力，付與春風自在吹。」又云：「梧桐直不甘衰謝，數葉迎風尚有聲。」（同上卷十）

【詩因助語足句】盧延遜有詩云：「不同文賦易，爲有者之乎。」予以爲不然。嘗見張右史記衢州人王介，字仲甫，以制舉登第，作詩多用助語足句。有送人應舉詩落句云：「上林春色好，携手去來兮。」又贈人落第詩云：「命也豈終否，時乎不暫留。勉哉藏素業，以待歲之周。」云此格古所未有。予以是知延遜之詩未盡。」（同上）

【四客各有所長】子瞻、子由門下客最知名者，黄魯直、張文潛、晁無咎、秦少游，世謂之四學士。至若陳無己，文行雖高，以晚出東坡門，故不若四人之著。故陳無己作《佛指記》云：「余以辭義，名次四君，而貧于一代」，是也。晁無咎詩云：「黄子似淵明，城市亦復真。陳君有道舉，化行閭井淳。張侯公瑾流，英思春泉新。高才更難及，淮海一髯秦。」當時以東坡爲長公，子由爲少公。陳無己答李端叔云：「蘇公之門，有客四人。黄魯直、秦少游、晁無咎，則長公之客也；張文潛，則少公之客也。……

然四客各有所長，魯直長于詩辭，秦、晁長于議論。（同上卷十一）

【劾張文潛謝表不欽】張文潛崇寧元年復直龍圖閣，知潁州。謝表云：「我來自東，每兢兢而就列；炊未及熟，又挈挈以告行。」臣僚上言云：「我來自東，是爲不欽。豈有君父之前，輒自稱我？雖至親不嫌于無欽，有時而爾汝，然非謝表所可稱之辭。雖數更赦宥，不可追咎，亦不可不禁。如今後有犯者，仰御史臺即時彈劾。」（同上卷十四）

【載將離恨過江南】東坡長短句云：「無情汴水自東流，只載一船離恨向西州。」張文潛用其意以爲詩云：「亭亭畫舸繫春潭，只待行人酒半酣。不管烟波與風雨，載將離恨過江南。」王平甫嘗愛而誦之，彼不知其出于東坡也。（同上卷十六）

【東坡卜算子詞】東坡先生謫居黄州，作《卜算子》云：「闕月掛疎桐，夢斷人初靜。時見幽人獨往來，縹緲孤鴻影。驚起却回頭，有恨無人省。揀盡寒枝不肯棲，寂寞沙洲冷。」其屬意蓋爲王氏女子也，讀者不能解。張右史文潛繼貶黄州，訪潘邠老，嘗得其詳。題詩以誌之：「空江月明魚龍眠，月中孤鴻影翩翩。有人清吟立江邊，葛巾藜杖眼窺天。夜冷月墮幽蟲泣，鴻影翹沙衣露濕。仙人采詩作步虛，玉皇飲之碧琳腴。」（同上卷十六）

【張文潛詞】右史張文潛，初官許州，喜官妓劉淑奴。張作《少年游》令云：「含羞倚醉不成歌，纖手掩香羅。偎花映燭，偷傳深意，酒思入横波。看朱成碧心迷亂，翻脉脉，斂雙蛾。相見時稀隔别多，又春盡奈愁何。」其後去任，又爲《秋蕊香》寓意云：「簾幕疎疎風透，一線香飄金獸。朱欄倚遍黄昏後，廊上月華如晝。別離滋味濃如酒，著人瘦。此情不及墻東柳，春色年年如舊。」元祐諸公皆有樂府，惟張僅見此二詞。味其句意，不在諸公下矣。（同上卷十七）

張　嵲

【張文潛作淮陰侯詩，有「平生蕭相真知己，何事還同女子謀」句，因爲蕭相代答一首】當日追亡如不及，豈於今日故相圖。身如累卵君知否？方買民田欲自汙！（《紫微集》卷九）

葛立方

漢史載韓信教陳豨反，有挈手步庭之議。且曰：「我爲汝從中起。」漢十年，豨果反。高祖自將兵出。張文潛曰：「方是時，蕭相國居中，而信欲以烏合不教之兵，從中起以圖帝業，雖使甚愚，必知無成，信豈肯出此哉！」故其詩曰：「何待陳侯乃中起，不思蕭相在咸陽。」又一詩云：「平生蕭相真知己，何事還同女子謀！」則又責蕭相不爲信辨其枉也。余觀班史，吕后與蕭相國謀，詐令人從帝所來，稱豨已破，群臣皆賀，相國紿信曰：「雖病强入賀。」信入，吕后使武士縛信斬之。則斬信者，相國計也。縱使其枉，相國其肯爲辨之哉！信死則劉氏安，不死則劉氏危，相國豈肯以平日相善之故而誤社稷大計乎！文潛後有一絶云：「登壇一日冠群雄，鐘室倉皇念蒯通。能用能誅誰計策，嗟君終自愧蕭公。」（《韻語陽秋》卷七）

余觀漁父告屈原之語曰：「聖人不凝滯於物，而能與世推移。」又云：「衆人皆濁，何不淈其泥而揚其波；衆人皆醉，何不哺其糟而啜其釃。」此與孔子和而不同之言何異。……而張文潛獨以謂「楚國茫茫盡醉人，獨醒惟有一靈均。哺糟更使同流俗，漁父由來亦不仁。」（同上卷八）

汲引之恩，不可忘也，一日得志，思有以報之，亦人情之常也。……唐馬周以一介草茅，遭遇太宗，不累年而致位卿相，皆由常何之一言。而身貴得志之時，於何不聞有報何邪？李邦直詩云：「底事馬周身富貴，不聞推寵報常何」是已。張文潛詩云：「馬周未遇虬髯公，布衣落魄來新豐。一尊獨酌豈無意，俗子不解知英雄。」蓋周雖緣常何之一言，而其智謀忠亮，亦自有以取之。（同上卷十八）

王洋

【和張文潛輸麥行寄滁守魏彥成】琅琊山青讓泉白，上計使君封瑞麥。田家煮麥燒秸忙，一笑相煎何太迫。醉翁亭上緑縹囊，亭前庾積蟠蛇岡。家家輸送不掃場，謂取我廩金斗量。賸錢沽酒追良伴，使君莫數星霜换。願君容我借三年，他日萬錢供一飯。山頭飛雉鳴朝日，哺我老翁張射畢。誰言田舍漫蹉跎，輕裘年少每相過。（《東牟集》卷二）

蘇籀

【題張公文潛詩卷一首】群才奔正始，辨論軼髯卿。諸老力推轂，斯文有定評。龍旗叔孫氏，金筆左丘明。杕杜嘗嗤點，椒蘭足陷傾。窮途乖黨侶，陋屋掛冠纓。彰炳流千載，嗟咨奠兩楹。桑枌墮兵火，簡札落寰瀛。態度雲霞蔚，瑰奇珠玉生。淵停真可挹，川駛不留行。機杼班揚舊，笙竽陶謝並。風騷齊穆若，郊島埒低平。百末芳蜂採，千歧理刃迎。斧斤皆閣束，鑿枘自天成。大論尤宏博，短章工洌清。精微演孔佛，剛毅奬周京。糲食何曾饜，高標不朽名。斐然愚小子，欽詠有餘聲。（《雙溪集》卷二）

張十二《病後》詩一卷，頗得陶元亮體。然余觀古人爲文，各自用其才耳，若用心專模倣一人，捨己徇人，未必貴也。（《欒城先生遺言》）

張十二之文，波瀾有餘，而出入整理骨骼不足。秦七波瀾不及張，而出入徑健簡捷過之。要知二人，後來文士之冠冕也。（同上）

公言張文潛詩云：「龍驚漢武英雄射，山笑秦皇爛漫遊。」晚節作詩，似稍失其精處。（同上）

朱弁

東坡嘗語子過曰：「秦少游、張文潛，才識學問，爲當世第一，無能優劣二人者。少游下筆精悍，心所默識而口不能傳者，能以筆傳之。然而氣韻雄拔，疎通秀朗，當推文潛。二人皆辱與予遊，同升而並黜。有自雷州來者，遞至少游所惠書詩累幅。近居蠻夷得此，如在齊聞韶也。汝可記之，勿忘吾言！」（《曲洧舊聞》卷五）

吴芾

【姑溪集序】李公端叔以詞翰著名元祐間。余始得其尺牘，頗愛其言思清婉，有晋宋人風味。……昔二蘇於文章少許可，尤稱重端叔，殆與黄魯直、晁無咎、張文潛、秦少游輩頡頏於時。今觀其文，信可知也。（《湖山集》卷十）

沈作喆

張文潛言：國初時，天下縣令多是資高，選人年各已老，多曉田里間事，又不自尊大，與民通情，利病得以上達，雖無峻整治狀，而民亦蒙利，上下相安。……予觀近日所用守令，慨然有感也，故表而出之。（《寓簡》卷六）

趙構

【追贈直龍圖閣敕】敕故宣德郎張耒等，自熙寧大臣用事變法，始以異同排斥士大夫。維我神祖，念之不忘。元豐之末，稍稍收召。接於元祐，英俊盈朝，而爾四人，以文采風流，爲一時冠，學者欣慕之。及繼述之論起，黨籍之禁行，而爾四人，每爲罪首，則學者以其言爲諱。自是以來，縉紳道喪，綱紀日墮，馴至宣和之亂，言之可爲痛心。肆朕纂承，既從昭洗。今爾四人，復加褒贈，斯足以見朕志矣。

嗚呼，西清之游，書殿之選，唯爾曹爲稱，使生而得用，能盡其才，亦何止於是歟？舉以追命，聊伸齎志之恨，亦以少慰天下士大夫之心。英爽不忘，歆此休顯。（道光本《淮海集》卷首）

張戒

往在柏臺，鄭亨仲、方公美誦張文潛《中興碑》詩，戒曰：「此弄影戲語耳。」二公駭笑，問其故，戒曰：「『郭公凜凜英雄才，金戈鐵馬從西來。舉旗爲風偃爲雨，灑掃九廟無塵埃。』豈非弄影戲乎？『水部胸中星斗文，太師筆下蛟龍字』亦小兒語耳。如魯直詩，始可言詩也。」二公以爲然。（《歲寒堂詩話》卷上）

張文潛與魯直同作《中興碑》詩，然其工拙不可同年而語。魯直自以爲入子美之室，若《中興碑》詩，則真可謂入子美之室矣。（同上）

曾季貍

吕東萊喜張文潛《七夕歌》，令人誦。（《艇齋詩話》）

山谷《浯溪碑》詩有史法，古今詩人不至此也。張文潛《浯溪》詩止是事持語言。今碑本並行，愈覺優劣易見。張詩比山谷，真小巫見大巫也。潘邠老亦有《浯溪》詩，思致却稍深遠，吕東萊甚喜此詩。予以爲邠老詩雖不敢望山谷，然當在文潛之上矣。（同上）

春晚景物説得出者，惟韋蘇州「緑陰生晝寂，孤花表春餘」，最有思致。如杜牧之「晚花紅艷静，高樹緑陰初」，亦甚工，但比韋詩無雍容氣象爾。至張文潛「草青春去後，麥秀日長時」及「新緑染成延晝永，爛紅吹盡送春歸」，亦非不佳，但刻畫見骨耳。（同上）

東坡「飛蚊繞鬢鳴」，出《文粹》何諷《蔓渴賦》。文潛詩亦云：「飛蚊繞枕細而清。」（同上）

晁公武

【黄魯直豫章集三十卷，外集十四卷】右皇朝黄庭堅魯直，幼警悟，讀書五行俱下，數過輒記。……元祐中，爲校書郎。先是，秦少游、晁無咎、張文潛皆以文學游蘇氏之門，至是同入館，世號四學士。（《昭德先生郡齋讀書志》卷十九）

【張文潛柯山集一百卷】右皇朝張耒，字文潛，譙郡人。仕至起居舍人，嘗爲宣、潤、汝、潁、兖五州守，又嘗謫居黄州、復州，最後居陳以没。元祐中蘇氏弟兄以文章倡天下，號長公、少公，其門人號四學士，文潛，少公之客也。諸人多早没，文潛獨後亡，故詩文傳於世者尤多。其於詩文兼長，雖同時鮮復其比，而晚年更喜白樂天詩體，多效之云。（同上）

胡　仔

《冷齋夜話》云：「白樂天每作詩，令一老嫗解之，問曰：『解否？』嫗曰解，則録之，不解，則又復易之。故唐末之詩，近於鄙俚。」又張文潛云：「世以樂天詩爲得於容易，而來嘗於洛中一士人家，見白公詩草數紙，點竄塗之，及其成篇，殆與初作不侔。」苕溪漁隱曰：「樂天詩雖涉淺近，不至盡如《冷齋》所云。余舊嘗於一小説中曾見此説，心不然之，惠洪乃取而載之《詩話》，是豈不思詩至於老嫗解，烏得成詩也哉？余故以文潛所言，正其謬耳。」（《苕溪漁隱叢話·前集》卷八）

苕溪漁隱曰：「六一居士以『鷄聲茅店月，人迹板橋霜』是温庭筠詩，『柳塘春水慢，花塢夕陽遲』是嚴維詩。文潛乃以爲郊、島詩，豈非誤邪？」（同上卷十九）

張文潛云：「以聲律作詩，其末流也，而唐至今，詩人謹守之。獨魯直一掃古今，出胸臆，破棄聲律，作五七言，如金石未作，鐘磬聲和，渾然有律吕外意。近來作詩者，頗有此體，然自吾魯直始也。」苕溪漁隱曰：「古詩不拘聲律，自唐至今，詩人皆然，初不待破棄聲律。詩破棄聲律，老杜自有此體，如《絶句漫興》、《黄河》、《江畔獨步尋花》、《夔州歌》、《春水生》，皆不拘聲律，渾然成章，新奇可愛，故魯直效之作《病起荆州江亭即事》、《謁李材叟兄弟》、《謝答聞善絶句》之類是也。老杜七言如《題省中院壁》、《望岳》、《江雨有懷鄭典設》、《晝夢》、《愁彊戲爲吴體》、《十二月一日三首》。魯直七言如《寄上叔父夷仲》、《次韻李任道晚飲鎖江亭》、《兼簡履中南玉》、《廖致平送緑荔支》、《贈鄭郊》之類是也。此聊舉其二三，覽者當自知之。文潛不細考老杜詩，便謂此體自吾魯直始，非也。」（同上卷四十七）

王直方《詩話》云：「張文潛嘗謂余曰：『黄九似桃李春風一盃酒，江湖夜雨十年燈，真是奇語。』」苕溪漁隱曰：「汪彦章有『千里江山漁笛晚，十年燈火客氈寒』之句，效山谷體也。」（同上）

苕溪漁隱曰：「余頃歲往來湘中，屢遊浯溪，徘徊磨崖碑下，讀諸賢留題，惟魯直、文潛二詩，傑句偉論，

殆爲絶唱，後來難復措詞矣。（同上）

苕溪漁隱曰：「詩人詠物，形容之妙，近世爲最。如梅聖俞：『蝟毛蒼蒼磔不死，銅盤矗矗釘頭生。』吳雞門敗絳幘碎，海蚌扶出真珠明。』誦此，則知其詠芡也。東坡：『海山仙人絳羅襦，紅紗中單白玉膚，不須更待妃子笑，風骨自是傾城姝。』誦此，則知其詠荔支也。張文潛：『平池碧玉秋波瑩，緑雲擁扇青摇柄，水宫仙女門新粧，輕步凌波踏明鏡。』誦此，則知其詠蓮花也。」（同上）

王直方《詩話》云：「文潛先與周翰、公擇輩來飲余家，作長句。後數十日，再同東坡來，讀其詩，歎息云：『此不是喫煙火食人道底言語。』蓋其間有『漱井消午醉，掃花坐晚凉，衆緑結夏帷，老紅駐春妝』之句也。……」苕溪漁隱曰：「文潛此詩首句云：『朝衫衝曉塵，歸帽障夕陽，日月馬上過，詩書篋中藏。』造語極工。後又有一詩云：『歸帽見新月，撲衫暮塵紅。』似不及前兩句也。」（同上卷五十一）

苕溪漁隱曰：「東坡云：『茶筍盡禪味，松衫真法音。』山谷云：『魚游悟世網，鳥語入禪味。』文潛云：『鳥語演實相，飯香悟真空。』此三聯語意相類，然山谷一聯最爲優。」（同上）

《石林詩話》云：「頃見晁無咎舉文潛『斜日兩竿眠犢晚，春波一眼去鳧寒。』，自以爲莫能及。」苕溪漁隱曰：「文潛《夜直館中詩》云：『蒼龍掛斗寒垂地，翡翠浮花暖作春。』亦佳句也。」（同上）

苕溪漁隱曰：「古今詩人，以詩名世者，或只一句，或只一聯，或只一篇，雖其餘別有好詩，不專在此，然播傳於後世，膾炙於人口者，終不出此矣，豈在多哉？……如『斜日半竿眠犢晚，春波一望去鳧寒』，乃張文潛也；『千山送客東西路，一樹照人南北枝』，乃王康功也。（《苕溪漁隱叢話》後集卷二）

苕溪漁隱曰：「澶淵之役，王介甫以爲丞相萊公功第一，張文潛則謂『可能功業盡萊公』。大抵人之議論，各有所見，故爾不同，今具載二詩，議者當能辨之。」（見於介甫《澶州詩》、文潛《聽客話澶淵事詩》，今略）（同上卷二十）

苕溪漁隱曰：「東坡《梅詞》云：『花謝酒闌，春到也離離，一點微酸已着枝。』《張右史集》有《梅花十絶》，《後山集》有《梅花七絶》，其無己《七絶》，乃文潛《十絶》中詩，但三絶不是，未知竟誰作者。其間有云：『誰知檀蕚香鬚裏，已有調羹一點酸。』用東坡語也。」（同上卷二十一）

苕溪漁隱曰：「『夜凉江海近，天闊斗牛微。』張右史集中佳句也。《備成集》中亦有之，蓋誤收入，非東坡所作。李太白有云『天清一雁遠』，文潛有云『天形一雁高』。二句俱工，未易分優劣也。」（同上卷三十三）

《金石録》云：「《唐昭陵六馬贊》，初，太宗以文德皇后之葬，自爲文刻石於昭陵，又琢石像平生征伐所乘六馬，爲贊刻之。皆歐陽詢八分書，世以爲殷仲容書，非是。至諸降將姓氏，乃仲容書耳。」苕溪漁隱曰：「文潛有《昭陵六馬詩》云：『天將剗隋亂，帝遣六龍來。……』文潛得意筆也。」（同上）

《復齋漫録》云：「『亭亭畫舸繫春潭，只向行人酒半酣，不管烟波與風雨，載將離恨過江南。』張文潛詩也。王平甫嘗愛而誦之。……」苕溪漁隱曰：「余以《張右史集》偏尋無此詩，蔡寬夫《詩話》以謂此詩嘗有人於客舍壁間見之，莫知誰作。或云鄭兵部仲賢也，然集中無之。二説竟未知孰是。」（同上卷三十五）

王十朋

喻叔奇采坡詩一聯，云「今誰主文字，公合把旌旄」爲韻，作十詩見寄，某懼不敢和，酬以四十韻。斯文韓、歐、蘇，千載三大老。蘇門六君子，如籍、湜、郊、島。大匠具明眼，一一經選考。豈曰文乎哉，蓋深于斯道。諸公既九原，氣象日衰槁。山不見泰華，水但識行潦。詞人巧駢儷，義理失探討。書生蔽時文，習史未易藻。……心慕大毛筆，所恨生不早。鄉令門及韓，不類端可保。賞識遇歐、坡，當爲篋中寶。聲名終不掩，光艷姑自葆。（《梅溪先生後集》卷十九）

編者按：蘇軾生前，與黃、秦、張、晁、陳、李六人過從甚密。但在書面文字上正式稱爲「蘇門六君子」，似在南宋初，其時元祐黨人已平反昭雪。王十朋在此詩中，稱贊蘇門六君子寫文章重在義理，爲時較早。

李洪

【和柯山先生讀中興碑】曲江罷相迹如掃，滿朝媕娿無諫草。動地漁陽鼙鼓驚，舊將半死哥舒老。蜀道乘騾萬里來，不識平原濟世才。倉皇靈武送玉册，豈顧九廟蒙塵埃。天開地闢扶皇紀，李、郭功成安、史死。一日三朝有深意，臣結胸中老文字。麻鞵詩老脫賊來，北征自足配磨崖。我思瀟湘不易到，誰持墨本心眼開。鑒古評詩增感慨，無逸圖亡山水在。君不見阿忠少日歷艱貧，湯餅曾持半臂賣。（《芸庵類稿》卷一）

李　燾

宋哲宗元祐六年六月丙申，著作佐郎集賢校理張耒爲祕書丞。五年六月二十二日，耒以正字爲小著，十二月四日加集校，今却除祕書丞，政目有此始存之，六年十一月十六日，復自祕丞集校爲史局。（《續資治通鑑長編》卷四百五十九）

元祐六年十一月庚子，左奉議郎祕書丞集賢校理張耒爲國史院檢討官。二十一日爲大著。……十一月乙巳，左奉議郎祕書丞集賢校理國史院檢討張耒爲著作郎。六月十六日自小著改祕丞。八年五月十六日黄慶基云。（同上卷四百六十八）

元祐七年秋七月癸巳，以翰林學士范祖禹、樞密直學士趙彦若修《神宗皇帝正史》，宰臣吕大防提舉，著作佐郎張耒編修。限一年畢。（同上卷四百七十五）

元祐八年五月壬辰，三省同進呈董敦逸四狀，言蘇轍；黄慶基三狀，言蘇軾、吕大防。……慶基言：軾自進用以來，援引黨與，分布權要。附麗者力與薦揚，違迕者公行排斥。……前者除張耒爲著作郎，六年十二月二十四日。近者除晁補之爲著作佐郎，七年十月二十六日。皆軾力爲援引，遂至於此。（同上卷四百八十四）

洪　適

【跋曾仲躬所藏張文潛草書】張右史文名滿天下，而後之人不知其能書。觀此墨妙，真可以藏之十襲。

（《盤洲文集》卷六十三）

汪應辰

【跋張右史送翟中書赴闕詩】右史張公送翟舍人詩，其間有云「稍出胸臆蘇疲民」，又改爲「吾民」，又改云「況公之意常在民」，然皆不如初語之勝。蓋右史時方在謫籍，故語言間其畏忌如此。（《文定集》卷十二）

王偁

【張耒傳】張耒字文潛，楚州淮陰人也。幼穎異，能爲文。從蘇轍學，轍見其文愛之。舉進士，爲臨淮簿、壽安尉、咸平丞。蘇軾亦深知之，稱其文爲「汪洋澹泊，有一倡三嘆之聲」云。召爲太學録，元祐初爲正字，遷著作佐郎，改著作郎兼史院檢討。在館八年，顧義自守，泊如也。擢起居舍人，請郡，以直龍圖閣知潤州。徙宣州，責監黄州酒税，徙復州。起爲通判黄州，移知兖州，召爲太常少卿。甫數月，復以直龍圖閣知潁州，又徙汝州。復坐元祐黨籍落職，主管明道宫。初，耒在潁，聞蘇軾之訃，以師弟子禮舉喪。言者以爲言，遂貶房州別駕，黄州安置。五年得自便，居陳州，尋主管崇福宫，卒年六十。（《東都事略》卷一一六）

洪邁

【張文潛論詩】前輩議論，有出於率然不致思而於理近礙者。張文潛云：「《詩》三百篇，雖云婦人女子小夫賤隸所爲，要之非深於文章者不能作。如『七月在野』至『入我牀下』，於七月已下，皆不道破，直至十月方言蟋蟀，非深於文章者能爲之邪？」予謂三百篇固有所謂女婦小賤所爲，若周公、召康公、穆公、衛武公、芮伯、凡伯、尹吉甫、仍叔、家父、蘇公、宋襄公、秦康公、史克、公子奚斯，姓氏明見於大序，可一概論之乎？且七月在野，八月在宇，九月在户，本自言農民出入之時耳，鄭康成始并入下句，皆指爲蟋蟀，正已不然，今直稱此五句爲深於文章者，豈其餘不能過此乎？以是論《詩》，隘矣。（《容齋隨筆》卷十四）

【張文潛哦蘇杜詩】「溪迴松風長，蒼鼠竄古瓦。不知何王殿，遺締絶壁下。陰房鬼火青，壞道哀湍瀉。萬籟真笙竽，秋色正蕭灑。美人爲黄土，况乃粉黛假。當時侍金輿，故物獨石馬。憂來藉草坐，浩歌淚盈把。冉冉征途間，誰是長年者？」此老杜《玉華宫詩》也。張文潛暮年在宛丘，何大圭方弱冠，往謁之，凡三日，見其吟哦此詩不絶口，大圭請其故。曰：「此章乃《風》、《雅》鼓吹，未易爲子言。」大圭曰：「先生所賦，何必减此？」曰：「平生極力模寫，僅有一篇稍似之，然未可同日語。」遂誦其《離黄州詩》，偶同此韻，曰：「扁舟發孤城，揮手謝送者。山回地勢卷，天豁江面瀉。中流望赤壁，石脚插水下。昏昏烟霧嶺，歷歷漁樵舍。居夷實三載，鄰里通借假。别之豈無情，老淚爲一灑。篙工起鳴鼓，輕櫓健於馬。聊爲過江宿，寂寂樊山夜。」此其音響節奏，固似之矣，讀之可默喻也。又好誦東坡《梨花》絶句，所謂「梨花淡白柳深青，柳絮飛時花滿城，惆悵東欄一株雪，人生看得幾清明」者，每吟一過，必擊節賞歎不能已，文潛蓋有省於此云。（同上卷十五）

【高子允謁刺】王順伯藏昔賢墨帖至多，其一曰高子允諸公謁刺，凡十六人，時公美、徐振甫、余中、龔深父、元耆寧、秦少游、黄魯直、張文潛、晁無咎、司馬公休、李成季、葉致遠、黄道夫、廖明略、彭器資、陳祥道，皆元祐四年朝士，唯器資爲中書舍人，餘皆館職。其刺字或書官職，或書郡里，或稱姓名，或只稱名，既手書之，又斥主人之字，且有同舍、尊兄之目，風流氣味，宛然可端拜，非若後之士大夫一付筆吏也。（《容齋三筆》卷十六）

【東坡文章不可學】東坡作《蓋公堂記》云：「始吾居鄉，有病寒而欬者，問諸醫，醫以爲蠱，不治且殺人。……是以一切與之休息，而天下安。」是時，熙寧中，公在密州，爲此説者，以諷王安石新法也。其議論病之三易，與秦、漢之所以興亡治亂，不過三百言而盡之。張文潛作《藥戒》，僅千言，云：「張子病痞，積於中者，伏而不能下，自外至者，捍而不能納，從醫而問之。曰：『非下之不可。』……則余之藥終年而愈疾者，蓋無足怪也。』」予觀文潛之説，盡祖蘇公之緒論，而千言之煩，不若三百言之簡也。故詳書之，俾作文立説者知所矜式。竊料蘇公之記，文潛必未之見，是以著此篇；若既見之，當不復屋下架屋也。（《容齋五筆》卷四）

黄　徹

張文潛《法雲懷無咎》云：「獨覺欠此公。」或傳某生語，文潛自以欠字爲得意。然夢得《送皇甫》云：「從兹洛陽社，吟詠欠書生。」樂天：「可憐閑氣味，惟欠與君同。」「得君更有無厭意，猶恨尊前欠老劉。」退之云：「今者誠自幸，所懷無一欠。」張何得意之有？（《䂬溪詩話》卷三）

文潛云：「兒曹鞭笞學官府，翁憐兒癡傍笑侮。平明坐衙鞭復呵，賢於群兒能幾何。兒曹鞭笞以爲戲，翁怒鞭人血流地。一種戲劇誰後先？我笑謂公兒更賢。」余謂此詩，亦不可不令操權者知也。坡云：「不辭脱袴溪水寒，水中照見催租瘢。」等閑戲語，亦有所補。（同上卷八）

吴　儆

【見季守書】某不佞，少有志於學文，習之不能以有見，蓋喟然嘆息，以爲曾子固、梅聖俞、蘇子美嘗得見歐陽公，黄魯直、秦少游、晁無咎、陳無己、張文潛亦及見蘇氏兄弟。……皆因其所見，咸各有所得，而吾獨不得生乎其時也。（《竹洲集》附録）

闕　名

文字之雅澹不浮、混融不琢、優游不迫者，李習之、歐陽永叔、王介甫、王深甫、李太白、張文潛，雖其淺深不同，而大略相近。居其最則歐公也。淳熙間，歐文盛行，陳君舉、陳同甫尤宗之。水心云：「君舉初學歐公不成，後乃學張文潛，而文潛亦未易到。」（《木筆雜鈔》卷下）

陸游

【食粥　張文潛有食粥説，謂食粥可以延年，予竊愛之。】世人個個學長年，不悟長年在目前。我得宛丘平易法，只將食粥致神仙。（《劍南詩稿》卷三十八）

【跋鄭虞任昭君曲】自張文潛下世，樂府幾絶。吾友鄭虞任作《昭君曲》，如「羊車春草空芊芊」及「重瞳光射搔頭偏」之類，文潛殆不死也。「但愿夕烽長不驚甘泉，妾身勝在君王前」，能道昭君意中事者。淳熙甲辰三月二十三日，甫里陸某書（《渭南文集》卷二十七）

【入蜀記】七月十一日，出夾，行大江……張文潛作《平江南議》，謂當縛若冰送李煜，使甘心焉，不然，正其叛主之罪而誅之，以示天下，豈不偉哉。文潛此説，實天下正論也。（同上卷四十四）

【入蜀記】八月十六日，晚過道士磯，石壁數百尺，色正青，了無竅穴，而竹樹迸根，交絡其上，蒼翠可愛，自過小孤，臨江峰嶂，無出其右。磯一名西塞山，即玄真子《漁父辭》所謂「西塞山前白鷺飛」者。……張文潛云：「危磯插江生，石色擘青玉。」殆爲此山寫真。又云：「已逢嫵媚散花峽，不泊艱危道士磯。」蓋江行惟馬當及西塞最爲湍險難上。抛江泊散花洲，洲與西塞相直。

八月十七日，……晚泊巴河口，距黄州二十里，一市聚也。……蘇黄門謫高安，東坡先生送至巴河，即此地也。張文潛亦有《巴河道中》詩云：「東南地缺天連水，春夏風高浪卷山。」

八月十八日，食時方行，晡時至黄州。州最僻陋少事，杜牧之所謂「平生睡足處，雲夢澤南州」。然自牧之、王元之出守，又東坡先生、張文潛謫居，遂爲名邦。

八月十九日早，游東坡。……先是郡有慶瑞堂，謂一故相所生之地，後毁以新此樓。酒味殊惡，蘇公

齏湯蜜汁之戲不虚發。郡人何斯舉詩亦云：「終年飲惡酒，誰敢憎督郵。」然文潛乃極稱黄州酒，以

爲自京師之外無過者。故其詩云：「我初謫官時，帝問司酒神，曰此好飲徒，聊給酒養真。去國一千里，齊安酒最醇。失火而得雨，仰戴天公仁。」豈文潛謫黄時，適有佳匠乎？（同上卷四十六）

張文潛言：「王中父詩喜用助語，自成一體。」予按，韓少師持國亦喜用之，如「酒成豈見甘而壞，花在須知色即空」；「居仁由義吾之素，處順安時理則然」；「不盡良哉用，空令識者傷」；「用舍時焉耳，窮通命也歟」。（《老學庵筆記》卷三）

士大夫交謁，祖宗時用門狀，……元豐後，又盛行手刺，前不具銜，止云「某謹上。謁某官。某月日」。結銜姓名，刺或云狀。亦或不結銜，止書郡名，然皆手書，蘇、黄、晁、張諸公皆然。今猶有藏之者。（同上卷三）

張文潛三子：秬、秸、和，皆中進士第。秬、秸在陳死于兵；和爲陜府教官，歸葬二兄，復遇盗見殺，文潛遂亡後，可哀也。（同上卷四）

張文潛生而有文在其手，曰「耒」，故以爲名，而字文潛。張文潛《虎圖詩》云：「煩君衛吾寢，起此蓬蓽

陋。坐令盜肉鼠，不敢窺白晝。」譏其似猫也。（同上卷四）

紹興初，程氏之學始盛，言者排之，至譏其幅巾大袖。胡康侯力辨其不然，曰：「伊川衣冠，未嘗與人異也。」然張文潛元祐初《贈趙景平主簿》詩曰：「明道新墳草已春，遺風猶得見門人。定知魯國衣冠異，盡戴林宗折角巾。」則是自元祐初，爲程學者幅巾已與人異矣。衣冠近古，正儒者事，譏者固非，辨者亦未然也。（同上卷九）

東坡《絶句》云：「梨花澹白柳深青，柳絮飛時花滿城。惆悵東闌一株雪，人生看得幾清明？」紹興中，予在福州，見何晉之大著，自言嘗從張文潛遊，每見文潛哦此詩，以爲不可及。余按杜牧之有句云：「砌下梨花一堆雪，明年誰此凭闌干？」東坡固非竊牧之詩者，然竟是前人已道之句，何文潛愛之深也，豈別有所謂乎？聊記之以俟識者。（同上卷十）

謝任伯參政在西掖草蔡太師謫散官制，大爲士大夫所稱。其數京之罪曰：「列聖詒謀之憲度，掃蕩無餘；一時異議之忠賢，耕鋤略盡。」其語出於張文潛論唐明皇曰「太宗之法度，廢革略盡；貞觀之風俗，變壞無餘」也。（同上卷十）

周必大

【敷文閣學士李文簡公燾神道碑 嘉泰元年（節録）】（上曰）：「朕嘗許燾大書『續資治通鑑長編』七字，且用神宗賜司馬光故事，爲序冠篇。」（公撰）范、韓、文、富、歐陽、司馬、三蘇、六君子年譜各一卷。（《廬陵周

益國文忠公集》卷六十六)

【筍虀詩用斤賣事】紫芝云：「『兩京作斤賣，五溪無人採。』此高力士詩也。魯直作《食筍詩》云：『尚想高將軍，五溪無人採』是也。張文潛作《虀羹詩》乃云：『論斤上國何曾飽，旅食江城日至前。嘗慕藜羹最清好，固應加糝愧吾緣。』則是高將軍所作乃《虀詩》耳，非《筍詩》也。二公同時，而用事不同如此，不知其故。」余按二詩各因筍、虀而借用作斤賣之句，初非用事不同，紫芝何其拘也。(《二老堂詩話》)

【跋陳瓘書】張文潛謂：韓文公揭陽上表頌德近諛。此非知言，古人愛其身以有待，不欲死瘴癘耳。其後爲兵部侍郎，宣撫鎮州甲士，陳廷大聲，數責賊師，視死爲何如。(《益公題跋》卷四)

【跋秦少章詩卷】右秦少章古律詩一卷，宗人愚卿兄弟示予求跋。昔東坡蘇公送少章詩云：「秦郎忽過我，賦詩如卷阿。」「句法本黄子」，謂魯直也。「二豪與揩磨」，謂兄少游及張文潛也。又云：「瘦馬識騄耳，枯桐得雲和。」其見稱許如此。(同上卷五)

【跋張文潛帖】右張文潛右史遺李彦誠忱十一帖。右史以元符末貶監黄、虔二州酒税，祐陵初政，乃起守東魯。方黨禁未解時，同寮雖鄰近不覿，右史亦眼高無人也。一竟陵令獨相親如此，又得文人之稱，彦誠才行可概見矣。乾道九年天申節。(同上卷九)

【跋錢穆父與張文潛書】右錢穆父《與張文潛書》。蓋元祐末紹聖初，文潛自潤改宣及謫黄州監，當時也文潛妹歸穆父第二子東美，婚姻之故，情誼款密。其賀入翰苑啓猶載文潛集中，所謂内翰侍讀、四丈者。未幾，竄逐元祐臣僚，人以東坡兄弟、秦少游爲諱，而穆父憐問懇惻，且有靈光巋然之語，蓋自況也。最後勉文潛以卯入申出，仍以閉詩文、不著急爲諷，意愛深矣。淳熙癸卯閏月十三日，偶觀此帖，而刑部侍郎曾仲躬適相過，知其爲錢出也。問以得雌名同兒爲誰？仲躬曰：「即吾母魯國太夫人，今年九十，飲食視聽不少衰。」予嘆曰：賢者之孫固宜壽而康耶！（同上卷十）

【跋汪季路所藏張文潛與彥素帖】朱希真父諱勃，元祐、紹聖之交爲右司諫，時張文潛爲起居舍人，故云同省。（同上卷十一）

王質

【和陶淵明歸去來辭】元祐諸公，多追和柴桑之辭，自蘇子瞻發端，子由繼之，張文潛、秦少游、晁無咎、李端叔又繼之，崇寧崔德符、建炎韓子蒼又繼之。居閑無以自娱，隨意屬辭，姑陶寫而已，非自附諸公也。（《雪山集》卷十二）

楊萬里

【讀張文潛詩】晚愛肥仙詩自然，何曾繡繪更琱鎸。春花秋月冬冰雪，不聽陳言只聽天。
山谷前頭敢説詩，絶稱漱井掃花詞。後來全集教渠見，別有天珍渠得知。（《誠齋集》卷四十）

【跋李氏所藏黄太史張右史帖】右山谷帖二十七紙，張右史帖十一紙。予友人李師心携以示予，蓋自其

從曾祖承議公與二先生還往之尺牘，藏去至師心今四世且百有餘歲矣。其紙新，其墨濕，猶昨日物也。（同上卷一百）

神宗徽猷閣成，告廟祝文，東坡當筆。時黄魯直、張文潛、晁无咎、陳無己畢集觀坡落筆云：「惟我神考，如日在天。」忽外有白事者，坡放筆而出。諸人擬續下句，皆莫測其意所向。頃之坡入，再落筆云：「雖光輝無所不充，而躔次必有所舍。」諸人大服。（《誠齋詩話》）

退之《盤谷序》云：「妬寵而負恃。」張文潛云：「妬寵一字，負恃兩字，非句律。」与下句云：「争妍而取憐」不類。又既曰「負」又曰「恃」爲複。「恃」當作「持」。（同上）

周　煇

張文潛《雜書》有云：「余自金陵月堂謁蔣帝祠，初出北門，始辨色。行平野中，時暮春，人家桃李未謝，西望城壁壕水，或絶或流，多鵁鶄、白鷺，迤邐近山，風物夭秀，如行錦繡圖畫中。舊讀荆公詩，多稱蔣山景物，信不誣也。白公少客杭州，自言欲得守杭，卒如其言。予亦云。」與東坡跋秦太虚夜航西湖，至普明院，捨舟，從參寥並湖而行，出雷峯，度南屏，濯足于惠因澗，入靈石塢，得支徑上風篁嶺，憩于龍井，始至壽星院，謁辨才一段奇事，景趣略相似，皆可以畫，但恐畫不就爾。煇雖未嘗夜游南、北山，如金陵郊野，春游良不疎。想像文潛所歷，如在目前。足不至者二十餘年，特未知今復何似？（《清波雜志》卷三）

東坡訃至京師，黄定及李豸皆有疏文。門人張耒時知潁州，聞坡卒，出己俸於薦福禪寺修供，以致師尊之哀。乃遭論列，責授房州别駕，黄州安置。雖名竄責，馨香多矣！（同上卷七）

浯溪《中興頌碑》，自唐至今，題詠實繁。零陵近雖刊行，止會粹已入石者，曾未暇廣搜而博訪也。趙明誠待制妻易安李夫人，嘗和張文潛長篇二。以婦人而厠衆作，非深有思致者能之乎？（同上卷八）

王明清

建炎末，贈黄魯直、秦少游及晁无咎、張文潛俱爲直龍圖閣。文潛生前，紹聖初自起居舍人出，帶此職蓋甚久，亦有司一時稽考失之也。（《揮麈録·前録》卷三）

東坡先生爲韓魏公作《醉白堂記》，王荆公讀之，云此韓、白優劣論爾。元祐中，東坡知貢舉，以《光武何如高帝》爲題。張文潛作參詳官，以一卷子携呈東坡云：「此文甚佳，盖以先生《醉白堂記》爲法。」東坡一覽，喜曰：「誠哉是言！」擢寘魁等。後拆封，乃劉燾無言也。（《揮麈録·後録》卷七）

元祐二年，東坡先生入翰林，暇日會張、秦、晁、陳、李六君子于私第，忽有旨令撰《賜奉安神宗御容禮儀》，使吕大防口宣茶藥詔，東坡就牘書云：「於赫神考，如日在天。」顧群公曰：「能代下一轉語否？」各辭之。坡隨筆後書云：「雖光明無所不臨，而躔次必有所舍。」群公大以聳服。《導引鼓吹詞》蓋亦是時作，真迹今藏明清處。二事曾國華云。（《揮麈録·後録餘話》卷一）

元祐初，修《神宗實録》，秉筆者極天下之文人，如黄、秦、晁、張是也。故詞采粲然，高出前代。（《玉照

新志》卷一）

明清家舊有常子允元祐中在館閣同舍諸公手狀，如黄、秦、晁、張諸名人皆在焉。後爲龔養正頤正易去。比觀洪景盧《容齋三筆》，乃云見於王順伯所，以爲高子允者。常名立，汝陰人，與家中有鄉曲之舊。（同上卷三）

朱熹

張文潛軟郎當，他所作詩，前四五句好，後數句胡亂填滿，只是平仄韻耳。想見作州郡時闒冗。平昔議論宗蘇子由，一切放倒，無所爲，故秦檜喜之。（《朱子語類》卷一百三十）

問：「《史記》云：『申子卑卑，施於名實。韓子引繩墨，切事情，明是非，其極慘礉少恩，皆原於道德之意。』」曰：「張文潛之説得之。」宋齊丘作《書序》中所論也。（同上卷一百三十七）

張文潛詩有好底多，但頗率爾，多重用字。如《梁甫吟》一篇，筆力極健。如云「永安受命堪垂涕，手挈庸兒是天意」等處，説得好，但結末差弱耳。又曰：「張文潛大詩好，崔德符小詩好。」又曰：「蘇子由詩有數篇，誤收在文潛集中。」雉。（同上卷一百四十）

鄧椿

楊吉老，文潛甥也。文潛嘗云：「吾甥楊吉老，本不好畫竹，一旦頓解，便有作者風氣。揮灑奮迅，初不

經意，森然已成，愜可人意，其法有未具而生意超然矣。」无咎亦有贈文潛甥克一學與可畫竹詩。克一，吉老字也。（《画繼》卷四）

畫者，文之極也，故古今之人，頗多著意。……本朝文忠歐公、三蘇父子、兩晁兄弟、山谷、後山、宛邱、淮海、月巖，以至漫士、龍眠，或評品精高，或揮染超拔，然則畫者，豈獨藝之云乎？（同上卷九）

陳　造

【題東堂集（節録）】毛澤民仕臨安，其守東坡。坡，士麟鳳也，晚乃受知。予讀《東堂集》，玩繹諷味，其文之瓌艷充托，其韻語之精深婉雅，視秦、黄、晁、張，蓋不多愧。（《江湖長翁集》卷三十一）

樓　鑰

【跋秦淮海帖】山谷晚游浯溪，題詩磨崖碑。後見少游所書文潛詩，嘗恨其已下世，不得妙墨刊石間，時少游醉卧古籐下未久也，而山谷老人已有此恨。矧今相去幾百年，此帖灑然如新，得而讀之，寧不感嘆！（《攻媿集》卷七十）

【跋黄氏所藏東坡山谷二張帖】東坡與黄潁州父子厚善，嘗書潁州之父《子思詩集》之後。……黄太史、張右史、張浮休，皆一時人物之英，則潁州之賢可知。太史先自金華徙豫章，潁州之先自浦城徙宛丘，嘗叙宗盟，故稱從姪。右史爲龍圖友婿，且居于陳，嘗爲潁州作《友于泉記》，故叙鄉曲。（同上卷

七十三)

【跋從子深所藏書畫·錢明逸、張文潛】錢子飛父子兄弟俱中制科，作字猶有父風，然以言事，致杜范富三公皆罷政，惜哉！張右史手書自有一種風氣，與《大禮慶成賦》稿相類。(同上卷七十四)

【跋汪季路所藏書畫·東坡西山詩】西山詩碑止有坡、谷、張右史三篇。近歲鄧公裔孫以前輩和篇數十首相示，輒不揣次韻，附見于後。(同上卷七十八)

虞　儔

【和張文潛有所嘆韻】老驥困鹽車，四足若有絆。鴑鳩搶榆枋，控地不能遠。我本田家子，釋耒事游宦。少壯恥干請，老大誰推挽。撫字亦徒勞，催科寧趣辦。於心儻無愧，此首何妨俛。財由政事足，輌也豈好辯？苟得而富貴，孰若甘貧賤！(《尊白堂集》卷一)

【余初秋離庭闈冬至猶未得歸夜讀宛丘先生秋日憶家詩輒次韻以述旅懷】屈指西風閲歲華，半年行役苦思家。綵衣歸去親闈好，畫角吹殘客夢賒。病裏中秋慵見月，醉中九日强簪花。朅來又過書雲候，節物催人一可嗟。(同上卷二)

葉　適

【覆瓿集序】初，薛子長從余貢院，崇德愛其静而敏，文過於輩流而已，未鉅怪也。來姑蘇葑門，出《老翁賦》、《續通鑒論》，始駭然異之。蓋神馬汗血，尾鬣不掉而行流無疆，累名駿數百，豈得望塵焉！自魏晉曹、陸，江左顔、任，唐陳、李，宋黄、秦、晁、張，皆莫進也……（《葉適文集》卷十二）

【題陳壽老文集後】元祐初，黄、秦、晁、張，各擅筆墨，待價而顯，許之者以爲古人大全，賴數君復見。及夫紛紜於紹述，埋没於播遷，異等不越宏詞，高第僅止科舉，前代遺文，風流泯絶，又百有餘年矣。（同上卷二十九）

【吕氏文鑑】初歐陽氏以文起，從之者雖衆，而尹洙、李覯、王令諸人各自名家。其後王氏尤衆，而文學大壞矣。獨黄庭堅、秦觀、張耒、晁補之始終蘇氏，陳師道出於曾而客於蘇，蘇氏極力援此數人者，以爲可及古人世。或未能盡信，然聚群作而驗之，自歐、曾、王、蘇外非無文人，而其卓然可以名家者，不過此數人而已。（《習學記言》卷四十七）

徐自明

宋哲宗紹聖元年三月，左正言上官均言：「大防善操國柄，不畏公議，以張耒、秦觀浮薄之徒撰次國史，掩没先帝盛美。」（《宋宰輔編年録》卷十）

張叔椿

【坡門酬唱集原序】詩人酬唱，盛於元祐間。自魯直、後山宗主二蘇，旁與秦少游、晁無咎、張文潛、李方叔馳騖相先後，萃一時名流，悉出蘇公門下。嘻，其盛歟！余少喜學詩，嘗泛觀衆作，因之泝流尋源，竊恨坡公詩有唱而無和，或和而不知其唱，每開卷雖凝思遐想，茫無依據。至嵬取他集，纔互見一二，復恨不獲覩其全也。將類聚俾成一家，輒局於官守，且未暇。歲在己酉，朅來豫章機幕邵君叔義，實隆興同升，出示巨編目，曰《蘇門酬唱》。迺蘇文忠公與其弟黄門偕魯直而下六君子者，迭爲往復，總成六百六十篇。幸矣！余之嗜鄉偶與叔義同，而精敏不逮遠矣。夫以數十年玩味之餘，與欲爲而未即遂者，一旦欣快所遇，若可矜而振之也，烏知無復有同志者興不可得見之嘆。遂命工鋟木，以廣其傳。紹興元年五月二十四日，永嘉張叔椿書於觀風堂。（《坡門酬唱集》卷首）

邵　浩

【坡門酬唱集引】紹興戊寅，浩年未冠，乃何幸得肄業於成均。朝齏暮鹽，知有科舉計耳，故詩章未暇也。隆興癸未，始得第以歸，有以詩篇來求和者，則藐不知所向。於是取兩蘇公之詩讀之，因得竊窺兩公少年時，交遊未甚廣，往往自爲師友，兄唱則弟和，弟作則兄酬，因事赴韻，莫不字字穩律。……既又念兩公之門下士，黄魯直、秦少遊、晁無咎、張文潛、陳無己、李方叔所謂六君子者，凡其片言隻字，既皆足以名世，則其平日屬和兩公之詩，與其自爲往復，決非偶然者，因盡摭而録之，曰《蘇門酬唱》。獨恨方叔有酬無唱，蓋其晚出，相與從遊之日淺也。無事展卷，則兩公、六君子之怡怡偲偲，宛然氣象在，目神交意往，直若與之承歡接辭於元祐盛際，豈特爲賡和助耶！淳熙己酉，浩官於豫章，臨江謝公自中丞遷尚書，均逸未歸，浩出此編，公甚喜，爲作序，且謂：「《蘇門酬唱》則兩公並立，不如俾老仙專之，更曰《坡門酬唱》，何如？」浩曰唯唯。紹興庚戌四月一日，金華邵浩引。（《坡門酬唱集》卷首）

王楙

【陳文惠詩句】張文潛云：「陳文惠公《題松江》詩，落句云『西風斜日鱸魚香』，言松江有鱸魚耳，當用此『鄉』字。而數本見皆作『香』字，魚未爲羹，雖嘉魚直腥耳，安得香哉？」《松江詩話》曰：「魚雖不香，作羹芼以薑橙，而往往馨香遠聞。故東坡詩曰，『小船燒薤搗香虀』，李巽伯詩曰，『香虀何處煮鱸魚』。魚作『香』字，未爲非也。」僕謂作者正不必如是之泥。劉夢得詩曰，「湖魚香勝肉」，孰謂魚不當言香邪？但此「鱸魚香」云者，謂當八九月鱸魚肥美之時節氣味耳，非必指魚之馨香也。張右史之説既已失之，而周知和乃復强牽引蘇黄二詩以證「鱸魚香」之説，且謂「芼以薑橙，往往馨香遠聞」，其見謬甚，所謂道在邇而求諸遠。「鱸魚香」字比「鱸魚鄉」甚覺氣味長。更與識者參之。（《野客叢書》卷七）

【東坡卜算子（節録）】東坡謫居黄州，作《卜算子》云云，其屬意王氏女也，讀者不解。張文潛得其詳，嘗題詩以志其事。（同上卷十）

汪莘

【西江月　張文潛詩有《東海大松》，序云：土人相傳，三代時物，徐仲車先生知之。余意古松之散在天地間，其拄青天而蔽厚地者，可以數計周知。欲合而處之，不可得也。作問松。】天下老松有數，人間不記何年。海心嶽頂寺門前。我欲收成一片。　爲向此公傳語，卻教老子隨緣。龍盤虎踞負青天，豈若吾身親見。（《方壺存稿》卷九）

周南

趙令畤，宗室近屬，安定郡王猶子。好學有詩聲，著《侯鯖録》行於世。……其後張文潛書《字説》，謂德麟與韓子蒼諸人名振一時。（《山房集》卷八）

李心傳

建炎四年秋七月丁巳，申命元祐黨人子孫經所在自陳，盡還應得恩數。……臣愚以謂元祐之宰執侍從，大率多賢，其德行事業，皆在人耳目，其元仕官職，易以追考。又其餘官，若程頤、鄭俠……張耒……其姓名官職，章章可見。臣愚欲乞特降親筆，應元祐宰執侍從、前項程頤等，並與盡復官職贈謚，盡還致仕遺表恩例。（《建炎以來繫年要録》卷三十五）

趙與時

曾端伯慥以所編《百家詩選》遺孫仲益，仲益復書云：「蒙馳賜百家新選一集，發函開讀，每得所未聞，則拊髀爵躍，讀之惟恐盡也。……白公詩所謂『辭達』，大抵能道意之所欲言者，蘇黄門詩已不逮諸公，北歸後效白公體，益不逮，惟四字詩最善。張文潛晚年詩，不逮前作，意謂亦效白公詩者。公述潘邠老言：『文潛晚喜白公詩。』信矣，如所料也。」（《賓退録》卷六）

孫　奕

【風雅不繼】六一居士云：「盧仝、韓愈不在世，彈壓百怪無雄文。」文潛《題磨崖碑》云：「元功高名誰與紀，風雅不繼騷人死。」魯直《過桂林》云：「李成不在郭熙死，奈何百嶂千峰何？」與退之《石鼓歌》云：「少陵無人謫仙死，才薄將奈石鼓何？」老杜《雙松歌》云：「天下幾人畫古松，畢宏已老韋偃少。」殆一律也。（《履齋示兒編》卷十）

魏了翁

【黄太史文集序（節録）】二蘇公以詞章擅天下，其時如黄、秦、晁、張諸賢，亦皆有聞於時。人孰不曰：此詞人之傑也。是惡知蘇氏以正學直道周旋於熙、豐、祐、聖間，雖見愠於小人，而亦不苟同於君子，蓋視世之富貴利達，曾不足以易其守者。其爲可傳，將不在兹乎？諸賢亦以是行諸世，皆坐廢棄，無所悔恨。（《鶴山先生大全文集》卷五十三）

【游忠公仲鴻鑑虚集序（節録）】嘉泰三年秋，予召入學省，道漢嘉，始識游忠公。居旬浹，歷歷爲予道紹熙末年事，未嘗不欷歔感慨也。……君壯時猶及見蘇黄門（轍），黄門謂言：「使得見先兄，當不在六君子下，一時所交如唐子西、張芸叟，皆敬稱之。」其文之有傳，雖不遇猶遇，雖死猶不死也。（同上卷五十六）

【題復州鴻軒】故起居舍人張文潛，以元符二年秋坐元祐黨人，責復州監税。明年春，徽宗踐阼，起通判黄州，以秋至而春去，託諸鴻以名軒。軒之壞已久，而邦人思之不釋。嗚呼，其孰爲思之邪？廣安楊伯洪恢來攝州事，自皮、陸諸賢以來頽宫廢址，咸爲興復。是軒亦居一焉，而囑余題榜。且識歲月顧臯之人，何所容喙？每愛其集中有坐局沽酒與務中晚作諸詩，豈惟傃位而行無一毫不自得。且方矻矻於所當事者焉！詩曰：敬天之怒，無敢逸豫。此未易與俗人言也，伯洪以爲如何？（同上卷六十三）

岳　珂

【張文潛九華帖　行書六行，尾批六行】耒再拜，近得二哥書，四丈在九華無恙也。吾丈新復舊，諸吏將護。耒賤軀自閒居來，極安泰，不煩念也。二卒借留甚得氣力，悚荷悚荷，耒再拜。

宛丘有幹委，因信幸論，柴親侍行，幸爲呼名，門中各計安佳，家婦同伸問。右元祐右史張公耒、字文潛《九華帖》真蹟一卷。公文名在天下久矣，而帖則未多見也。文筆之相須，或者于師承有考焉。是帖本先臣家藏。

贊曰：結字小而密，氣放以逸；措意婉而妍，神閉以全。公固不以書名，蓋無一而非天。然則汪洋澹泊，一倡三歎，考之東坡先生之言，蓋不特公之文爲然也。（《寶真齋法書贊》卷十七）

按：此帖文集未存，録以補遺。

劉克莊

【蘇文忠公（録一首）】唐樂府惟張籍、王建，本朝惟一張文潛爾。坡公手録此篇，亦如退之於舊輩乎？然文潛每篇語意有緩弱處，不如籍、建句句緊切。書文潛《寒衣歌》（《後村先生大全集》卷一百四）

王建《新嫁娘》詩云：「三日入厨下，洗手作羹湯。未諳姑食性，先遣小姑嘗。」張文潛《寄衣曲》云：「別來不見身長短，試比小郎衣更長。」二詩當以建爲勝，文潛詩與晋人參軍新婦之語俱有病。（《後村詩話前集》卷一）

張文潛《詠淮陰侯》云：「平生蕭相真知己，何事還同女子謀。」巨山《代蕭相答》云：「當日追亡如不及，豈於今日故相圖。身如累卵君知否，方買民田欲自汙。」亦前人所未發。（《後村詩話後集》卷二）

謝惠連《擣衣篇》云：「腰帶準疇昔，不知今是非。」張籍「殷勤爲看初著時，征夫身上宜不宜。」張文潛

「別來不見身長短，若比小郎衣更長」之句，皆本此。(《後村詩話續集》卷二)

李格非，字文叔，濟南人，詩文四十五卷，文高雅條鬯有義味，在晁、秦之上。詩稍不逮。……文叔與蘇門諸人尤厚，其殁也，文潛誌其墓。(同上卷三)

【潘邠老】東坡、文潛先後謫黄州，皆與邠老游，其詩自云師老杜，然有空意無實力。(《江西詩派小序》)

【李商老】公擇尚書家子弟也，東坡、山谷、文潛諸公皆與往還，頗博覽强記，然詩體拘狹少變化。(同上)

羅大經

【詩詠蟋蟀】張文潛云：「《詩》三百篇，雖云婦人女子、小夫賤隸所爲，要之非深於文章者不能作。如『七月在野』以下皆不道破，至『十月入我牀下』，方言是蟋蟀，非深於文章者能之乎？然是詩乃周公作，其超妙宜矣。荆公絶句云：『昏黑投林曉更驚，背人相唤百般鳴。柴門長閉春風暖，事外還能見鳥情。』蓋祖此法。」(《鶴林玉露》甲編卷五)

【陳湯論】張文潛作《陳湯論》，末云：「昔者韓患秦之無厭也，下令曰：『有能得秦王者，寡人與之國。』大夫皆諫曰：『賞不可以若是其重也。』韓王笑曰：『得秦王而寡人與之國，是賞有再乎？且得秦王矣，寡人其憂無國哉？』」一本云：「昔者魏國患河，其邊之臣起徙而决之趙。魏王大喜，賞其臣以十縣。其相諫曰：『守邊而徙河，犯官也。從而賞之，王之臣無守職者矣。』魏王笑曰：『子憂過矣，有功於魏者，有比於徙河者乎？魏無二河，則徙河之賞無再也。』」二事皆切，而徙河之事尤勝。蓋徙河犯官，有矯制之意。（同上丙編卷二）

【杜陳詩】范二員外、吴十侍御訪杜少陵於草堂，少陵偶出，不及見，謝以詩云：「暫往比鄰去，空聞二妙歸。幽棲誠簡略，衰白已光輝。野外貧家遠，村中好客稀。論文或不愧，重肯欵柴扉。」陳後山在京師，張文潛、晁無咎爲館職，聯騎過之。後山偶出蕭寺，二君題壁而去。後山亦謝以詩云：「白社雙林去，高軒二妙來。排門衝鳥雀，揮壁帶塵埃。不憚升堂費，深愁載酒回。功名付公等，歸路在蓬萊。」杜、陳一時之事相類，二詩醖藉風流，亦未易可優劣。（同上丙編卷六）

陳郁

周邦彦字美成，自號清真，二百年來以樂府獨步。……至於詩歌，自經史中流出。當時諸名家如晁、張，皆自嘆以爲不及。（《藏一話腴外編》卷上）

吴子良

【知文難】柳子厚云：「夫文爲之難，知之愈難耳。」是知文之難，甚於爲文之難也。蓋世有能爲文者，其識見猶倚於一偏，况不能爲文者乎？……東坡亦言：「張文潛、秦少游，士之超軼絶塵者也。士駭所未聞，不能無異同，故紛紛之論，亦嘗及吾與二子。吾策之審矣，士如良金美玉，市有定價，豈可以愛

憎口舌貴賤之歟！作《太息》一篇，使秦少章藏於家，三年然後出之。」蓋三年後，當論定也。（《荆溪林下偶談》卷二）

【讀中興頌詩】讀《中興頌》詩，前後非一，惟黄魯直、潘大臨，皆可爲世主規鑒。若張文潛之作，雖無之可也。……（同上）

【李習之諸人文字】文字之雅淡不浮、混融不琢、優游不迫者：李習之，歐陽永叔，王介甫，王深甫，李太白，張文潛。雖其淺深不同，而大略相近。居其最則歐公也。淳熙間歐文盛行，陳君舉、陳同甫尤宗之。水心云：「君舉初學歐，不成；後乃學張文潛，而文潛亦未易到。」（同上卷三）

【陳耆卿篔窗集序】宋東都之文，以歐、蘇、曾倡，接之者無咎、無己、文潛，其徒也。宋南渡之文，以吕、葉倡，接之者壽老，其徒也。……葉公晚見之，驚詫起立，爲序其所著《論孟紀蒙》若干卷，《篔窗初集》若干卷，以爲學游、謝而文晁、張也。（《篔窗集》卷首）

闕名

《群玉堂法帖》十卷，共一百四十一段。……第九卷：李後主、錢忠懿……秦淮海、張右史、晁吏部、李姑溪、李龍眠。（《南宋館閣續録》卷三）

魏慶之

【張、秦】元祐初，與秦少游、張文潛論詩，二公謂不然。久之，東坡先生以爲一代之詩當推魯直。二公遂捨舊而圖新。其初改轅易轍，如枯絃敝軫，雖成聲而跌宕不滿人耳；少焉遂使師曠忘味，鍾期改容也。（《詩人玉屑》卷十八）

林希逸

【讀黄詩】我生所敬涪江翁，知翁不獨哦詩工。逍遥頗學漆園吏，下筆縱横法略同。自言錦機織錦手，興寄每有《離騷》風。内篇外篇手分别，冥搜所到真奇絶。頡頏韓柳追莊騷，筆意尤工是晚節。兩蘇而下秦、晁、張，閉門覓句陳履常。當時姓名比明月，文莫如蘇詩則黄。……（《竹溪十一稿詩選》）

闕名

宋哲宗元祐五年六月，正字張耒爲著作佐郎。（《皇宋通鑑長編紀事本末》卷九十六）

元祐八年十一月庚寅，監察御史來之邵言：著作佐郎張耒除起居舍人，按耒性質獧薄，士望素輕，雖經權用，資格猶淺。平居惟以附離權貴，供撰書疏，以謀進取爲事。故搢紳之論未嘗少與其爲人，而執事大臣獨以爲賢也，望寢耒成命，以慰士論。侍御史楊畏言：張耒近除起居舍人，命下以來，時論喧然，以爲未允。按耒雖精工文辭，而素行輕傲，言揚歷則資淺，論人才則望輕。止緣請謁宰臣執政之門，或造膝密交，或代爲文字，故大臣力爲援引，命以此官。伏望罷耒新命，以協輿情。（同上卷一百零一）

紹聖元年七月丁巳，右正言張商英言：按内臣陳衍，先管勾儲祥宫，吕大防之子數往謁本宫道士武宗道，而與衍結識。既而大防又遣三省行首張允公住御藥院，與衍關通，尋援引衍入國史院承受，而檢討官張耒、秦觀又因衍而與蘇轍兄弟道達言語，其奸狀明白，中外共知。（同上）

紹聖四年二月庚辰詔：……王欽臣、張耒因緣奸黨，躐處要班，挾持詭謀，鼓扇兇焰。欽臣可落集賢殿修譔，依前官管勾江州太平觀，信州居住。耒可落直龍圖閣□□，依前官添差監黄州酒税。（同上卷一百零二）

宋徽宗崇寧元年五月乙亥詔：……朝奉郎直龍圖閣知汝州張耒，落直龍圖閣，管勾明道宫。（同上卷一百二十一）

崇寧元年七月庚戌，臣僚上言：朝散郎管勾明道宫張耒，在潁州聞蘇軾身亡，出己俸於薦福禪院，爲軾飯僧，縞素而哭。詔：張耒責授房州别駕，黄州安置。（同上）

崇寧元年九月己亥御批：付中書省，應係元祐責籍並元符末叙復過當之人，各具元籍，定姓名人數進入，仍常切契勘，不得與在京差遣。……餘官秦觀……張耒。……（同上）

崇寧二年四月乙亥詔：三蘇、黄、張、晁、秦及馬涓文集，范祖禹《唐鑑》……等印板，悉行焚毁。（同上）

崇寧二年八月辛丑，臣僚上言……欲乞特降睿旨，具列姦黨，以御書刻石端禮門姓名下外路州軍，於監司長吏廳立石刊記，以示萬世。從之。御史臺鈔録到下項元祐姦黨。……餘官秦觀、……張耒、……詔：緣姦黨入籍並子弟等，除曾任監司罷任指定與知州人外，將其餘不得到闕。（同上）

崇寧三年四月甲辰朔，尚書省勘會黨人子弟，不問有官無官，並令在外居住，不得擅到闕下。……安置人：淮南路黄州、黄州別駕張耒。……（同上卷一百二十二）

崇寧三年六月甲辰詔：元符末姦黨並通入元祐籍，更不分三等。應係籍姦黨已責降人，並各依舊。除今來入籍人數外，餘並出籍。……餘官秦觀、（原注：故。）黄庭堅、晁補之、張耒……（同上）

崇寧四年九月己亥，御筆手詔：元祐姦黨，詆毁先帝，罪在不赦，曩屈常憲，貸与之生，屏之遠方，固無還理，棄死貶所，豈不爲宜。今先烈紹興，年穀豐稔……用示至仁，稍從内徙。……張耒黄州移兖州。（同上卷一百二十三）

崇寧五年正月庚戌，三省同奉聖旨：……黄州別駕張耒，叙復承議郎。（同上）

崇寧五年三月戊戌詔：應舊係石刻人，除第三等許到闕外，餘並不得到闕下。……餘官第二等：秦觀、張耒、晁補之……（同上卷一百二十四）

陳振孫

【宛邱集七十卷，年譜一卷】起居舍人譙國張耒文潛撰。宛邱陳州，其所居也。蜀本七十五卷。（《直齋書録解題》卷十七）

【豫章集四十四卷，宛邱集七十五卷，後山集二十卷，淮海集四十六卷，濟北集七十卷，濟南集二十卷】蜀刊本，號《蘇門六君子集》。（同上）

王應麟

秦少游、張文潛學於東坡，東坡以爲秦得吾工，張得吾易。（《困學紀聞》卷十七《評文》）

張文潛《送李端叔名之儀，赴定州序》：「梟鴟不鳴，要非祥也；豺狼不噬，要非仁也。」本於唐吕向上疏：「鴟梟不鳴，未爲瑞鳥；猛虎雖伏，豈齊仁獸？」（同上）

張文潛詠孔光云：「試問不言温室木，何如休望董賢車？」仲彌性詠韋執誼不看《嶺南圖》云：「政恐崖州如有北，却應未肯受讒夫。」二詩誅姦諛之蕭斧也。（同上卷十八《評詩》）

朱雲爲槐里令，上書求見，而即得對成帝，時言路猶未塞也。張文潛詩曰：「直言請劍斬安昌，勿謂朱游只素狂。君看漢家文景業，張侯能以一言亡。」（同上）

張文潛寓陳《雜詩》，言顏平原事，誤以盧杞爲元相國。（同上卷二十《雜識》）

司馬公時至獨樂園，危坐讀書堂，嘗云：「草妨步則薙之，木礙冠則芟之。其他任其自然，相與同生天地間，亦各欲遂其生耳！」張文潛《庭草》詩云：「人生群動中，一氣本不殊，奈何欲自私，害彼安其軀？」亦此意也。觀此則知周子窗前草不除之意。（同上）

張文潛云：「嘗讀《宣律師傳》，有一天人，說周穆王時佛至中國，與《列子》所載西極化人之事略同，不知寓言耶？抑實事也？」愚謂此釋氏剽竊《列子》之言，非實事也。（同上）

周密

【文章相類】李德裕《文章論》云：「文章當如千兵萬馬，風恬雨霽，寂無人聲。」黃夢升《題兄子庠之辭》云：「子之文章，電激雷震，雨雹忽止，闃然泯滅。」歐公喜誦之，遂以此語作《祭蘇子美文》云：「子之心胸，蟠屈龍蛇，風雲變化，雨雹交加，忽然揮斥，霹靂轟車。人有遭之，心驚膽破，震汗如麻。須臾霽止，而四顧山川草木，開發萌芽。子於文章，雄豪放肆，有如此者，吁可怪耶！」東坡《跋姜君弼課策》亦云：「雲興天際，歘然車蓋，凝矑未瞬，彌漫霮䨴。驚雷出火，喬木糜碎，般地爇空，萬夫皆廢。霤練四墜，日中見沬，移晷而收，野無完塊。」張文潛《雨望賦》云：「飄風擊雲，奔曠萬里，一蔽率然如百萬之卒赴敵驟戰兮，車旗崩騰而矢石亂至也。已而餘飄既定，盛怒已泄，雲逐逐而散歸，縱橫委乎天末。又如戰勝之兵，整旗就隊，徐驅而回歸兮，杳然惟見夫川平而野闊。」皆同此一機括也。（《齊東野語》卷十）

孫紹遠

【陳子高題張文潛畫帖】此老從來馬如狗，却笑蹇驢難朝天。聊爾据鞍猶見句，想知行處似乘船。官曹文書堆滿牀，憒憒度日孤晝長。安得如彼二三子，抱琴挾策置我旁。（《聲畫集》卷八）

葉□

温公爲張文潛言：學者讀書，少能自第一卷讀至卷末，往往或從中、或從末隨意讀起，又多不能終篇。光性最專，猶常患如此。（《愛日齋叢鈔》卷二）

楊囦道

建中初，張文潛《謝表》用「我來自東」，彭汝霖論耒《表》用「我」字，大無禮，引王韶故事，乞竄謫。魯公云：王韶聖問有時或差，乃不遜。「我來」用經語，恐不可罪，乃止。（《雲莊四六餘話》）

張文潛不惟工於詩篇，尤精於四六。警句云：「雖相聞雞犬，實一葦可航之川；而坐畏簡書，有其人甚遠之嘆。」「宗祀于明堂，既盡寧親之孝；大賚于四海，徧覃及物之仁。」「進而行乎本朝，爲君子使；居則蕭然一室，現居士身。」「訓五刑之屬三千，初非獲已；奪伯氏之邑三百，誰曰不然。」（同上）

李彝

【集句】玉女精神不尚妝，一身盡著雪衣裳。只應尚有驕春意，淺笑微顰盡斷腸。張文潛、黄巖老、王介甫、李縝（《梅花衲》）

二 金元

王若虚

近讀《東都事略·山谷傳》云：「庭堅長于詩，與秦觀、張耒、晁補之游蘇軾之門，號四學士。獨江西君子以庭堅配軾，謂之蘇黄。」蓋自當時已不以爲是公論矣。（《滹南遺老集》卷三十九）

張文潛詩云：「不用爲文送窮鬼，直須圖事祝錢神。」唐子西云：「脱使真能去窮鬼，自量無以致錢神。」夫錢神所以不至者，惟其有窮鬼在耳。二子之語似可喜，而實不中理也。（同上卷四十）

李冶

張文潛《書鄒陽傳》云：「《鄒陽傳》稱，梁孝王用羊勝、公孫詭之説，殺袁盎。事覺，孝王懼誅，使陽入關内求解。陽見齊人王先生，用其計説王長君，長君入言之。案王長君原本作竇長君，考《鄒陽傳》所説，實王長君，即蓋侯王信也。竇長君乃竇太后之弟，與此事無涉，今改正。及韓安國亦見長公主，事果得不治，此則陽與安國同救孝王殺袁盎事也。而《韓安國傳》所稱見長公主事，自以孝王僭天子游戲，天子聞之，心不喜，太后乃怒，梁使者弗見。案責梁王，安國爲梁使，見大長公主而泣，長公主具以語太后，事乃解。其後安國坐法，久之，復用爲梁内史，乃有勝、詭説王殺袁盎等事。安國諫王，王乃殺勝、詭。漢使還報，梁事解，無安國見長公主事。此則安國見長公主，自以梁王游戲事在前，非勝、詭事也明矣。《鄒陽傳》中所載，誤記安國所解前事爲今事耳。」李子曰：「凡人行事，有主之者，有簉從者，有遂事者。據二傳所載，蓋安國兩見長公主，但所以見之者不同也。其救游戲事必主安國，在他人無所與，故獨見于本傳。其求解殺盎事，必主鄒陽，而安國特遂事焉，故安國之見長公主不見于本傳，而略附于《鄒陽傳》中也。宛丘以此爲班固之誤，冶以爲不然。二事較然明白，班固良史，不應遺忘至此。」（《敬齋古今黈》卷三）

胡祗遹

【題梵隆述古圖】寫萬象易，寫人物難。山水、雲烟、昆蟲、草木皆有定質，惟人也，得二五最秀最靈之精英。自有生人以來，而至於今，後至無窮，面面不同，上而大聖大賢，下而至愚至賤，賦分稟受，又復天壤。每觀畫師寫塵俗之人，則十九得真；寫高人勝士，則百不得其一二。蓋高人勝士，又得天地之奇氣，雖造物不易生成，畫工塵臆豈能得其仿佛？非李龍眠，則不能形容蓮社諸英賢：蘇東坡、黄山谷、米南宫、李伯時、蘇黄門、晁無咎、張文潛、秦少游、楊巨濟、僧圓通、王仲至、陳碧虚、鄭靖老、蔡天啓、王晋卿、李端叔十六人。想見風采一時龍鸞，唯龍眠能儀形之。梵隆此幅，亦庶幾欲造龍眠之門牆者歟？（《紫山大全集》卷十四）

王義山

【鷄鳴賦　余嘗讀張宛丘鳴雞賦，惜其未盡勉學者進道之意，因賦鷄鳴。】人苦不覺，物且有之。伊蟲之羽，莫靈匪鷄。文以冠而飾，武以距而爲。既勇而信，以守謂仁，而食不違。此固五德之所素有，孰若一鳴之不失期。方其角徹乎梅花之奏，輪催乎晦魄之熹，鼾睡之息尚雷，偃寢之枕猶欹，莊蝶兮栩而蘧，鄭鹿兮喜而遺，神識恍惚，物欲昏迷。倏聞一鼓翼而機自動，繼聆三呼旦而聲載馳。當是時也，覺之則爲善，罔覺則爲惡，判乎舜與跖之兩岐。嗟呼！起而舞劍者志之，小詐而度關者心之，欺彼音之翰云，胡不思要知。旦氣之清者，至晝而不梏操之，則夜氣不存者幾希。然則君子於此不惟可以自省乎？語默之幾，亦足以自厲於瀟瀟風雨之時也。（《稼村類稿》卷九）

郝　經

【原古録序（節録）】中統七年春王正月，猶在宋之儀真館。十五日己未，《原古録》成，叙曰：「……宋之楊億、王禹偁、……張耒、秦觀、晁無咎，金源之韓昉、蔡珪、党世傑、趙渢、……則鼓吹風雅，鋪張篇什，藻飾綸綍，列上書疏，敷陳利害，詰竟議論，雕繪華采，琱琢章句，搯抉造化，窮極筆力，精覈義理，照耀竹帛，剸刻金石，摇撼天地，陵轢河山，剴切星斗，推盪風雲，震疊一世。作爲文章，皆有書，有集，有簡，有策，名家傳後。（《郝文忠公集》卷二十九）

方回

【送俞唯道序（節録）】予作詩六十年，弱冠在鄉里，無碩師，竹坡、吕左史實警發之。俾讀張文潛詩有味，欲學其體。……大概律詩當專師老杜、黄、陳、簡齋，稍寬則梅聖俞，又寬則張文潛，此皆詩之正派也。（《桐江集》卷一）

【讀太倉稊米集跋（節録）】周紫芝字少隱，宣城人……其集曰《太倉稊米集》，嘗謂作詩先嚴格律，然後及句法，得此語於張文潛、李端叔。……少隱紹興元年避地山中，不能盡挈群書，唯有柳子厚、劉夢得、杜牧之、黄魯直、杜子美、張文潛、陳無己、陳去非八家詩抄，爲詩八珍，以謂皆適有之，非擇而取。（同上卷三）

《瑶池集》，通議大夫徽猷閣待制秦鳳路經略安撫使知秦州郭思所著，蓋詩話也。……元祐黄、陳、晁、張、秦少游、李方叔諸公，無一語及之，惟引蘇長公軟飽黑甜一聯及筆頭上挽得數萬斤語。於歐、蘇皆字之，而於荆公獨王之，蓋宣靖間時好荆公詩。（同上卷七）

【和陶淵明飲酒二十首序】和陶自蘇長公，始在揚州。《和飲酒》二十詩，又爲和陶之始。是二十詩者，子由、無咎、文潛相繼有和。然長公典大藩，子由居政府，無咎通判揚州，皆非貧閑之言。惟文潛所和，在紹聖丙子罷郡宣城，奉祠明道閑居宛丘之時。近世嚴陵滕元秀，家貧嗜酒，亦嘗和焉。（《桐江續集》卷五）

【贈程君以忠·楊君泰之　并序】……程君恕以忠、楊君復泰之……知予初學張宛丘，晚慕陳後山，求假二集，觀予批注，良可嘉也。因賦近體二首，寓敬嘆之意云。（選一首）

程君骨骼鼎鐘古，楊子精神霜月明。學海一針元自正，詞場百喙不能鳴。文潛雄渾開前路，無已深幽助晚成。老我苦心知己解，相逢差足慰平生。（同上卷十九）

回二十學詩，今七十六矣。七言决不爲許渾體，妄希黄、陳、老杜，力不逮則退爲白樂天、張文潛體。樂天詩山谷喜之，摘其佳者在集。文潛詩自然不雕刻，山谷不敢□也。（同上卷二十七）

【進德齋箴（節録）】杭人陳吉甫以德名齋，予友張仲實爲作記，其説固亦雅矣。予謂德之上當加一「進」字，曰「進德齋」，必如此而。又如張文潛所作《進學齋記》，以用其進之之力，則得其所以爲德者矣。（同上卷二十九）

【送羅壽可詩序（節録）】蘇長公踵歐陽公而起。王半山備衆體，精絶句，古五言或三謝。獨黄雙井專尚少陵，秦、晁莫窺其藩，張文潛自然有唐風，别成一宗。（同上卷三十二）

【虚谷桐江續集序（節録）】然客猶疑予之作詩不無法也。則詰之曰：「子之詩初學張宛邱，次學蘇滄浪、梅都官，而出入於楊誠齋、陸放翁，後乃悔其腴而不癯也，惡其弱而不勁也……。」予凝思久之而復其説曰：此皆予少年之狂論、中年之癖習也。（同上）

【唐長孺藝圃小集序（節録）】詩以格高爲第一，……宋惟歐、梅、黄、陳、蘇長翁、張文潛。（同上卷三十三）

《永寧遺興》方回：肥仙詩自然，楊誠齋之言也。每憶此言，讀此詩則知之。馮班：張宛丘，字文

潛。　無名氏(甲)：永寧，河南屬邑。(《瀛奎律髓彙評》卷三懷古類)

編者按：《瀛奎律髓》，元方回所編。自此以下所選皆張耒詩。《瀛奎律髓彙評》，録有方回、馮舒、馮班、錢湘靈、陸貽典、查慎行、何義門、紀昀、無名氏(甲)、許印方、無名氏(乙)、趙熙諸家評語。

《送推官王永年致仕還鄉》方回：三、四最佳。以其年四十而致仕，故曰「驚嗟白髮歸」。　馮舒：據注應是「白髮歸」，第二句又不合重此字。白髮自應歸，作「稀」字少致。　紀昀：亦是結太盡。(同上卷六宦情類)

《和即事》方回：此詩全似唐人，高於張司業也。　馮舒：真似唐人，然未必高於張司業。紀昀：此評太過，且不言似唐何人，而混稱全似唐人，尤爲鶻兀，張司業非唐人乎？　查慎行：三四曲折細潤。「梟」字稚，「側還傾」小韻致。　紀昀：晚唐小樣。(同上)

《和范三登淮亭》方回：「游」字押得甚新，三、四詩中不可少。　馮舒：六句「游」宜作「泅」，「泅」、「游」不同，不應混。　紀昀：馮氏譏「游」字誤用，云當作「泅」，然《毛詩》已作此「游」字。○起得超脱。(同上)

《次韻張公遠二首》(第一首)馮舒：原詩意在情字，然未亮。○第六句未合。　馮班：生拙，字字不妥。○第六句不成語。　紀昀：五句用劉夢得語，六句用《子夜歌》語。(第二首)馮舒：用景純事，字字不妥。　馮班：亦非當行，下句多不成語。「無腸」句不通，是蟹耶？第六句拙劣。　查慎行：「驅豆」未知出處。　張載華：蒿廬夫子云：「『驅豆』疑即郭璞事。」　紀昀：次句用「清暉射劍

戟」語，不妥。三、四語真而格太卑。六句用郭璞事拙滯。（同上卷七風懷類）

《次韻盛居中夜飲》　紀昀：前四句欠渾健，後四句自好。　無名氏（甲）：稍有中唐餘氣，次首亦然。（同上卷八宴集類）

《同周楚望飲花園》　查慎行：虛谷雖賞五、六一聯，吾所不取。（按：方回於五、六兩句加密圈。）　紀昀：五、六極用意，然是宋句，非唐句。（同上）

《暮春遊柯市人家》　方回：句句自然。　馮班：第二聯正欠自然。　查慎行：「冠」、「旆」二字硬入句中作眼，何得云「自然」？　紀昀：三、四豈可謂之自然？　馮舒：「冠」、「旆」畢竟生造。溝塍既處處通矣，何用況聞？　錢湘靈：詩眼，可恨。　紀昀：馮云「溝塍處處通，何用況聞」，語殊未是，溝塍本自相通，不必定因雨漲，雨自可另作一層。○「冠」、「旆」字吃力求奇，而轉入魔道。（同上卷十春日類）

《暮春》　方回：詩格平穩，三、四乃倒裝句法也。　紀昀：此非倒裝。　馮班：穩貼無俗氣。　紀昀：語亦爽朗，但格調未高，學之易靡。（同上）

《春日遣興》　方回：此詩虛字上着力拘斡。　紀昀：此評似是重出，當屬後詩。　馮舒：遣興結。　馮班：落句即次聯也。　查慎行：第七句與第四句意犯重。　紀昀：三句不自然，六句好，結寓感慨。　淇：「綠野」對「亂紅」，有誤否？（同上）

《和應之盛夏》　馮舒：此詩及下一首似較平淡，然必勝陳。　紀昀：五、六小樣，「武功派」也。（同上

卷十一夏日類）

按：「陳」指陳後山。

《夏日》 方回：兩詩中四句皆景，而不覺其冗。 紀昀：雖四句皆景，而兩句寫物，兩句寫人，故不複冗。○桑麻如何云熟？（同上）

《夏日》 方回：前四句皆景，後乃言情。唐人多此體。 馮舒：「排」字怕人，第二聯亦寬。 紀昀：竟不裝頭，直排四景句，格亦老辣。 無名氏（甲）：「堦」字出韻。 許印芳：「堦」押通韻。（同上）

《夏日雜興》 馮舒：比較貼。 馮班：五、六好。「角」字、「舞」字未妥。 紀昀：寫景點綴，是雜興體。（同上）

《夏日三首》（第一首）馮舒：第六句好。後二句亦撒。 馮班：結寬。 查慎行：三、四對句更勝。 紀昀：三、四自是好句，然細味之，乃春暖詩，不見夏景。○通首皆晝景，「月」字無着。 許印芳：三、四語夏日亦有此景，但宜作初夏耳。原詩首句作「長夏」，愚爲易作「初夏」。全詩皆屋舍中事。「吾廬」原本作「郊墟」，與後文相隔太遠，亦爲易之。中二聯前言晝景，後言夜景。曉嵐謂「月」字無着，謬矣。結句寫懷，是全詩歸宿處。馮氏嫌寬，意謂不切夏日，豈知古人作詩重在寫意，於天時地理皆無處處黏滯之死法也。○「生」字複。

（第二首）馮舒：第四句轉折多，却達。 查慎行：三、四筆有餘清。 紀昀：三、四碎而湊，最爲小樣。

(第三首)馮舒：後四句亦撒。　紀昀：此首却流利可誦。(同上)

《和晁應之大暑書事》　方回：文潛此五首中，三首入《東萊文鑑》。每詩三、四絶佳，能言長夏景致精美。　紀昀：亦不盡佳。○三、四小樣，五句笨甚。(同上)

《夏日雜興》　方回：亦自然有味。　馮舒：却不見夏日！　紀昀：雅人深致，和平之音。○馮云「不見夏日」，非是，此是雜興耳。　許印芳：「老」字複，結句「吾」、「我」意複。(同上)

《歲暮書事》　方回：三、四壯而哀。　紀昀：「叫」，作「嘯」較雅。○有杜意。　許印芳：「嘯」字原本作「叫」。曉嵐批云：「作嘯較雅。」今從之。(同上卷十三冬日類)

《晨起》　方回：第五句最古淡。　紀昀：亦常語。　查慎行：第四句奇拔。　紀昀：三、四故倒轉説，有意求新。○七句腐甚。(同上卷十四晨朝類)

《和西齋》　方回：三、四自然好，五、六工。　紀昀：三、四果好，五、六未見甚工。　許印芳：「開」字、「秋」字俱複。(同上卷十五暮夜類)

《冬夜》　方回：三、四亦自然。「從人笑」、「讀我書」，各有出處，非杜撰。　查慎行：「且還讀我書」，陶句也。　紀昀：平妥。○「從」字究不對「讀」字。　許印芳：「厨」字借韻。「晚」字複。○律詩對偶，貴銖兩相稱。不稱而上輕下重，猶可；上重下輕則不可。此詩上句「從」字輕，下句「讀」字重，無大妨礙，不必苛責。(同上)

《和周廉彦》　方回：三、四不見着力，自然渾成。　紀昀：何等姿韻，何必定以語含酸餡爲高！　許

印芳：首句借韻。「天」字複。(同上)

《夜泊》方回：律熟句妥。　紀昀：無深味，而句格爽朗。(同上)

《冬至後》方回：張文潛詩，予所師也。楊誠齋謂肥仙詩自然，不事雕鎸，得之矣。文潛兩謫黄州，此殆黄州時詩。三、四絶佳。大概文潛詩中四句多一串用景，似此一聯景、一聯情，尤淨潔可觀。周伯弜定四實、四虚，前後虚實爲法。要之，本亦無定法也。　紀昀：此乃通論。　馮舒：結句套。紀昀：末二句太襲青蓮。青蓮因送人入蜀，故用君平事。今泛押君平，似君平有卜窮通之典，更因李詩而失之矣。(同上卷十六節序類)

《臘日晚步》方回：此題三首，今選其一。「柳欲向人輕」，最佳句也。「殘雪通春信」，「通」字絶妙。第一首警聯云：「愁思供多病，風光欲近人。」亦佳。　馮班：此等何異許渾？　紀昀：二句並佳。○此首新警有致。　許印芳：五、六猶是常語，不及三、四之雋妙。又按：虚谷前摘「雪意」一聯，此摘「愁思」一聯，並佳。曉嵐皆取之。(同上)

《臘日二首》(第一首)馮班：「迎」字走韻。(二首合評)方回：此題六首，今選其二。「衣裳婦女矜」，此一韻絶妙。「晴水動浮星」，此一句絶妙。第二首一聯云：「雪意千山静，天形一雁高。」尤佳。「迎」字許借韻也。　馮班：如何可借？唐「青」、「蒸」許借，韻書有此説，唐人却甚嚴。　紀昀：「迎」字究是出韻。　許印芳：律詩借押通韻，唐人已然，但不可輕用，此詩借押「迎」字，曉嵐必以出韻駁之，何耶？　馮舒：何見是臘日？　馮班：但寫情景，亦不必明出臘日也。　查慎行：二、三重「夜」

字。○五、六寫寒夜光景，別有神味，不必拘拘臘日。　紀昀：二首入之杜集不辨。　許印芳：此評有眼力。二詩逼真少陵處在神骨意味，不在形貌格調，學者熟讀深思自知之。○張耒，字文潛，號宛丘。(同上)

《上元思京輦舊游三首》　(第一首)紀昀：此首憶侍宴之榮。

(第二首)紀昀：此首懷冶遊之樂。○五句拙。○結得太直、太盡。

(三首總評)方回：此謫居黃州思京師上元。第二首三、四尤佳。　紀昀：第二首三、四兩句只似遊春，不必定是上元，不得爲佳。　馮舒：第二句村。　紀昀：此首懷友朋之歡。○五句亦太露。　無名氏(甲)：此三首俱有村氣，殊無足觀，只可炫耀盲瞽耳。(同上)

《寒食贈游客》　方回：平熟圓妥，視之似易。能作詩到此地，亦難也。　紀昀：此亦公道語。○似韋莊筆意。複二「寒」字。(同上)

《次韻王仲至西池會飲》　方回：此元祐中西池上巳之會也，文潛詩爲一時冠。三、四實佳句。秦少游有云：「簾幕千家錦繡垂。」王仲至嘲謂又待入《小石調》，以秦詩近詞故也。　馮班：近詞則格下，不可不知。　紀昀：頗有秀致。○「插戟枝」三字湊。○結句關合王姓。　無名氏(甲)：「黃帽」，郟船水工所戴，名「黃頭郎」。(同上)

《雨中二首》　(第一首)方回：肥仙詩自然，楊誠齋之評不虛也。　紀昀：三、四好。○此首落到雨，次首乃説雨，章法不苟。　許印芳：「巷」字複。

(第二首)方回：第四句「夜雨暗江天」，待別本檢補。　紀昀：此評未詳，再校。○太薄。(同上卷十七晴雨類)

《和應之細雨》　方回：「有潤」、「無聲」之句，亞於老杜。　馮舒：老杜此等亦非佳處。　查慎行：三、四從少陵「潤物細無聲」一句脱化出來，亦猶寇萊公用韋蘇州「野渡無人舟自横」句，化作「野水無人渡，孤舟盡日横」一聯也。然老杜字字有味，此如嚼蠟。　紀昀：衍爲十字，拙陋之極，何得云亞？○「氛」字不妥，爲避下「雲」字耳。結無意味。(同上)

《偶折梅數枝置案上盎中芬然遂開》　方回：「見我粲初笑，贈人慵未能。」更有味。以誦《黄庭》爲梅伴，則兩俱高潔矣。　馮班：落句殊劣。　查慎行：「陋」、「登」二字落得輕率。　紀昀：「陋」字不佳，次句倒押「登」字尤不妥。後四句極佳。○此用陸凱事，懶於酬應，故曰「慵未能」。結案上密。(同上卷二十梅花類)

《梅花》　方回：宛丘詩大率自然。「調鼎自期終有實」，此句亦不能兆文潛爲相。故前評謂王沂公、王荆公詩兆，皆偶然耳。「論花天下更無香」，此句乃士大夫當以自任者。　紀昀：四句自好，餘皆窠臼語耳。(同上)

《北橋送客》　方回：此詩似張司業。　紀昀：本色老健。前四句恣逸特甚，然不是率筆，故佳。六句好在對面落墨，感慨殊深。　趙熙：五、六妙。(同上卷二十四送別類)

《送楊補之赴鄂州支使》　方回：此文潛姊夫也。　馮舒：太褻。　紀昀：三、四沉痛，情真語切，詩

人之筆。　無名氏(甲)：鄂州，武昌。(同上)

《送三姊之鄂州》　方回：此即文潛之姊。甥克一能文，故有五、六一聯，用事極佳。　紀昀：姊已見題，甥已見注，此評贅。○詩亦真切，結尤渾厚。　無名氏(甲)：楊惲，太史公外孫。　許印芳：首聯「分」字既複，意亦合掌，且末句方恐鬢蒼，何遽言老？愚併改之：首聯易作「少日離群各一方，中年分袂苦多傷」；末句易作「只恐塵埃鬢易蒼」。○好，去聲。

《送曹子方赴福建運判》　方回：曹輔子方，亦詩豪也，與文潛考試，有同文倡和。此詩三、四用其姓事，尤切。　馮舒：不成語。　馮班：呼魏武爲「瞞相國」，刺耶？美耶？曹霸亦不聞「紫髯」。　查慎行：杜詩有《曹將軍畫馬歌》　紀昀：此無佳處。○「瞞相國」三字欠通。　無名氏(甲)：閩有武夷山。(同上)

《寒食》　紀昀：峭拔而雄渾，與「江西」野調不同。　許印芳：「野縣」，語大不妥，且不對出句，「野」字又複次句，故易作「縣署」。○「霜」押通韻，「頭」字複。(同上卷二十五拗字類)

《曉意》　方回：宛丘「吴體」二首，皆頓挫有味，窮而不怨。蓋摘黄州時詩也。　紀昀：此篇後半不佳。○前拗後諧，亦是古法。前諧後拗，則非法。(同上)

《春日》　方回：此亦以「客鬢」對「梅花」，皆自老杜「鬢毛」、「花蕊」一聯發之。　馮舒：「冰筍」事可用。○落句何以責之？　紀昀：調亦流美，但少深致耳。○結意太淺。　無名氏(乙)：蒼勁有情。

(同上卷二十六變體類)

《和聞鶯》方回：近似唐人。　馮班：不近。　紀昀：似晚唐之不佳者。　馮舒：三、四詞雖工，意實淺。唐人不爲。　馮班：輕俗。　紀昀：格亦卑卑。○五句太湊泊。（同上卷二十七着題類）

《雁》方回：此詩有所寄托，不專言雁而已也。　紀昀：古人咏物，寄託者十之八九，何止此詩。

馮舒：宋人咏物，真題句盡虚喝也。此宜戒之。　紀昀：通體不脱窠臼。○「物之難」三字腐甚。（同上）

《題裴晋公祠》方回：三、四謂元濟易擒，憲宗難遇。良是。　紀昀：此二句意工而語拙。　馮舒：憲宗未爲聖君，在唐人則可矣。　馮班：四句，梟「凶竪」也不易。○七句，退之稱「老」，不穩。○末句趁韻而已。（同上卷二十八陵廟類）

《謁太昊祠》方回：老杜《先主廟》詩：「翠華想象空山裏，玉殿虚無野寺中。古廟松杉巢水鶴，歲時伏臘走村翁。」此中四句全相似。　馮舒：落句未緊。　查慎行：太昊祠在陳州，故云「國西門」。

紀昀：起句膚，中四句凡古廟皆可用，且調皆平頭。○忽入懷人，無緒。（同上）

《二十三日立秋夜行泊林里港》方回：宛丘詩大抵不事雕琢，自然有味。　查慎行：文潛集有兩本，一名《宛丘集》，一名《内史集》，余所見者皆鈔本，脱訛頗多。　紀昀：此詩不愧此評。　馮舒：亦似唐。　查慎行：「一螢」、「數蛩」少味。　紀昀：三、四天然清遠。○結句太犯香山「料得家中夜深坐，還應説着遠遊人」意。　許印芳：評是。○「客」字複。　無名氏（甲）：文潛詩雖不入唐，然筆致清秀，猶與風雅相近。不若後山僞爲蒼老，而實則語言無味，面目可憎，去唐千里而遠也。（同上

（卷二十九旅況類）

《發長平》　方回：雖自然，無不工處。　紀昀：此評七字，初看如不貫串，細玩乃甚精密。蓋貪自然者，多涉率易粗俚。自然而工，乃真自然矣。　許印芳：曉嵐此論當矣，而義有不盡。蓋自然乃文字美名，實文字老境。功候未深，必不能到。初學宜用艱苦功夫，以洗鍊爲主，久而精力瀰滿，出之裕如，漸近自然，方臻妙境。若入手即求自然，必有粗率病，且有油滑病。人皆知粗率油滑之爲病，不知病根即在妄求自然。更有身受其病，迷而不悟，及笑他人用力艱苦，引古人以自夸者。夫古人流傳之作，大段自然，豈知其自然皆自艱苦來乎？不識本來之艱苦，但見眼前之自然，摹古益久，去古益遠，終身無成就之日。如此者吾屢見其人矣，初學當以爲戒。○「川」字複。「上」義別，不複。

馮舒：亦似唐。（同上）

《正月二十日夢在京師》　方回：三、四字眼工，五、六又出奇，不拘常調。　紀昀：上句五仄，下句第三字用平字，乃定格，非出奇。○「嘯」字不穩。○「有」、「田」、「一成」四字如此翻用，欠妥。且耕亦不須一成之多。○結處入題拙甚。（同上）

《晚泊襄邑》　查慎行：三、四鍛煉若不經意。　紀昀：三、四刻畫而不自然，五、六尤不成語。（同上）

《柘城道中》　陸貽典：結句與起句雖分虛實，意亦略犯。　紀昀：全欠渾成之氣，惟四句佳。（同上）

《赴宣城守吴興道中》　紀昀：尤卑弱。結句突兀無緒，亦太自矜。（同上）

《白羊道中》　方回：凡道中詩皆可入羈旅，但欣戚微不同耳。宛丘詩無不自然，於自然之中，却必有

一聯二聯工，當細觀之。　馮班：末聯宋氣。　紀昀：「風高」二句笨，「水落」二句自好。(同上)

《二十三日即事》　方回：此離黄州貶所作，頗以去險即夷爲喜耳。　馮舒：羅江東作《揚州》詩，用「淮南」、「煬帝」，虚谷譏云：「驕王、荒帝不宜引用。」梁冀賊，造次豈合置之口頰？風雅暴横，何至比之此人乎？如梁冀事，真用不得也。○「跋扈將軍」用不得，比擬不倫也。此句本有刺，却已甚。屈原露才揚己，良史刺之，逐臣之詞，尤其慎擇。○第五句「江西」語。　查慎行：五、六説破「鷺」字、「風」字，殊少味矣。　紀昀：五、六把意，然不成語。結太佻。○以鷺爲「風標公子」，出杜牧《晚晴賦》。○隋煬帝登舟遇風，歎曰：「此風可謂跋扈將軍。」詩用此語，然不佳。馮氏誤認爲梁冀事，遂以爲比擬不倫，亦欠考。(同上)

《自海至楚途寄馬全玉》　方回：文潛詩大抵圓熟自然。　紀昀：此詩好在脱灑。　馮舒：種曰稼，斂曰穡，替不得「禾」「黍」字。　馮班：「飛鴻」不如用「飛蓬」。　查慎行：中四句如大曆才人格。　陸庠齋：五、六正如絶不用意，却有藴味。　紀昀：五、六工而不纖。(同上)

《宿泗州戒壇院》　紀昀：雖不深厚，亦自疏爽。(同上)

《登城樓》　方回：此二詩皆自然雋永。人所難能者，獨以易言之。　馮舒：宛丘詩耐看。　查慎行：三、四此種境界，原從學杜得來。　紀昀：既見燈火，不應尚有夕陽。(同上)

《竹堂》　紀昀：五、六俗格，七句笨。(同上卷三十五庭宇類)

《十二月十七日移病家居三首》(第一首)馮舒：「寸心」一聯宋。　紀昀：三、四入「江西」習調，餘亦太板實。

(第二首)查慎行:「擎蒼」二字乃臂鷹替身,大似「崑體」,未詳所出。　紀昀:此首較可。○「擎蒼」句去「鷹」字不妥。

(第三首)方回:此三詩謫黄州時作。消愁遣興,順時達理,引物觸類,前輩多有之。　紀昀:前半又入香山頹唐之調。○「留行」者,留其謫期滿日,歸住故土,勿再入朝也。語意殊不醒豁。(同上卷三十九消遣類)

《寄陳鼎》方回:元注:「陳新置九華田,自號居士。」　紀昀:三句「送乏」二字未堅老。　李光垣:「無」字三見。(同上卷四十二寄贈類)

《長句贈郃老》紀昀:首句不灑脱。末二句不甚了了。(同上)

《次韻李德載見寄》紀昀:首句粗鄙。○末二句乃自嘲老境頹唐之意。　李光垣:「群」字複。(同上)

《歲晚有感》方回:文潛兩謫黄州,其詩每和平而不怨。　紀昀:「天静」二字細思有病,似秋雁不似春雁,且月出必待雲收,鴻來却不必天静,此二字亦爲裝點湊對也。○三、四深至生動,亦最和平。七、八兩句,有一毫芥蒂,不肯如此道。(同上卷四十三遷謫類)

《卧病月餘呈子由二首》(第一首)馮舒:「火不燒」,亦呆直。　紀昀:語亦圓潤,調嫌太平。○七句複四句。

(第二首)方回：「四禪」、「九轉」句佳。次篇兩「更」字，刊本如此，恐原稿必不然。　紀昀：偶然不檢，亦時有之。以原稿爲必不然，則又曲護之見。　馮班：「雪深」、「安心」俱二祖故事，非景也。詩雖不佳，已著此等批反爲後人所笑。(同上卷四十四疾病類)

《病肺對雪》　方回：三、四絶佳。「不爲幼輿狂」，尤新異。五、六應二句，謂不能飲。「觴」、「斝」二字犯重。　紀昀：亦常格。○此亦淺近。注不解，再校《右史集》。(同上)

《晝卧懷陳三，時陳三卧疾》　方回：此以問陳後山疾也。後山答：「嘗聞杜氏婦，剪髻事賓客。君婦定不然，三梳奉巾櫛」是也。　紀昀：第四句不佳，五句「由無性」三字不妥，結却有致。(同上)

《喜七兄疾愈》　方回：此等詩豈補綴鬬合者能之，只如信口説話，而他人不能如此信口説也。　紀昀：此亦似老而實頽唐，勿爲古人所紿。　馮班：讀此詩題，不勝泫然。○「五禽」之戲不可直名「先生」。(同上)

《少年》　方回：格近古，似陳、宋。　馮舒：萬不及。　馮班：如隔萬里。　紀昀：前六句果有古意，然似齊、梁，以爲陳、宋則不然。　馮班：不當行，少意味。○首聯二句非此題破也，此雖老將亦可矣。○次聯是。○知此篇非唐人，可以談用古之妙矣。○此不成詩，萬里不解也，其病在起處徒作壯語而無少年意。○起二句大言無當。　紀昀：結殊傖氣。　無名氏(乙)：駿爽。(同上卷四十六俠少類)

《贈僧介然》　方回：此詩僧黎介然，晚年與饒得操、吕居仁、汪信民俱在符離倡和者。　紀昀：語語老健。○虚谷自附道學，而此詩三、四引儒入墨，又置之不議，則門户之見，又不欲顯攻文潛也。故一有私心，即總非公論。（同上卷四十七釋梵類）

劉　壎

【方紫陽詩序（節録）】蘇長公踵歐陽公而起，王半山備衆體，精絶句，古五言或追陶、謝，黄雙井專尚少陵，秦、晁莫窺其藩。張文潛自然有唐風，别成一家。（《隱居通議》卷六）

【奪胎换骨】唐劉禹錫作《柳州文集序》云：「韓退之曰：雄深雅健，似司馬子長，崔、蔡不足多也。」崔謂崔瑗，蔡謂蔡邕。山谷咏張文潛詩亦用此意。有曰：「晁、張、班、馬手，崔、蔡不足云。」其善於奪胎换骨如此，而世或未之知也。（同上卷十一）

王　構

【用俗語尤見工夫】舟人占風，若炮車雲起輒急避，乃風候也。東坡詩云：「今日江頭風色惡，炮車雲起風欲作。」張文潛詩云：「喜逢山色開眉黛，愁對江雲起炮車。」《詩文發源》（《修辭鑑衡》卷上）

盛如梓

張文潛云：自唐以來，至今文人好奇者不一，甚者或爲缺句斷章，使脈理不屬。又取古人訓詁希於見

聞者，衣被而説合之，或得其字不得其句，或得其句不知其章，反覆咀嚼，卒亦無有，此最文之陋也。（《庶齋老學叢談》卷中上）

《題浯溪中興頌》「玉環妖血無人掃」，世以爲張文潛作，實少游筆也。時被謫憂畏，又持喪，乃托名文潛以名書耳。（同上卷中下）

袁桷

【題李龍眠雅集圖】龍眠舊作《雅集圖》在元豐間。于時米元章、劉巨濟諸賢皆預，蓋宴于王晉卿都尉家所作也。嗣後詩禍興，京師侯邸皆閉門謝客，都尉竟以憂死，不復有雅集矣。元祐更政，蘇文忠公爲中書舍人，黄太史入史館，張右史、晁河中爲正字，秦少游以品秩最下，亦校黄本書籍。未幾，晁以憂去。又未幾，趙挺之論蘇公、少游、魯直同一疏，否則晁亦在疏中矣。噫！元二之際，號爲翕和，黨論之萌，蓋已兆朕，良可悲也！此圖蓋作于元祐之初，龍眠在京，後預貢舉。考斯時之集，則孰爲之主歟？曰：此安定郡王趙德麟之集也。德麟力慕王晉卿侯鯖之盛，見於題詠。文潛嗜飲，樽罍滿几者，其實也。少游凝然有思，其《小秦王》之意乎？魯直每遇家妓，輒書裙帶，今乃題卷，猶故態也。東坡公精神淩厲，見於筆墨，而待門下三客，蓋未嘗以此易彼。嘗考文章盛時，各展素藴，故六君子别集體制各備。後宋之弊，以華貫爲重墓中之文。前歸於周文忠公、樓宣獻，踵之至於末造，劉龍學專之矣。仰止英躅，庸書於後。（《清容居士集》卷四十七）

黄　溍

【述古堂記(節録)】《述古圖》，本李伯時效唐小李將軍，用著色寫雲泉花木及一時之人物。按鄭天民先覺所爲記，坐勘書臺捉筆而書者，爲東坡先生，喜觀者爲王晉卿。憑椅而立視者，爲張文潛。按方几而凝竚者，爲蔡天啓。坐盤石上支頤執卷而觀畫者，爲蘇子由。執蕉箑而熟視者，爲黄魯直。憑肩而偶語者，爲陳無己。據横卷而畫《歸去來圖》者，爲李伯時。按膝而旁觀者，爲李端叔。跪膝俯視者，爲晁無咎。坐古檜下擘阮者，爲陳碧虚。袖手側聽者，爲秦少游。昂首而題石者，爲米元章。竚立而觀者，爲王仲至。坐蒲團説無生論者，爲圓通道士。偶坐而諦觀者，爲劉巨濟。凡著幅巾者十有一人。烏帽者二人，而其一爲道帽。仙桃巾、琴尾冠者各一人。衣深衣、紫衣、褐衣者各二人，青衣者四人，黄衣者三人，而其一爲道服。蘮衣紫氅、黪衣各一人。一童執靈壽杖，一童捧古研。兩女奴雲鬟翠飾，則王晉卿家姬也。(《金華黄先生文集》卷十四)

馬端臨

【張文潛柯山集一百卷】晁氏曰：「張耒字文潛，譙郡人，仕至起居舍人。嘗爲宣、潤、汝、潁、兖五州守，又嘗謫居黄州、復州，最後居陳以没。元祐中，蘇氏兄弟以文章倡天下，號長公、少公。其門人號四學士。文潛少公客也，諸人多早没，文潛獨後亡，故詩文傳於世者尤多。其於詩文兼長，雖同時鮮復其比。而晚年更喜白樂天詩，體多效之云。」

石林《葉氏集序》曰：「元祐間，天下論文多曰晁張。晁余伯舅無咎，而張則文潛也。文潛之文，殆所謂若將爲之而不見其爲者。與雍容而不迫，紆裕而有餘。初若不甚經意，至於觸物遇變，起伏斂縱，姿度百出，意有推之不得不前，鼓之不得不作者。而卒澹然而平，盎然而和，終不得窺其際也。君與秦少游，同學於翰林蘇子瞻。子瞻以爲：「秦得吾工，張得吾易。」而世謂工可致，易不可致，以君爲難云。又曰：「無咎雄健峻拔，筆力欲挽千鈞。文潛容衍精深，獨若不得已於書者。」二公各以所長名家。（《文獻通考》卷二三七）

【廖明略竹林集三卷】晁氏曰：「廖正一字明略，元祐中召試館職。蘇子瞻在翰林，見其所對策，大奇之，俄除正字。時黃、秦、晁、張，皆子瞻門下士，號四學士。子瞻待之厚。（下略）

石林《葉氏集序》略曰：「吾深服左氏，而樂道范曄之秀正溫縟……明略自爲舉子時，即不沿襲場屋一語。再舉而取進士，其所試傑然已若可以名世者，至今爲學者推重。蓋其用志深苦，而思致精愨，淵源所從來者，遠矣。每一出語輒有區域町畦未有卒然而作者。……故其曲奥簡潔，音節遒峻，精新煥發。使人讀之，不覺矍然增氣。惜其早困，不得盡用所長。始元祐初，天下所推文章，黃、張、晁、秦號四學士。明略同直三館，軒輊諸公間，無所貶屈，欲自成一家。然其流落不偶，略相似云。（同上）

吴師道

于湖玩鞭亭，晋明帝覘王敦營壘處，自温庭筠賦詩後，張文潛又賦《于湖曲》，以正湖陰之誤，詞皆奇麗警拔，膾炙人口。徐竇之、韓南澗亦發新意。張安國賦《滿江紅》云：「千古淒涼，興亡事，但悲陳迹。凝望眼，吴波不動，楚山叢碧。巴滇緑駿追風遠，武昌雲旆連江赤。笑老姦，遺臭到如今，留空壁。邊書静，烽烟息。通軺傳，銷鋒鏑。仰太平天子，坐收長策。蹙踏揚州開帝里，渡江天馬龍爲匹。看東南，佳氣鬱葱葱，傳千億。」雖間採温、張語，而詞氣亦不在其下。（《吴禮部詩話》）

楊維楨

《王希賜文集再序（節録）》吾嘗以近代律今之文，僅得與曾鞏、蘇轍、王安石、李清臣、陳無己之流，相追逐相已而中衰也。已不得步武於陸游、劉克莊、三洪，矧葉適、陳傅良、戴溪乎？不得步武於葉適、戴溪、陳傅良，矧晁、張、秦、黄乎？不得步武於晁、張、秦、黄，矧二蘇、歐陽乎？（《東維子文集》卷六）

【沈生樂府序（節録）】張右史嘗評《賀方回樂府》，謂其「肆口而成，不待思慮雕琢」，又推其極至：「盛麗如遊金、張之堂，妖冶如攬嬙、施之袪，幽潔如屈、宋，悲壯如蘇、李。」具是四工夫，豈可以肆口而成哉？蓋肆口而成者，情也；具四工者，才也，情至而此賀才子妙絶一世。而文章鉅公不能擅其場者，情之兩至也。（同上卷十一）

脱脱等

【藝文七】《張來(耒)集》七十卷。又《進卷》十二卷。(《宋史》卷二百八)

【藝文八】《四學士文集》五卷。黄庭堅、晁補之、張耒、秦觀所著。(同上卷二百九)

【蘇軾傳】……一時文人如黄庭堅、晁補之、秦觀、張耒、陳師道,舉世未之識,軾待之如朋儔,未嘗以師資自予也。(同上卷三三八)

陳秀明

張文潛云,東坡嘗言退之詩云,「長安衆富兒,盤饌羅羶葷,不解文字飲,惟能醉紅裙。」疑若清苦自飭者,至云「艶姬踏筵舞,清眸射劍戟」,則知此老個中興復不淺。文潛戲答曰:愛文字飲人,與俗子同科。《燕石齋補》(《東坡文談録》)

祝誠

【潘邠老】宋曾慥端伯《詩選》云:「張文潛晚喜樂天詩。邠老聞其稱美,輒不樂,嘗誦山谷十絶句,以爲不可跂及。其一云:『老色日上面,歡情日去心。今既不如昔,後當不如今。』文潛一日召邠老飯,預設樂天詩一帙,置書室枕席間。邠老少焉假榻,翻閲良久,才悟山谷十絶詩盡用樂天大篇裁爲絶

句。」蓋樂天長於敷衍，而山谷巧於剪裁。自是不敢復言。（《蓮堂詩話》卷上）

陶宗儀

張耒：字文潛，楚州淮陰人，登進士第，官至太常少卿。坡門四君子之一，文名滿天下，而草書飄逸可觀。（《書史會要》卷六）

三 明代

宋濂

【用明禪師文集序（節録）】昔者蘇文忠公與道潛師遊，日稱譽之，故一時及門之士若秦太虚、晁補之、黄魯直、張文潛輩，亦皆願交於潛師，相與唱酬於風月寂寥之鄉，宛如同聲之相應、同氣之相求者。有識之士疑之，則以謂潛師游方之外者也，其措心積慮，皆與吾道殊，初不可以强而同。文忠公百世士，及其門者亦英偉非常之流，其於方内之學者尚不輕與之進，何獨於潛師皆推許之而不置邪？殊不知潛師能文辭，發於秀句如芙蓉出水，亭亭倚風，不霑塵土；而其爲人脱略世機，不爲浮累所縛，有如其詩。此其所以見稱於君子，而其遺芳直至於今而不銷歇也歟？（《宋學士全集·鑾坡前集》卷八）

【答章秀才論詩書（節録）】元祐之間，蘇黄挺出，雖曰共師李杜，而競以己意相高，而諸作文廢矣。自此以後，詩人迭起，或波瀾富而句律疎，或煅煉精而情性遠，大抵不出於二家。觀於蘇門四學士及江西宗派諸詩，蓋可見矣。（引自《皇明文衡》卷二十五）

楊士奇

張文潛《明道雜志》，一部一册闕。（《文淵閣書目》卷八）

《張宛邱文集》，一部十三册。（同上卷九）

瞿佑

【五言警句】宋蔡天啓與張文潛論韓柳五言警句。文潛舉退之「暖風抽宿麥，清雨捲歸旗」，子厚「壁空殘月曙，門掩候蟲秋」，皆爲集中第一。今考之，信然。（《歸田詩話》卷上）

【中興頌詩誤】磨崖中興碑，黄、張二大篇，爲世傳誦，然各有誤。山谷云：「南内淒涼誰得知？」按李輔國遷上皇居西内，非南内也。文潛云：「玉環妖血無人掃。」按貴妃於佛堂前縊死，非濺血也。（同上卷中）

曹安

《西園雅集圖》，宋紹興石林居士葉夢得序，蓋元祐諸賢會駙馬王詵晋卿西園，李伯時即席中所畫也。凡十一人：蘇子瞻，王晋卿，蔡天啓，蘇子由，黄魯直，李伯時，秦少游，陳碧虚，米元章，王仲至，圓通大士劉巨濟。乃鄭天民記。鄭記作於政和甲午，可信。紹興丁未邵諤進《述古圖圓硯》云：「李伯時效唐小李將軍，用著色寫硯旁，補兹圖。」黄溍作《述古堂記》，增張文潛、陳無己、晁無咎、李端叔四人。劉松年臨伯時圖，無此四人。又，僧梵隆、趙白駒亦臨此十六人，陳思允亦題，又少李端叔、陳無己二人，爲十四人。楊文貞公家藏本則十六人。豈前後會不一，如楊鴻臚東郭草亭之會，在正統中，亦前後不一者耶？……伯時龍眠居士，善繪有名。《雅集圖》有二女子，王晉卿家姬雲英、春鶯也。（《讕言長語》）

葉盛

【西園雅集人數】《西園雅集圖》，楊東里云，嘗見熊天慵先生所題詩及黄文獻公《述古堂記》，皆十六人。文獻據鄭天民之記，鄭記作於政和甲午，可徵無疑。但劉松年臨本無張文潛、李端叔、陳無己、晁無咎四人。蓋臨伯時者，如僧梵隆、趙伯駒輩非一人，不能無異矣。楊文敏公題葉石林所序本則云，此十二人，蓋李伯時、王晉卿、蘇氏兄弟、蔡天啓、黄魯直、秦少游、米元章、王仲至、劉巨濟、陳碧虚、圓通大士也。考之鄭天民記，復增張文潛、李端叔、陳無己、晁無咎爲十六人。及觀陳思允所題，則又少李端叔、陳無己二人，爲十四人。今此本於思允所述相似，獨卷首增張文潛爲四人，則與述古堂所記實同，而於石林、天民序記皆不相合。此二説有不同，文敏説亦欠明白，當考。（《水東日記》卷三十四）

張文潛《明道雜志》一册。（《菉竹堂書目》卷三）

崔銑

【古文類選序】序曰：由宋而來，選者十餘家。……陳師道古行艱思，乃甘列於張耒、秦觀之班，何處躬之不休乎？（《洹詞》卷十一）

陸深

張文潛舉《板蕩詩》篇名，其義不同，非也。板蕩之詞，同一亂世也。若單舉一字爲義，如堯稱「蕩蕩」云，則「板」豈可訓亂也。（《知命録》）

張文潛以水喻作文之法，至謂激溝瀆而求水之奇，此無見於理。而欲以言語句讀爲奇，反覆咀嚼，卒亦無有文之陋也。此言切中今日之弊。（《玉堂漫筆》）

馬駉

《張文潛文集序》文潛文，雄健秀傑類子由，視長公渾涵光鋩雖若不及，而謹嚴持正，自其所長。梅溪嘗以謹嚴病長公，是其文正自不可少也。龍渠子嘗得宋集本，取而刻寘山房。駉從觀於龍渠子，是集蓋昔人選本，有文無詩。文潛慷慨豪雋，其論有取於漢武，蓋徵本朝兵弱，受侮二虜，它文蓋三致意焉。《禮論》擴新意於古義，《用大論》純正簡切，超然敏妙。論退之，則全爲東坡發也。其當在湖州被逮、齊安放置之際乎？龍渠子清敏好古，博藏能用，刻成，屬識數語於首。今國家疆宇全盛，遠過於宋，而兵弱虜驕，怛遠慮者之心。是集一出，異同幾會之間，將無有起予者乎？雖然，使龍渠子爲政，淵乎勝矣。嘉靖甲申長至日，江都馬駙序。（明嘉靖本《張文潛文集》卷首）

郝梁

【明嘉靖本張文潛文集跋】予刻《文潛集》，愛其文也。而紫泉之論主於意。噫，予豈有是心哉！古人有云，「文以意爲主」，若紫泉則得之矣。龍渠山人郝梁識。（《張文潛文集》後附）

楊慎

【香霧髓歌（節録）】君不見，東坡先生密雲龍，緘藏遠自朝雲峰。宛邱、淮海四學士，分江貯月初啓封。又不見，升菴老人香霧髓，獅頭瑞柑萍實比。香霧噀人星髓開，錫以嘉名漢池始。龍團獅柑各有神，江陽玉局共稱珍。若把西湖比西子，從來佳茗似佳人。（《太史升菴全集》卷二十五）

【螢詩（節録）】張文潛《熠燿行》云：「碧梧含風夏夜清，林塘五月初飛螢。翠屏玉簟起涼意，一點秋心從此生。方池水深涼雨集，上下輝輝亂擬碧。……君不見，建章宫殿洛陽西，破瓦頽垣今古悲。荒榛蕪草無人跡，只有秋來熠燿飛。」劉禹錫、張文潛二集今不傳，余家有之，兼愛二詩之工，故録之於此。（同上卷五十七）

【唐詩人鄭仲賢】余弟姚安太守未菴慥，字用能，酒邊誦一絶句云：「『亭亭畫舸繫春潭，只待行人酒半酣。不管煙波與風雨，載將離恨過江南。』兄以爲何人詩？」余曰：「按《宋文鑑》，則張文潛詩也。」未菴取《草堂詩餘》，周美成《尉遲杯》注云：「唐鄭仲賢詩。」余因歎唐之詩人，姓名隱而不傳者何限？或張文潛愛而書之，遂以爲文潛之作耳。（《升菴詩話》卷八）

【湖陰曲題誤】王敦屯于湖。帝至于湖，陰察營壘而去。此《晉紀》本文。于湖，今之歷陽也。「帝至于湖」爲一句，「陰察營壘」爲一句。温庭筠作《湖陰曲》，誤以「陰」字屬上句也。張耒作《于湖曲》以正之。（同上卷十）

【仄韻絶句（節録）】宋張仲宗詞云：「西樓月落雞聲急。夜浸疎香寒淅瀝。玉人醉渴嚼春冰，曉色入簾横寶瑟。」張文潛《荷花》一首云：「平池碧玉秋波瑩，緑雲擁扇青摇柄。水宫仙子鬬紅妝，輕步凌波踏明鏡。」杜祁公《詠雨中荷花》一首云：「翠蓋佳人臨水立。檀粉不匀香汗濕。一陣風來碧浪翻，真珠零落難收拾。」三首皆佳。宋人作詩與唐遠，而作詞不愧唐人，亦不可曉。（《詞品》卷二）

【密雲龍】密雲龍，茶名，極爲甘馨。宋廖正一，字明略，晚登蘇東坡之門，公大奇之。時黄、秦、晁、張號「蘇門四學士」，東坡待之厚，每來，必令侍妾朝雲取密雲龍。家人以此知之。一日，又命取密雲龍。家人謂是四學士。窺之，乃廖明略也。（同上卷三）

俞弁

張文潛《明道雜志》云："錢穆父尹開封府，剖決無滯，東坡譽之爲『霹靂手』。穆父曰：『敢云霹靂手，且免胡盧蹄。』蓋俗諺也。"《能改齋漫録》記張鄧公《罷政》詩云："赭案當衙並命時，與君兩箇没操持。如今我得休官去，一任夫君鶻鷺啼。"余又見李屏山樂府末句云："但尊中有酒，心頭無事。葫蘆提過鶻鷺啼。"即今俳優指爲鶻突者，即胡塗之謂也。（《逸老堂詩話》卷下）

姜南

【祭東坡文（節録）】毗陵顧塘北，有蘇東坡先生祠，宋乾道壬辰郡守晁子健所築。……子健又訪士大夫家，得先生繪像，或朝服，或野服，凡十本，摹置壁間。復列少公轍，與黄魯直庭堅、張文潛耒、晁無咎補之、秦少游觀、陳無己師道六君子於兩序，與先生皆設塑像，釋奠則分祀。又鑱與無咎往來帖，晁侍郎公武爲之記。其碑有二：一在郡齋，一在宜興洞靈觀，後悉燬不存。（《蓉塘記聞》）

何良俊

張文潛云："范丞相范堯夫司馬太師司馬文正公俱以閑官居洛中。余時待次洛下，一日春寒中謁之。先見温公，時寒甚，天欲雪。温公命至一小書室中，坐談久之，爐不設火，語移時，主人設粟湯一杯而退。後至留司御史臺，見范公。纔見，主人便言天寒，遠來不易，趣命温酒，大杯漏醑三杯而去。此事可見二公之趣各異。（《語林》卷十一）

章子厚在政府。一日李邦直欲復唐巾裹，子厚曰：「未消争競，只煩公令嗣帶來略看。」蘇子由語張文潛曰：「廟堂之上，謔語肆行，在下者安得不風靡！」（同上卷十三）

自昔名公下世，太學生必相率至佛宫薦悼。王荆公薨，太學録朱朝偉作薦文，以公好佛，其間多用佛語。東坡訃至京師，王定國及李豸皆有疏文。張耒時知潁州，聞坡卒，出俸於薦福禪寺修供，以致師尊之哀。乃遭論列，責房州别駕。（同上卷二十四）

吕與叔言：長安有安氏，家藏唐明皇髑髏，作紫金色。其家事之甚謹，因爾家富達，遂爲盛族。後其家析居，争髑髏，斧爲數片。張文潛聞之，即語曰：明皇生死爲姓安人極惱。合坐大笑。時秦學士太虚，方爲賈御史彈，不當授館職。文潛戲太虚曰：「千餘年前，賈生過秦，今復爾也。」聞者以爲佳謔。（同上卷二十七）

張文潛耒嘗問張安道云：「司馬君實直言王介甫不曉事，是如何？」安道云：「賢只消去看《字説》。」文潛云：「《字説》也只是二三分不合人意。」安道云：「若然，則足下亦有七八分不解事矣。」（同上卷二十八）

李贄

【書蘇文忠公外紀後】卓吾曰：「蘇長公以文字故獲罪當時，亦以文字故取信於朋友，流聲於後世，若黄、秦、晁、張皆是也。略考仁、英、神、哲之朝，其中心悦而誠服公者，蓋不止此，蓋已盡一世之傑矣，黄、秦、晁、張特其最著者也。然則爲黄、秦、晁、張者，不亦幸乎！雖其品格文章足以成立，不待長公而後著，然亦未必灼然光顯以至於斯也。（《續焚書》卷二）

趙琦美

【張右史文集跋】按《文獻通攷》：「張右史《柯山集》一百卷」，今作《張右史集》，無「柯山」字，將偶脱之耶？抑别有《柯山集》也？世所行《張文潛集》，又作《張舍人集》，只四册，無詩，獨有文耳，當是爲人選集無疑。戊戌己亥間，於吴門書肆中得《右史集》四册，六卷至十卷；十六卷至二十卷；二十八卷至四十四卷中又脱三十三卷；三十四卷脱首葉、第二葉。壬子於金台，見綏安謝耳伯兆甲携得宋刻《右史集》八卷，約百餘葉，予奚囊中偶未携得吴門本，至悉爲抄之。癸丑餉方乏，發篋中吴門本，校去重複，惟存四卷，五十一至五十四也。歲丙辰，東阿中舍於小谷緯相公，谷峰子也，藏有《右史集》十四册，因得借録。中間缺十一至十五，而以《同文唱和》詩抵之。凡聯句唱和，古人集中俱序絶句後，突入古詩中，一驗也；而句之首尾必割去數行，重書卷數，二驗也；二十卷後脱，以《暇日會友》

詩補之，此亦一驗也。二十二卷至二十五卷全脱。三十三卷脱，以三十二卷分爲兩卷，分爲改正，仍缺其三十三卷。六十三卷書簡，恐不止此一卷也。六十四卷、六十五卷俱墓誌，亦恐不止此二卷也。且此三卷中脱落之甚，姑附録之，以俟異日再訪。時萬曆四十四年丙辰十月二十九日書。前二日大風敗前門外六柱五牌樓，風力之大一至於此並記。清常道人趙琦美。（明鈔本《張右史文集》後附）

焦竑

張耒《宛丘集》七十卷。（《國史經籍志》卷五）

陳第

《柯山集》一百卷。張文潛耒（《世善堂藏書目録》卷下）

胡應麟

張文潛《柯山集》一百卷，余所得卷僅十三，蓋鈔合類書以刻，非其舊也。余嘗於臨安僻巷中，見鈔本書一十六帙，閲之，乃文潛集。卷數正同，書紙半已漶滅，而印記奇古，裝飾都雅。蓋必名流所藏，子孫以鬻市人。余目之驚喜，時方報謁臬長，不持一錢。顧奚囊有緑羅二匹，代羔雁者，私計不足償，並解所衣烏絲直掇、青蜀錦半臂，罄歸之。其人亦苦於書之不售，得值慨然。適官中以他事勾喚，因約明旦。余返寓，通夕不寐，黎明不巾櫛訪之，則夜來鄰火延燒，此書倏煨燼矣。余大悵惋彌月。因識此，冀博雅君子共訪，或更遇云。（《少室山房筆叢》卷三）

【蓮花詩】張文潛《蓮花詩》：「平池碧玉秋波瑩，緑雲擁扇青搖柄。水宮仙子鬬紅妝，輕步淩波踏明鏡。」杜衍《雨中荷花詩》：「翠蓋佳人臨水立，檀粉不勻香汗濕。一陣風來碧浪翻，真珠零落難收拾。」此二詩絶妙。又劉美中《夜度娘歌》：「菱花炯炯垂鸞結，爛學宮粧勻膩雪。風吹涼鬢影蕭蕭，一抹疎雲對斜月。」寇平仲《江南曲》：「烟波渺渺一千里，白蘋香散東風起。惆悵汀洲日莫時，柔情不斷如春水。」亡友何仲默嘗言，宋人書不必收，宋人詩不必觀。余一日書此四詩，訊之曰：「此何人詩？」答曰：「唐詩也。」余笑曰：「此乃吾子所不觀宋人之詩也。」（同上卷二十）

昔蘇長公詩：「身行萬里半天下，僧卧一菴初白頭。」魯直與文潛語，定以白爲日字。張後語蘇，蘇笑曰：「黄九要改作日字，也無奈他何，用修謂哉。」（同上卷二十一）

張文潛在蘇、黄、陳間，頗自閑淡平整，時近唐人。都官之後，差可亞之。（《詩藪外編》卷五）

張文潛《磨崖碑》、《韓幹馬》二歌，皆奇俊合作，才不如蘇，而格勝。（同上）

諸家外，又有魏仲先、宋子京、王平父、張文潛、呂居仁、韓子蒼、唐子西、尤延之等，大概非崑體，則晚唐、江西耳。（同上）

宋人作拗體者，若永叔「滄江萬古流不盡，白鳥雙飛意自閑」，文潛「白頭青髮有存歿，落日斷霞無古今」，尚覺近之。（同上）

宋人五言古，「雨砌風軒」外，可入六朝者無幾，而近體顧時時有之。摘列于左，掩姓名讀之，未必皆別其爲宋也。……秦少游：「江河霜練淨，池沼玉奩空。」黄魯直：「呵鏡雲遮月，啼妝露着花。」張文潛：「幽花冠曉露，高柳旆和風。」（同上）

宋初及南渡諸家，亦往往有可參唐集者，世率以時代置之。今摘其合作之句，列于左方：凡宋調當時所稱者，大抵不録。……蘇軾：「峯多巧障日，江遠欲浮天。」張耒：「雪意千山靜，天形一雁高。」（同上）

七言如楊仲猷：「雲生萬壑投龍去，月滿千山放鶴歸。」……秦觀：「照海旌旛秋色裏，激天鼓吹月明中。」張耒：「幽花避日房房斂，翠樹含風葉葉涼。」……皆七言近唐句者，此外不多得也。（同上）

七言律詠物，盛唐惟李頎梵音絶妙。中唐錢起題雪，雖稍着迹，而聲調宏朗，足嗣開元。晚唐「鴛鴦」、「鷓鴣」，往往名世，而格卑不足取。宋人詠物雖乏韻，格調頗不卑也。……「粧殘玉枕朝醒後，綉倦紗窗晝夢時」，張文潛題鶯詩也。「花間語澀春猶淺，江上飛高雨乍晴」，無名氏詠燕詩也。……古詩，則蘇子瞻《海棠》；絶句，則張文潛《菡萏》，咸佳作也。（同上）

宋世人才之盛，亡出慶曆、熙寧間，大都盡入歐、蘇、王三氏門下。……黄魯直、秦少游、陳無己、晁無咎、張文潛、唐子西、李方叔、趙德麟、秦少章、毛澤民、蘇養直……皆從東坡遊者。（《詩藪·雜編》卷五）

唐中葉後，詩文異軀。宋文人乃無弗工詩者。王元之、楊大年、歐陽永叔、王介甫、蘇子瞻、黄魯直、陳無己、張文潛等輩，烜赫亡論；王禹玉、宋子京、蘇子美、晏同叔、唐子西、楊廷秀、陸務觀輩，皆其人也。（同上）

張文潛以杜「娟娟戲蝶過閑幔」爲開幔,「曾閃朱旂北斗閑」爲殷,皆非是。論詩最忌穿鑿,當觀古人通篇語意文勢,庶得之。(同上)

陳繼儒

【《蘇門六君子文粹》序】古今第一好士者,無如蘇子瞻長公。子由曰少公。……文潛少公客,非長公客也。少游、無咎遊長公門久,皆先。文潛殁其後。文潛教人作文,必以理爲主。士子載酒問奇者甚衆,則居然一蘇門先覺矣。……惜其集或以避黨禁而毁,或以遇兵燹,歲久而亡。胡仲修具擇法眼,其購訪海内藏書之家,而續行之。可乎?則請先質諸牧齋太史氏。雲間白石山七十七老人陳繼儒叙。(《蘇門六君子文粹》卷首)

李伯時《西園雅集圖》有兩本:一本作於元豐間,王晋卿都尉之第;一本作於元祐初,安定郡王趙德麟之邸。董玄宰以長安買得團扇上者,米襄陽細楷極精,寄書報余,爲此橐裝溢矣,但不知何本也。余别見仇英所摹,復有文休承跋者。(《太平清話》卷一)

李日華

讀張文潛《宛丘集》,有《跋唐太宗自書畫目真蹟》。太宗雄武冠世,百戰以有天下,又孜孜治理,身致太平。而翰墨圖史之好,與寒士角,真天人也。(《六研齋筆記》卷一)

袁宏道

【馮琢菴師（節録）】自知狂謬，數年藏匿，不敢妄呈求教。……而師寬其督責，謬加獎藉，是頑鈍之質，尚可鞭策，他日猶得附於李習之、張文潛之列也，宏之所以躍然喜也。（《袁宏道集箋校》卷二十二）

胡震亨

詩不改不工，老杜所謂「語不驚人死不休」是也。今人第哂白香山詩率易，不知其詩亦非草草就者。宋張文潛嘗得公詩草真蹟，點竄多與初作不侔云。（《唐音癸籤》卷二十六）

沈德符

【國初實録】實録不甚經見，唯唐順宗則韓昌黎所草，故至今傳世，然亦不甚詳。至宋則備甚矣。《神宗實録》，初爲黄魯直、張文潛輩所修，至紹聖而章、蔡輩改之，盡收原稿入内，以滅其跡，世間遂無舊本。後賴梁師成從祕府傳出，始行人間，所謂朱墨本者是也。（《萬曆野獲編》卷一）

毛　晋

【宛丘題跋跋】元祐間蘇子瞻方爲翰林，豫章黄魯直、高郵秦少游、濟北晁無咎、譙郡張文潛俱在館中，趨學蘇門，世號「四學士」。子瞻遇之甚厚，每集，必命侍姬朝雲取密雲龍飲之。一時文物之盛，自漢迄唐未有也。陳後山《與李端叔書》云：「黄、晁、秦，則長公客也；張文潛，則少公客也。」二公及三子相繼云亡，文潛巋然獨存，士人就學者衆，分日載酒肴飲食之，故著作傳於世者尤多。晚年詩效白樂天，樂府效張文昌。故陸放翁云：自文潛下世，樂府遂絶，知言哉！蘇長公嘗品第諸子云：晁無咎雄健俊拔，筆力欲挽千鈞。張文潛容衍靖深，若不得已于書者。又云：秦得吾工，張得吾易，而世謂工可致，而易不可致，以君爲難云。其題跋數条，皆讀史時偶書其胸中成竹。絶無殿最詩文補亡析疑之語，聊以存少公之客云爾。海隅毛晋識。（《宛丘題跋》後附）

四　清代

錢謙益

【蘇門六君子文粹序】崇禎六年冬，新安胡仲修氏訪余苫次，得宋人所輯《蘇門六君子文粹》以歸，刻之武林。而余爲其序曰：六君子者，張耒文潛、秦觀少游、陳師道履常、晁補之無咎、黄庭堅魯直、李薦方叔也。史稱黄、張、晁、秦俱游于蘇門，天下稱爲四學士。而此益以陳、李，蓋履常元祐初以文忠薦起官，晚欲參諸弟子間；方叔少而求知，事師之勤渠，生死不間，其繫於蘇門宜也。當是時，天下之學，盡趨金陵，所謂黄茅白葦，斥鹵彌望者。六君子者，以雄駿出群之才，連鑣於眉山之門，奮筆而與之爲異。而履常者，心非王氏之學，熙寧中，遂絶意進取，可謂特立不懼者矣。方黨論之再熾也，自方叔外，五君子皆坐黨，履常坐越境出見，文潛坐舉哀行服，牽連貶謫。其擊排蘇門之學，可謂至矣。至於今，文忠與六君子之文，如江河之行地。而依附金陵之徒，所謂黄茅白葦者，果安在哉？（《牧齋初學集》卷二十九）

【瞿少潛字序】山陽瞿起周名式耒，告余以不安其字也，請易之。余告之曰：子之不安其字者，求所以尊名也。尊名之道，莫若取法于古。古之人有名耒而字文潛者，宋宛丘張氏也。南渡後，吾鄉有丘耒者，其字曰少潛。丘之去張耒遠，殆亦聞其風而説之，如陸務觀之於秦少游者邪？今子之命名，適與文潛合。且讀其書而慕好之也，不爲不深矣。取丘之字以字子，殆其可也。文潛少學于子由，已而游于子瞻之門。當是時，天下皆宗王氏之學，所謂黄茅白葦，斥鹵彌望者。而文潛守其師説，阨窮連蹇，迄不少變，斯可以爲文矣。傳稱文潛澹于榮利，顧義自守，而其爲《柯山賦》，亦曰：「逾山而東，席門草藩。圖書滿家，兒稚饑寒。寄萬事于一笑，忘食糲而衣單。」文潛之於潛也，可謂有其德矣。瞿子明德之後，人門俱高，讀書尚志，生産日落，簞瓢屢空，意豁如也。其于以學古之道，蓋方進而未已，則夫睎文潛而爲之徒，固不遠矣。遂書之以爲序。（同上卷三十五）

張太史耒《明道雜志》。（《絳雲樓書目》卷二）

張右史《柯山集》八册一百卷。又《宛邱先生文集》六册。（同上卷三）

【蘇門六君子文粹】六君子，秦、晁、黄、張、陳、李也，崇禎間，新安胡仲修刻於杭州，牧翁爲序。（同上）

黄宗羲

【元祐黨籍】……餘官三十九人。

龍圖張先生耒。别見《蘇氏蜀學略》。（《宋元學案》卷九十六）

【東坡門人·龍圖張先生耒】張耒，字文潛，淮陰人。幼穎異，十三能爲文，十七作《函關賦》，習傳人口。遊學于陳，學官蘇潁濱愛之。東坡稱其文汪洋沖澹，有一倡三歎之聲。先生感切知己，因從之遊。

由進士歷官太學録，以范忠宣薦，居三館八年，顧義自守，泊如也。擢起居舍人。紹聖初，請郡，以直龍圖閣知潤州。坐黨籍，徙宣州，謫監黄州酒税，徙復州。徽宗立，起判黄州，知兖州，召爲太常少卿，甫數月，出知潁州、汝州。崇寧初，復坐黨籍落職，主管明道宫。初，先生在潁，聞東坡訃，爲舉哀行服。言者以爲言，遂貶房州别駕，安置于黄。五年，得自便，居陳州。先生儀觀甚偉，有雄才，筆力絶健，于騷辭尤長。時二蘇及黄魯直、晁無咎輩相繼殁，先生獨存，士人就學者衆。作文以理爲主，嘗著論云：「自《六經》以下，至于諸子百氏、騷人辯士論述，大抵皆將以爲寓理之具也。故學文之端，急于明理，如知文而不務理，求文之工，世未嘗有也。」學者以爲至言。作詩晚年務平淡，效長慶體，而樂府得盛唐之髓。投閑困苦，口不言貧，晚節愈厲。監南嶽廟。主管崇福宫。卒，年六十一。建炎初，贈集賢殿修撰。參史傳。（同上卷九十九）

吴　喬

宋人好句有可入六朝、三唐者，何可没之？五言如張文潛云：「漱井消午睡，掃花坐晚凉。衆緑結夏帷，老紅駐春粧。」……七言如張文潛《上巳日會西池》云：「翠浪有聲黄帽動，春風無力綵旗垂。」……張文潛云：「白頭青鬢有存没，落日斷霞無古今。」（《圍爐詩話》卷五）

周容

張文潛愛誦《玉華宫》，遂擬作《離黄州》詩，向客津津誦之。其詩曰：「扁舟發孤城，揮手謝送者。」（詩載文集，不録）予不知是詩視《玉華》健辣若何，祇就「舍」、「夜」、「借」三韻，竟可假借否？文潛豈今之傖父與？乃欲拗折韻脚也。（《春酒堂詩話》）

王夫之

士競習於浮言，揣摩當世之務，希合風尚之歸，以顛倒於其筆舌；取先聖之格言，前王之大法，屈抑以供其證佐。童而習之，出而試之，持之終身，傳之後進，而王安石、蘇軾以小有才而爲之領袖；皆仁宗君相所側席以求，豢成其毛羽者也。乃至吕惠卿、鄧綰、邢恕、沈括、陸佃、張耒、秦觀、曾鞏、李廌之流，分朋相角，以下逮於蔡京父子，而後覆敗之局終焉。（《宋論》卷四）

填砌最陋。填砌濃詞固惡，填砌虚字，愈闌珊可憎。作文無他法，唯勿賤使字耳。王、楊、盧、駱，唯濫故賤。學八大家者，「之」、「而」、「其」、「以」，層累相疊，如刈草茅，無所擇而縛爲一束，又如半死蚓，沓拖不耐，皆賤也。古人修辭之誠，下一字即關生死。曾子固、張文潛何足效哉？（《薑齋詩話》卷二）

胡仲修

【《蘇門六君子文粹》凡例】是編向傳陳同甫所輯，底本尚是宋人繕寫，然不著姓名，不敢遽籍，重於疑似之間。第鑒裁精審，寧嚴勿恕……

蘇門四學士，《宋史》所載，而秦、黄名早著。讀晁、張集，乃知未可軒輊也。……

文潛《柯山集》，世稱一百卷，今人罕覩其集。世所存刻本《宛邱集》，有文無詩者，不及百篇。其抄本詩文全載者，不過四十卷，且中間妙文多遺失，魯魚亥豕，遞抄遞訛，遂成河漢，觀者不無疲倦惋惜。兹集廣爲蒐訪，讐校數過，可無遺憾。（《蘇門六君子文粹》卷首）

陳 恂

東坡初欲爲《富韓公神道碑》，久之未有意思。一日晝寢，夢偉丈夫，稱是寇萊公來訪，共語久之。既即下筆，首叙景德澶淵之功，以及慶曆議和，頃刻而就，以示張文潛。文潛曰：「有一字未甚安，請言之。蓋碑之末曰：『公之勳在史官，德在生民。天子虛己聽公，然一趙濟能摇之。』竊謂能不若敢也。」蘇公大以爲然，即更定焉。蘇公論文，嘗以意爲要。善讀書者，誠知一篇有一篇之意，一字有一字之意也，謂可與論文矣。（《餘菴雜録》卷中）

季振宜

【延令宋板書目】張文潛《文集》十卷四本。（《季滄葦書目》）

【宋元雜板書】《張右史文集》六十二卷八本抄。（同上）

錢曾

【古今歲時雜詠四十六卷，目録二卷】宋宣獻公綬裒集前人歲時篇什，編成二十卷，名曰《歲時雜咏》。紹興丁卯，眉山蒲積中致龢，又取歐陽、蘇、黄、荆公、聖俞、文潛、無己輩流逢時感慨之作，附古詩後，列爲今詩，卷次犂然，洵大觀也。（《讀書敏求記》卷四）

張文潛《右史集》六十五卷八本内府抄本。張文潛《宛邱集》六十卷十本内府抄本。（《述古堂藏書目》卷二）

張耒《明道雜志》一卷。（同上卷三）

葉燮

古人之詩，必有古人之品量。其詩百代者，品量亦百代。古人之品量，見之古人之居心；其所居之心，即古盛世賢宰相之心也。……蘇軾於黄庭堅、秦觀、張耒等諸人，皆愛之如己，所以好之者無不至。蓋自有天地以來，文章之能事，萃於此數人，決無更有勝之而出其上者，及觀其樂善愛才之心，竟若

欲然不自足。（《原詩·外篇》上）

朱彝尊

【書王氏墓銘舉例後（節録）】《墓銘舉例》四卷，長洲王行止仲編，先以唐韓退之、李習之、柳子厚，次以宋歐陽永叔、尹師魯、曾子固、王介甫、蘇子瞻、陳無己、黄魯直、陳瑩中、晁無咎、張文潛、朱元晦、吕伯恭，凡一十五家之文，舉以爲例，足以續蒼厓潘氏《金石例》而補其闕矣。（《曝書亭集》卷五十二）

吴之振、吕留良、吴自牧

【宛丘詩鈔】張耒，字文潛，號柯山，人稱宛丘先生，楚州淮陰人。少善屬文，遊學于蘇轍。轍愛之，因得從軾遊，稱其汪洋沖澹，有一唱三嘆之聲。第進士，歷官至直龍圖閣知潤州。坐蜀黨，徙宣州，謫監黄州酒税。徽宗起爲太常，出知潁、汝。復坐黨籍落職。在潁時，聞蘇軾訃至，爲舉哀行服，遂貶房州别駕，安置于黄。後五年，得許自便，居陳。時二蘇及黄、晁諸人相繼殄殁，惟耒尚存。士人就學者衆，分日載酒肴事之，其名益甚。卒年六十一。史稱其詩效白居易，樂府效張籍；然近體工警不及白，而醖藉閑遠，别有神韻。樂府、古詩，用意古雅，亦《長慶》爲多耳。子瞻謂秦得吾工，張得吾易，謾相壓也，要在秦、晁以上。（《宋詩鈔》）

卞永譽

【蘭坡趙都承與懃家藏】張文公潛《雜詩》。秦少游《手簡》。（《式古堂書畫考》卷四）

王　煒

【珂雪詞序（節録）】自樂府變爲近體，近體禫爲詩餘，識者有江河日下之歎。而黄庭堅謂晏殊之詩餘爲高唐神女之流，張耒謂賀鑄之詞如屈、宋、蘇、李，此豈無見而漫言？蓋所遇者天機，不復計其形貌，即童謡婦嘆，無不有至微寓焉。（《清名家詞·珂雪詞》卷首）

姜宸英

【書張耒邴吉論】張耒之責邴吉不薦馭吏，爲没人之善，曰龔遂因王生一言，天子以爲長者，遂不敢以爲出己，曰：「此乃臣議曹教臣。」夫遂以能歸功於君，其善微而不冒人之善，其德厚矣。方天子讓御史，吉如曰：「臣與御史等耳，臣之僕有先白臣者，臣是以知之。」此其爲能，豈獨憂職思邊而已哉？吉脱宣帝於死能絶口不道，必不負一馭吏之功。此不思之過也。然耒之責吉，亦可謂不思矣。案案史：此馭吏邊郡人，習知邊塞發奔命警備事，嘗出，適見驛騎持赤白囊，邊郡發奔命書馳來，馭吏隨驛騎至，公車刺取，知寇入雲中代郡，遽歸府見吉，白狀云云。軍情至重至公車刺取，大姦利事，使聞於天子。天子必震怒，馭吏重得罪，而公車令屬且以漏洩受法矣，即吉亦豈得爲無罪耶？況此馭吏無他能，因生長邊郡，見持赤白囊馳來者，知其爲發奔命書，隨探取之，歸報而已，非諳熟邊事者比，何足以訐宰相之口頰哉！凡論古人物，非深觀其終本末，不可輕爲訾議，況於其賢者如世所謂翻案者，尤不可也。（《姜先生全集》卷八）

宋犖

【蘇子美文集序（節録）】子美詩磊落自喜，文章雄健負奇氣，如其爲人，以之妃晁儷張，殆無媿色。顧晁、張繼起於古學大盛之日，而子美獨崛興於舉世不爲之時，挽楊、劉之頹波，導歐、蘇之前驅，其才識尤有過人者。（康熙刻本《蘇學士文集》卷首）

王士禛

【跋宛丘集二則】至誠則人不忍欺，古來名相唯諸葛忠武、司馬文正二公足當之耳。文潛以此論郭、李優劣甚當，至論李衛公殺郭誼之非，則甚悖於理。使誅郭誼爲非，將封蒼頭子密爲是耶？

文潛論樓護云：「所貴乎遊俠者，爲其身任人之患難，而脱人於厄也。朱家、郭解雖不合于大義，而其感慨雄俊，先人後己，故可取也。樓護平生齪齪無可稱，……此朱家、郭解糞土之餘耳，何足道哉！」此論見郝梁所刻《宛丘集》，而《文粹》不載。予向持此論，嘗著之《池北偶談》，不知文潛先得我

心也。（《蠶尾文集》卷七）

【蘇黄詩品】蘇文忠作詩，常云效山谷體。世因謂蘇極推黄，而黄每不滿蘇詩，非也。黄集有云：「吾詩在東坡下，文潛、少游上，雜文與無咎伯仲耳。」此可証俗論傅會之謬。《野老記聞》載，林季野目魯直詩未必篇篇佳，但格制高耳。（《池北偶談》卷十二）

【姑溪集】端叔在蘇門，名次六君子，曩毛氏《津逮秘書》中刻其題跋。觀全集殊下秦、晁、張、陳遠甚，然其題跋自是勝場。（同上卷十七）

【宋人絶句】偶爲朱錫鬯太史彝尊舉宋人絶句可追踪唐賢者，得數十首，聊記於此。……「曾作金陵爛漫遊，北歸塵土變衣裘。芰荷聲裏孤舟雨，卧入江南第一州。」……「去年此日泊瓜洲，衰柳蕭蕭客繫舟。白髮天涯歎流落，今宵聽雨古宣州。」（同上卷十九）

按：此爲張耒詩，詩題前後爲：《懷金陵》、《雨中題壁》。

政和間，以詩爲元祐學術，御史李彦章遂上疏，論淵明、李、杜以下皆貶之，因詆魯直、少游、無咎、文潛，請爲科禁，至著于律令，云「諸士庶傳習詩賦者，杖一百」。其紕陋一至于此。是時大臣朝士皆安石之餘孽，然安石惟欲廢《春秋》耳，其詩實于歐蘇間自成一家，亦可概謂元祐學術乎？此古今風雅一大厄也。（《香祖筆記》卷十）

葉石林《建康集》八卷，……紹興八年再帥建康作也。石林，晁氏之甥，及與無咎、張文潛遊，爲詩文筆力雄厚，猶有蘇門遺風，非南渡以下諸人可望。（《居易録》卷一）

《侯鯖録》載，紹聖中貶東坡，毁《上清宫碑》，令蔡京别撰。有人過臨江驛題二詩，不書姓名，或云江鄰幾，或云張文潛作也。其二云：「晋公功業冠吾唐，吏部文章日月光。千載斷碑人膾炙，不知世有段文昌。」此詩因坡公而發，特以退之淮西事爲譽，非元和間人作也。其言「吾唐」者，是時黨禁方嚴，故託之前代云爾。（同上卷九）

張仁熙，字長人，楚之廣濟人，隱居著書……寄予書時年八十矣，書云：「仁熙聞之，古稱一代人文，必有英絶領袖之者。翺、湜、籍、漢之於退之，黄、晁、張、秦之於子瞻是也。而昌黎《與于襄陽書》則曰：『或爲之先焉，或爲之後焉，取其責均肩之。』蓋原本孟氏之旨，以高其自據之地。僕則以爲不然，僕以爲非真有憂世覺民之責如孟子者，皆當遁迹利名，謝絶丐乞。」（同上卷十三）

「天邊趙盾益可畏，水底右軍方熟眠」，昔人有「湯燖王羲之」之誚。予讀張文潛《宛邱集》，此首乃《仲夏詩》，字句小異，云：「雲間趙盾益可畏，淵底武侯方熟眠；若無一雨爲施澤，直恐三伏便欲然。」謂龍眠則亢暘不雨，武侯云者，如言卧龍也。此誚當更云湯燖諸葛丞相耳，與右軍無涉。（同上卷十五）

吕居仁《紫微詩話》，記楊道孚克一、張文潛之甥，少有才思，爲舅所知。元符初，滎陽公吕希哲謫居歷陽，道孚爲州法曹掾，嘗從出游，以職事遽歸，遺公詩云：「雨緑霜紅郭外田，山濃水澹欲寒天。參軍抱病陪清賞，一檄呼歸亦可憐。」（同上卷二十五）

老杜《玉華宫》詩千古絶唱，張文潛用元韻擬之，作《别黄州》詩，自謂似之，特其音節耳，未神似也。吾觀《谷音》下卷所載臨江楊雯《宋武帝廟》詩，雖不慕杜，反得神似。此非深於詩者未易知也。（《古夫

（《于亭雜録》卷二）

【敬業堂詩集序（節録）】老友海昌陸先生辛齋，嘗攜其愛婿查夏重詞一卷見示，且曰：「此子名譽未成，冀先生少假借之，弁以數語。」……子瞻曰：「一時文人如魯直、補之、無己、文潛、少游，吾未嘗以師資自處，皆以朋友待之。」而吾乃以一日之長臨夏重乎？顧屈指同學，其才可到，昔賢者正復無幾。蘇門諸君子與放翁、後山、遺山，皆名節自持，凜凜有國士風，蓋有重於詩文者，而詩文益重。（《敬業堂詩集》卷首）

田同之

【填詞非小道】昔人云，填詞小道，然魯直謂晏叔原樂府爲高唐、洛神之流，張文潛謂賀方回「幽潔如屈、宋，悲壯如蘇、李」，夫屈、宋，三百之苗裔，蘇、李，五言之鼻祖，而謂晏、賀之詞似之，世亦無疑二公之言爲過情者，然則填詞非小道可知也。（《西圃詞説》）

毛扆

《張右史文集》六十卷，二十四本張耒。世所行《文潛集》纔十之五，《右史集》乃大全。（《汲古閣珍藏祕本書目》）

賀裳

【張耒】蘇門六子，余尤喜文潛。如《海州道中》：「渡頭鳴春村徑斜，悠悠小蝶飛豆花。逃屋無人草滿家，纍纍秋蔓懸寒瓜。」《廣化遇雨》：「撞鐘寺門掩，晚霽尚殘滴。相携下山去，塵静馬無跡。歸來解鞍歇，新月如破璧。但恐桃花源，回舟已青壁。」大是清越。長律尤多秀句，如「緑野染成延晝永，亂紅吹盡放春歸」，「萬頃澤空供雪意，一枝梅笑破冬嚴」，「新月已生飛鳥外，落霞更在夕陽西」，「青引嫩苔留鳥篆，緑垂殘葉帶蟲書」，「歸鳥各尋芳樹去，夕陽微照遠村耕」，真能擺脱爾時惡氣也，嘗歎宛丘醇深經術。及其《次張公遠韻》：「何待挑琴知有術，未嘗驅豆更無謀」，輕艷不減温、李，固知不獨一靖節不能忘意閑情耳。　○《春日雜書》：「昨日爲雨備，今晨乃大風。臨風謹自備，通夕雪迷空。備一常失計，盡備力難供。因之置不爲，拱手受禍凶。當爲不可壞，任彼萬變攻。築屋如金石，何勞計春冬？」此詩可代箴銘。余意只須此處住，自有餘味。下云「此道簡且安，古來家國同」，説出正意，反覺索然。每見鍾、譚動欲截去人詩，意嘗厭之，今乃知實有不可不删者。（《載酒園詩話·宋》）

張謙宜

【宋詩鈔（節録）】張文潛，東坡門人，雖學晚唐，不妨妍妙。（《絸齋詩談》卷五）

納蘭性德

【書張文潛詩説後】文潛《詩説》一卷，雜論《雅》、《頌》之旨，僅十二條，已載《宛丘集》中，後人鈔出別行者。觀所論「土宇昄章」一則，其有感於熙寧開邊斥境之舉而爲之也歟？《宛丘集》今不甚傳，此亦經學一種，因校而梓之。（《通志堂集》卷十二）

王之涣《九日送別》詩云：「薊庭蕭瑟故人稀，何處登高且送歸。今日暫同芳菊酒，明朝應作斷蓬飛。」寶鞏《薊門》詩云：「自從身屬富人侯，蟬噪槐花已四秋。今日一莖新白髮，懶騎官馬到幽州。」馬戴詩云：「荆卿西去不復返，易水東流無盡期。日暮蕭條薊城北，黄沙白草任風吹。」張耒詩云：「十月北風燕草黄，燕人馬飽風力强。虎皮裁鞍雕羽箭，射殺陰山雙白狼。」四詩俱工。（同上卷十八）

金　檀

【文瑞樓書目】張耒《宛邱先生文集》七十六卷，《補遺》六卷，鈔本八册，已校。

晁氏曰：「張耒，字文潛，譙郡人。弱冠第進士，仕至起居舍人。嘗爲宣、潤、汝、兖、潁五州守，又嘗謫居黄州、復州，最後居陳以没。元祐中，蘇氏兄弟以文章倡天下，號長公、少公，其門人號四學士。文潛，少公客也。諸人多早殁，文潛獨後亡，故詩文傳于世者尤多，其於詩文兼長，雖同時鮮復其比。而晚年更喜白樂天，詩體多效之云。（《宛丘先生文集》卷首）

張耒《右史文集》六十卷鈔。淮陰人，進士，從蘇軾游。官黄州别駕，後贈修撰。（《文瑞樓藏書録》卷六）

浦起龍

【宋以後詩】宋初襲晚唐、五季之弊，仁宗天聖以來，晏殊、錢惟演、劉筠、楊億數人，亦思有以革之。第皆師乎義山，全乖古雅之風。……哲宗元祐之間，蘇軾、黄庭堅挺出，雖曰共師李杜，而競以己意相高，而諸作又廢矣。自此以後，詩人迭起，大抵不出乎二家，觀於蘇門四學士黄庭堅、秦觀、晁無咎、張耒諸作，以及江西宗派諸詩可見矣。（《釀蜜集》卷二）

方功惠

【張文潛文集題記】謹按：欽定《四庫全書總目提要》：張宛丘集在南宋初已有四本，一本十卷，一本三十卷，一本七十卷，一本一百卷。另胡應麟所見本有十三卷。此本明人所刻，適十三卷，殆與胡應麟所見之本同，前有毛子晋圖記，雖與《四庫》所收之七十六卷本不同，然亦稀有之册也。（題于明嘉靖郝梁刻本《張文潛文集》後）

胡連玉

【張文潛文集題記】《張文潛文集》十三卷，蓋當時選本如是，非全書也。乾、道以後，蘇氏文學盛行，右史游蘇門，坊間選其文爲程試之用，去取殊不慊人意。如《章秘閣丞集序》删去後半篇，《冀州學記》删去前後，幾不成文。此爲嘉靖間重刊本，既未能正其訛謬，刻又弗良，舛錯尤甚，因假得《蘇門六君子文粹》雙勘一過。《文粹》本係舊鈔，然多脱誤，未可據爲定本，俟更覓善本校之。甲申十二月二十六日，胡連玉書於玉笥山房。（題于明嘉靖郝梁刻本《張文潛文集》後）

謝浦泰

【張右史文集題記】細校《宛丘集》中所有而《右史集》所無者，古詩二百七十首，律詩二百三十二首，絶句七首，書二篇，墓誌五篇，補遺六卷全無。《右史集》中所有而《宛丘集》所無者，不過古詩四首，律詩九首，《讀唐書論》第二條而已。但余此書，律詩已先將《瀛奎律髓》内幾首添在内，亦不可不知。雍正己酉春三月清明前二日，惺廛書。（清鈔本《張右史文集》）

【張右史文集跋】余校閲《右史集》，既隨將集中所無者捱次抄補，得《宛丘》原集詩文共一百六首，《宛丘》補卷又一百頁，另外兩本以附於《右史》文集之後，合之得十二本，以爲肥仙先生之全集云。時雍正己酉春三月二十三日，太倉謝浦泰心傳氏識於子館之雨窗，時年五十四歲。（清鈔本《張右史文集》）

衛哲治、顧棟高等

【文藝小叙（節録）】宋張文潛之於文莫不擅，一代之雄也，他郡鮮能及之者。嗚呼，豈不盛哉！（《淮安府

志》卷二十二）

【古蹟 塚墓附】山陽縣。張右史墓：去治北七里，嘉定六年，常平使者施宿建祠於斯。按張耒《潤州謝執政啓》云：「擢升右史，密邇清光。」則右史即耒無疑。《舊志》又謂：耒墓在城西，舊《淮陰縣志》不知何以重載？豈傳聞二墓，未知孰是，故併存之。右史以上至康州，三墓俱失其處。原注：三墓：趙康州墓，趙忠烈墓張右史墓。（《淮安府志》卷二十八）

袁 枚

老泉《仲兄文甫字説》：「風行水上焕，天下之至文也。」本《伐檀》詩，《毛氏傳》云：「風行水成文曰漣。」張文潛又襲之以爲文論。（《隨園隨筆》卷二十五）

紀 昀

【宛丘集七十六卷 浙江鮑士恭家藏本】宋張耒撰。耒有《詩説》，已著録。蘇軾嘗稱其文「汪洋沖澹，有一唱三嘆之音」。晚歲詩務平淡，效白居易，樂府效張籍。故《瀛奎律髓》載楊萬里之言，謂「肥仙詩自然」，肥仙，南宋人稱耒之詞也。《文獻通考》作《柯山集》一百卷，兹集少二十四卷。查慎行註蘇軾詩云：「嘗見耒詩三首，而今本無之。」考周紫芝《太倉稊米集》有《書譙郡先生文集後》曰：「余頃得《柯山集》十卷於大梁羅仲洪家，已而又得《張龍閣集》三十卷於内相汪彦章家，已而又得《張右史集》七十卷於浙西漕臺，而先生之製作於是備矣。今又得《譙郡先生集》一百卷於四川轉運副使南陽井公之子晦之，然後知先生之詩文爲最多，當猶有網羅之所未盡者。余將盡取數集，削其重複，一其有無，以歸於所謂一百卷，以爲先生之全書。」云云。然則耒之文集，在南宋已非一本，其多寡亦復相懸。此本卷數與紫芝所記四本皆不合，又不知何時何人摭拾殘剩所編，宜其闕佚者頗夥。然考胡應麟《筆叢》有曰：「張文潛《柯山集》一百卷，余所得卷僅十三，蓋鈔合類書以刻，非其舊也。余嘗於臨安僻巷中見鈔本書一十六帙，閱之乃文潛集，卷數正同。明旦訪之，則夜來鄰火延燒，此書倏煨燼矣。余大悵惋彌月。」云云。此本雖不及百卷之完備，然較應麟所云十三卷者，則多已不啻五六倍，亦足見耒著作之大略矣。（《四庫全書總目》卷一五四集部別集類七）

【日涉園集十卷 《永樂大典》本】宋李彭撰。……集中所與酬倡者，如蘇軾、張耒、劉羲仲等，皆一代勝流。（同上卷一五五集部別集類八）

【石林居士建康集八卷 福建巡撫採進本】宋葉夢得撰。……夢得本晁氏之甥，猶及見張耒諸人，耳濡目染，終有典型，故文章高雅，猶存北宋之遺風。（同上卷一五六集部別集類九）

【太倉稊米集七十卷 編修朱筠家藏本】宋周紫芝撰。……方回作是集跋，述紫芝之言曰：「作詩先嚴格律，然後及句法，得此語於張文潛、李端叔。」觀於是論，及證以《紫芝詩話》所徵引，知其學問淵源實出元祐，故於張耒《柯山》、《龍門右史》、《譙郡先生》諸集汲汲搜羅，如恐不及。（同上卷一五九集部別集類一二）

【同文館唱和詩十卷 浙江鮑氏恭家藏本】宋鄧忠君等撰。……忠臣而外，爲張耒、晁補之、蔡肇……集中不著唱和年月。考《宋史》耒、補之傳，俱稱元祐初爲校書郎，以耒詩「讐書芝閣上」、補之詩「輟直讐書省」二語覈之，乃正其官祕省時。而元祐三年知貢舉者爲孔平仲，事見本傳，此集並無平仲之名，則非在三年可知。惟忠臣詩有「單閼孟夏草木長」句，自註云：「丁卯四月還朝。」丁卯爲元祐二年，意者即在是歲歟？（同上卷一八六集部總集類一）

【坡門酬唱集二十三卷 江蘇巡撫採進本】宋邵浩編。……前十六卷爲軾詩，而轍及諸人和之者。次轍詩四卷，次黄庭堅、秦觀、晁補之、張耒、陳師道等詩三卷，亦録軾及諸人和作。（同上卷一八七集部總集類二）

【古今歲時雜詠四十六卷 江蘇巡撫採進本】宋蒲積中編，積中履貫未詳。宋綬有《歲時雜詠》二十卷，……然本朝如歐陽、蘇、黄，與夫半山、宛陵、文潛、無己之流，逢時感慨，發爲辭章，不在古人下。因取其卷目而擇今代之詩附之，名曰《古今歲時雜詠》，鋟版以傳。（同上）

【古文關鍵二卷 江蘇巡撫採進本】宋吕祖謙編。取韓愈、柳宗元、歐陽修、曾鞏、蘇洵、蘇軾、張耒之文，凡六十篇，各標舉其命意布局之處，示學者以門徑，故謂之關鍵。（同上）

【蘇門六君子文粹七十卷 原仕工部侍郎李友棠家藏本】不著編輯者名氏。……其文皆從諸家集中録出，凡《淮海集》十四卷，《宛邱集》二十二卷，《濟北集》二十一卷，……觀其所取，大抵議論之文居多，蓋坊肆所刊，以備程試之用也。（同上）

【十先生奥論四十卷 浙江范懋柱家天一閣藏本】不著編輯者名氏，亦無刊書年月，……書中集程子、張耒、楊時、朱子、張栻、……諸人所作之論，分類編之，加以註釋。（同上）

【古文正集二編 無卷數，兩江總督採進本】舊本題葛鼐、葛鼒評輯。……所録凡二十二家：曰顏真卿、曰陸贄、曰李德裕、曰杜牧、曰韓琦、曰范仲淹……曰張耒、曰黄庭堅……每人各以小傳冠集前，所録猶採自本集。（同上卷一九三集部總集類存目三）

【墓銘舉例四卷 山東巡撫採進本】明王行撰。……取唐韓愈、李翱、柳宗元，宋歐陽修、尹洙、……晁補之、張耒、吕祖謙一十五家所作碑誌，録其目而舉其例。（同上卷一九六集部詩文評類二）

【歸田詩話三卷 兩淮馬裕家藏本】明瞿佑撰。……此書所見頗淺，……譏張耒《中興碑》「玉環妖血無人掃」句，謂楊妃縊死，未嘗濺血。是忘《哀江頭》「血污遊魂」句也。（同上卷一九七集部詩文評類存目）

【渚山堂詩話三卷 浙江范懋柱家天一閣藏本】明陳霆撰。……又《復齋漫録》謂張耒「新月已生飛鳥外，落霞更在夕陽西」句，本之郎士元「河源飛鳥外，雪嶺大荒西」一聯，摘其知上句本士元詩，不知下句本薛能「好山多在夕陽西」句可也。霆乃謂其不知本九僧「春生桂嶺外，月在海門西」句，是與耒詩何涉乎？（同上）

【竹坡詞三卷 安徽巡撫採進本】宋周紫芝撰。……兢序稱其少師張耒，稍長師李之儀者，乃是詩文之淵源，非詞之淵源也。（同上卷一九八集部詞曲類一）

趙　翼

東坡襟懷浩落，中無他腸，凡一言之合，一技之長，輒握手言歡，傾蓋如故，而不察其人之心術，故邪正不分，而其後往往反爲所累。如李公擇、王定國、王晋卿、孫莘老、黄魯直、秦少游、晁補之、張文潛、趙德麟、陳履常等，固終始無間，甚至有爲坡遭貶謫，亦甘之如飴者。其他則一時傾心寫意，其後背而陷之者甚多。（《甌北詩話》卷五）

錢大昕

【蘇門四學士】黄魯直、秦少游、張文潛、晁無咎，稱蘇門四學士。宋沿唐故事，館職皆得稱學士。魯直官著作郎祕書丞，少游官祕書省正字，文潛官著作郎，無咎官著作郎，皆館職，元豐改官制，以祕書省官爲館職。故有學士之稱，不特非翰林學士，亦非殿閣諸學士也。唯學士爲館閣通稱，故翰林學士特稱内翰以别之。（《十駕齋養新録》卷七）

張文潛六十一卒，生皇祐四年壬辰，卒政和二年壬辰。《東都事略》作六十。據《秦少游年譜》，文潛與子由俱以壬辰歲卒。（《疑年録》卷二）

秀水朱梓廬與海鹽吴思亭來訪，談良久，以《張右史集》鈔本六十五卷贈。周紫芝《跋譙郡先生集後》云，嘗得《張右史集》七十卷，與此本卷數不合。中間有闕卷，然亦難得之本也。（《竹汀先生日記鈔》卷一）

畢沅

紹聖四年春，二月癸未，制：「吕大防責授舒州團練副使，循州安置；……張耒、吕希純、吕希績、姚勔、吴安詩、晁補之、賈易……等三十一人，或貶官奪恩，或居住安置，輕重有差。其郴州編管秦觀，移送横州。」(《續資治通鑑》卷八十五)

崇寧元年夏，五月乙亥，詔：「……韓川、張耒、吕希哲……等四十人，行遣輕重有差。唯孫固爲神考潛邸人，已復職名及贈官，免追奪。」(同上卷八十七)

崇寧元年秋，七月庚戌，臣僚上言：「管句明道宫張耒，在潁州聞蘇軾身亡，出己俸於薦福禪院爲軾飯僧，縞素而哭。」詔：「張耒責授房州别駕，黄州安置。」(同上卷八十八)

崇寧元年秋，九月己亥，御批付中書省：「應元祐責籍並元符末叙復過當之人，各具元籍定姓名進入。」于是蔡京籍文臣執政官文彦博等二十二人，待制以上官蘇軾等三十五人，餘官秦觀等四十八人，内臣張士良等八人，武臣王獻可等四人，等其罪狀，謂之姦黨，請御書刻石於端禮門。(同上)

編者按：餘官四十八人中有張耒。

崇寧二年夏，四月乙亥，詔：「蘇洵、蘇軾、蘇轍、黄庭堅、張耒、晁補之、秦觀、馬涓《文集》，范祖禹《唐鑑》，范鎮《東齋記事》，劉攽《詩話》，僧文瑩《湘山野録》等印板，悉行焚毁。」(同上)

崇寧二年秋九月，臣僚上言：「近出使府界，陳州士人有以端禮門石刻元祐姦黨姓名問臣者，其姓名雖嘗行下，至於御筆刻石，則未盡知。近在畿甸且如此，況四遠乎！乞特降睿旨，以御書刊石端禮門姓名下外路州軍，於監司長吏廳立石刊記，以示萬姓。」從之。(同上)

編者按：餘官中有張耒。

崇寧三年夏，六月戊午，詔：「重定元祐、元符黨人及上書邪等者，合爲一籍，通三百九人，刻石朝堂，餘並出籍，自今毋得復彈奏。」元祐姦黨，文臣曾任宰臣、執政官，司馬光等二十七人；待制以上官，蘇軾等四十九人；餘官，秦觀等一百七十六人，武臣，張巽等二十五人。内臣，梁惟簡等二十九人。爲臣不忠，曾任宰臣，王珪、章惇。(同上卷八十九)

編者按：餘官中有張耒。

崇寧三年夏，六月壬戌，蔡京奏：「奉詔，令臣書元祐姦黨姓名。恭唯皇帝嗣位之五年，旌别淑慝，明信賞罰，黜元祐害政之臣，靡有佚罰。乃命有司，夷攷罪狀，第其首惡與其附麗者以聞。得三百九人，皇帝書而刊之石，置於文德殿門東壁，永爲萬世子孫之戒。又詔臣京書之，將以頒之天下。臣敢不對揚休命，仰承陛下孝悌繼述之志，謹書元祐姦黨名姓，仍連元書本進呈。」於是詔頒之州縣，令皆刻石。(同上)

崇寧四年秋，九月己亥，大赦天下。詔：「元祐姦黨，久責遐裔，用示至仁，稍從内徙，應嶺南移荆湖，荆湖移江淮，江淮移近地，唯不得至四輔畿甸。」(同上)

編者按：内徙者中有張耒。

崇寧五年春，正月庚戌，三省同奉旨叙復元祐黨籍曾任宰臣、執政官劉摯等十一人，待制以上官蘇軾等十九人，文臣餘官任伯雨等五十五人，選人吕諒卿等六十七人。（同上）

編者按：叙復者有張耒。

大觀二年春三月，門下中書後省左右司言：「檢會今年正月一日赦書，『元祐黨人，懷姦睥睨，報怨不已，公肆詆誣，罪在宗廟者，朕不敢貸。其或情輕法重，例被放棄；或非身自犯，因人得罪；或志非誣謗，言有近似；或本緣辨理，語涉譏訕；或止因職事，偶涉更改；凡此之類，不據元貶責罪犯，審量其情分輕重等第，取情理輕者，與落罪籍，甄叙差遣。』今將元編類册内依詳赦文，看詳到孫固等四十五人。」詔除孫固、安燾、賈易外，餘並出籍。（同上卷九十）

編者按：出籍者中有張耒。

温序

昔張耒與黄元論蘇長公「身行萬里半天下，僧卧一庵初白頭」之句。黄云「初日頭」，張問其義，但云若此僧負暄於初日耳。張不然其説，黄甚不平，曰豈有用「白」對「天」乎？異日張問蘇公，公曰：「若是黄九，要改作日頭也。不奈他何必將古諺强作如是解者，亦是無可奈何之事也。」（《病餘掌記》卷二）

張思巖

耒字文潛，楚州淮陰人。第進士，元祐初，仕至起居舍人。紹聖中，謫監黄州酒税。徽宗召爲太常少卿，坐元祐黨，復貶房州別駕，黄州安置。尋得自便，居陳州，主管崇福宫，卒。有《柯山集》。（《詞林紀事》卷六）

【少年游　含羞倚醉不成歌】梁王僧孺《夜愁示諸賓詩》云：「誰知心眼亂，看朱忽成碧。」此詞换頭蓋用此。（同上）

魯九臯

宋初國祚雖定，文采未著，學士大夫家效樂天之體，群奉王禹偁爲盟主。……於元祐之際，又有張文潛、晁無咎兄弟相爲羽翼，時稱「蘇門六君子」。（《詩學源流考》）

翁方綱

張文潛氣骨在少游之上，而不稱着色。一着濃絢，則反帶傖氣。故知蘇詩之體大也。（《石洲詩話》卷三）

《侯鯖録》所載文潛《七夕歌》、《韓幹馬》之類，皆不見佳。《中興頌》詩亦不佳。（同上）

無咎才氣壯逸，遠在文潛、少游之上，而亦不免有邊幅單窘處。（同上）

方虛谷論宋詩，……於「蘇門」中，獨取張文潛，謂「自然有唐風，別成一宗。」（同上卷五）

虛谷自言七言決不爲「許渾體」，妄希黃、陳、老杜，力不逮，則退爲白樂天及「張文潛體」。五言慕後山苦心久矣，亦多退爲平易，蓋其職志如此。（同上）

李調元

《張耒傳》：幼穎異，十三歲能文，十七時作《函關賦》，已傳人口。蘇軾稱其文汪洋冲澹，有一唱三嘆之聲。按：耒字文潛，有《大禮慶賦》，原出《雅》、《頌》；《病暑賦》，全用《招魂》。（《雨村賦話》卷十）

姚壎

【宋詩略序汪景龍（節録）】王黄州、歐陽文忠精深雄渾，始變宋初詩格；而一則學白樂天，一則學韓退之。……又若王介甫之峭厲，蘇子美之超横，陳去非之宏壯，陳無己之雄肆。蘇長公之門有晁、秦、張、王之徒，黄涪翁之派有三洪、二謝……，俱宗仰浣花草堂，或得其神髓，或得其皮骨，而原本未嘗不同。（《宋詩略》卷首）

謝啓昆

【讀全宋詩，仿元遺山論詩絶句二百首（録一首）】肉山六月火雲蒸，汗雨飢雷兩不勝。梧葉迎風秋未老，

冷吟城角耿青燈。張耒（《樹經堂詩初集》卷十一）

崔應階等

翟汝文，字公巽，潤州丹陽人，第進士。……有言汝文從蘇軾、黄庭堅游，不可當贊善任者，出知陳州。時張耒居宛邱，素與蘇、黄、晁補之輩相善。比投閑，家益貧。汝文雅重之，欲爲買田，耒不可，乃止。（《陳州府志》卷十四）

嚴觀

【北宋四賢堂記　碑張耒撰，蘄春林正書，宣和五年七月立。按《宋史》，宋庠字公序，安州安陸人，後徙開封之雍邱，初名郊，與弟祁字子京同舉進士，呼爲「二宋」。……】四皓與四傑，先後稱齊名。誰知兄弟樂，冰雪兩相清。四子傳連宋，交情重死生。昔日稱同社，棲遲日望衡。一朝就遠道，魚雁解傳情。自此不相見，空餘月滿城。繪圖傳雅事，我得識群英。掩卷一遐想，花間鳥亂鳴。（《國朝金陵詩徵》卷三十二）

闕名

蘇門諸子，較江西派中諸人，是爲爾雅。具茨妙有剪裁，補之才復寬綽，文潛以實力開張。淮海雖風骨俊秀，窘于邊幅，非晁、張之敵。東坡謂「秦得吾工，張得吾易」，未免阿私。（《静居緒言》）

翟　顥

《蓉塘詩話》：鎮江以東有獨輪小車，謂之羊頭車。張文潛《輸麥行》：「羊頭車子毛布囊，泥淺易涉登前岡。」始見詩人用之。（《通俗編》卷十三）

孫星衍

《柯山集》五十卷。宋張耒撰。（《孫氏祠堂書目》卷四）

凌廷堪

【與海州刺史唐陶山同年書 丙寅】陶山先生同年閣下：去冬辱書見唁，並論及海州新修志書之事……宋蘇軾、張耒及沈括《夢溪筆談》……皆有海州詩文。（《校禮堂文集》卷二十五）

朱庭珍

自來詩家，源同流異，派别雖殊，旨歸則一。蓋不同者，肥瘦平險、濃淡清奇之外貌耳，而其所以作詩之旨及詩之理法才氣，未嘗不同。……至東坡則天仙化人，飛行絶迹，變盡唐人面目，另闢門户，敏妙超脱，巧奪天工，在宋人中獨爲大宗。……二晁尚有筆力，宛丘頗見氣格。淮海輩明麗無骨，時近於

詞，無足論矣。（《筱園詩話》卷一）

古今大家，至曹子建始。漢代去古未遠，尚無以詩名家之學。……如陳後山、張宛丘、晁冲之、陳簡齋等，雖成就家數各異，然皆名家也。（同上卷二）

焦循

張耒《明道雜志》記錢穆語云：「安能霹靂手，僅免葫蘆蹄。」謂葫音忽。按今人稱葫蘆正作忽蘆。《元史》有秃忽魯，嘗從許衡學，爲一代名臣。忽魯即葫蘆。（《易餘籥録》卷十八。）

顧廣圻、黄丕烈

……《唐粹則一朝，《文粹》一百卷。……《宋選》則衆手。小字本《聖宋文選》，三十二卷，……凡選十四家，歐陽永叔二卷，司馬君實三卷，……張文潛七卷，黄魯直一卷……遇其全，可以樂，遭其缺，可以守。（《百宋一廛賦》）

編者按：《百宋一廛賦》，顧廣圻撰，黄丕烈注。

王文誥

宋哲宗元祐元年十一月二十九日，召試學士院，拔畢仲游、黄庭堅、張耒、晁補之並擢館職。誥案：張耒、晁補之等九人試學士院，……張耒爲太學録，范純仁薦召試，遷秘書省正字。（《蘇文忠公詩編注集成總案》卷二十七）

宋哲宗紹聖二年四月，張耒遣兵王告至，因以桄榔杖爲寄。……晁補之遷蘄水，並致慨焉。誥案：晁無咎監蘄州酒税，皆坐修實録也。文潛尚守臨江，故王告復至。（同上卷三十九）

紹聖二年十一月，張耒使至，始知坐黨徙宣州作書。誥案：是時文潛以公故坐徙，故書有伏讀感嘆，且審爲郡之語，非閑話也。非久即謫監黄州酒税矣。（同上）

光聰諧

【衛青】張文潛論衛青容汲黯不拜，諱李敢擊傷，並懲田竇事不薦士，不斬蘇建，使歸命天子，類非庸人所能爲，此蓋必有道。且爲淮南王、伍被所憚，亦非天下未有稱。疑史公貶之大過。余謂司馬氏稍徇李氏，故特貶青，且以自寄其感憤耳。青之自來又微賤，世士不遇，阨塞者多，率本其説以抑青。青遂無以自白於後世。文潛此論出，青可以不恨於地下。特怪文潛亦轗軻生平者，乃能平其心以與青耶，是亦事之至難者矣。（《有不爲齋隨筆》乙集）

翁心存

【張右史文集跋】文潛集南宋初已有四本：十卷者名《柯山集》；三十卷者名《張龍閣集》；七十卷者名《張右史集》；一百卷者名《譙郡先生集》，蓋當時黨禁方嚴，文字秘不敢出，私家傳寫難免闕遺。明胡應麟刊僅十三卷，郝梁刊僅十七卷，皆名《張文潛集》。汲古閣書目有《張右史集》六十卷。則數百年後，網羅散失，裒集倍難矣。咸豐丁巳秋，予得是本於京都廠肆，適兒子同書自邗上以研石齋秦氏藏本寄其弟同龢，久置案頭，未遑校正也。今年新正病起無事，乃取而參校，旬有五日竣事。兩本皆六十五卷，而編次前後互異，亦各有得失。秦本闕第十一至十五卷而以《同文唱和》抵之，闕二十一卷而後分《同文唱和》方字韻一卷抵之，此其失也。而第二十二至二十四卷、第三十三卷原闕者，悉仍其舊，不敢以臆羼入，是爲得之。此本次樂府歌騷於五言古詩之前，是矣。而三十八卷後務足六十五卷之數，以《同文唱和》分爲十卷，則又失之。蓋秦本尚依清常之舊，而此本則重經編，已盡失宋刻之真也。兩本字句譌誤處，彼此互證，差可讀矣。校甫竟，聞書肆有茉花唫舫朱氏鈔本，假歸互勘。朱本編次亦與此本同，而二十、二十一不分兩卷，又《同文唱和》只作六卷，故卷止六十。但鈔本尤爲潦草，譌謬幾不可讀。所喜者秦本新佚卷五十至五十三一册，而朱本尚完好，據以略校此本一過而亟還之。竊謂方今欲讀肥仙詩文者，莫善於殿本《柯山集》矣。咸豐辛酉夏四月朔，常熟翁心存書。時年七十有一。（明鈔本《張右史文集》後附）

【張右史文集校記】咸豐十一年辛卯日，以研石齋秦氏本通校一過。兩本卷數相符，而卷次前後頓異，秦本又有空白一卷而此無之，蓋是集趙清常始據拾編成。秦本傳寫尚存其真，而此本則重經編定者也。互異處已標於每卷之首，兹不複出。（明鈔本《張右史文集》後附）

【張右史文集校記】正月二十四日，復假朱筍河先生家藏本重校一過，卷次悉與此本同。而卷二十、二十一兩卷合作一卷，《同文唱和》十卷併作六卷，皆與秦本同，故卷次數少五，止有六十卷也。常熟翁

心存識，時年七十有一。（明鈔本《張右史文集》後附）

翁同書

【張右史文集跋】張文潛集曰《柯山集》者凡一百卷，曰《張龍閣集》者凡三十卷，曰《張右史集》者凡七十卷，此皆宋時所行之本也。今四庫所儲《宛丘集》七十六卷，其卷數又與數本不合。予駐師邗上，購得《右史集》十五册，末有吾邑趙琦美跋，知此本係琦美攟拾而成。脱落已甚，原闕二十一卷至二十四卷及三十三卷，今又闕第十二册五十卷至五十三卷。按胡應麟《筆叢》言：嘗見文潛集於臨安僻巷中，明旦訪之，則夜來鄰火延燒，此書倏煨燼矣。然此本幸存，詎不當愛護耶？首頁有一印曰：「海虞陵秋家藏」，蓋吾邑士人從清常道人家傳録者，適落吾手，亦宿緣也。咸豐七年五月十一日，常熟翁同書識於揚州城南蔣王廟軍營。（明鈔本《張右史文集》）

蔣光煦

【宋紹興刊本《張右史集序》按語】宋刊本《張右史集》七十卷。按《汲古閣珍藏秘本書目》：「《張右史文集》六十卷。」毛斧季云：「世所行《文潛集》纔十之五，《右史集》乃大全。」此本後有張表臣序，視毛氏所見又增多十卷。第《文潛集》據周紫芝《太倉稊米集》稱有一百卷本，不知較此本何如。按張表臣著有《珊瑚鉤詩話》，及與陳後山、晁无咎游。惟序中稱兩侍太師公相，及秦公熺送示舊藏八册云云，

疑張附檜之門下，晚節不無有玷，然其搜羅至二千七百餘篇，其有功於蘇門諸君子亦不可没云。（《東湖叢記》卷一《張右史集》）

徐葵

【張文潛文集】亦名《宛丘集》，相傳南宋初已有四本：一本十卷，一本三十卷，一本七十卷，一本一百卷。國朝《四庫》所收之本則又七十六卷。今余得此本十三卷，係虞山馮氏與吴氏兩家藏本，與記上五本卷帙不同，想即胡氏應麟所見之本也。昨吴興書賈鄭甫田以宋建安余騰夫所刊《永嘉先生標注張文潛文集》來，上有季滄葦與毛子晋圖書，書共十卷，與此本校對，篇目正同，惟分卷則異，因知此本即南宋初十卷之本，後人亂其卷次耳。校正一通如右，俾不失宋本面目。篇中標注亦照建安本寫出，以便讀者。至字句異同，無論允否，並一一校注，不敢意爲去取，蓋校書之體例也。然賴以是正者，已居十之九，益信古本之足貴。乙卯十二月初六日，姑蘇徐葵識。（明刻本《張文潛文集》後附）

方東樹

【黄山谷】《戲和文潛謝穆父松扇》文潛體肥大，詩蓋譏之，見《老學庵筆記》。（《昭昧詹言》卷十二）

【以團茶洮州緑石硯贈無咎、文潛】此又平叙，而起溜亮俊逸。後二段章法，畢竟拙笨。（同上）

秦篤輝

東坡謂，「秦少游得吾工，張文潛得吾易。」論者謂張尤難，蓋不工不可以爲易也。然工者首務哉。（《平書》卷七）

潘德輿

梅詩最難工，即以千古名句論之，如鮑明遠「霜中能作花」，樸質寡深情。……張文潛「清香侵硯水，寒影伴疏燈」，婉約亦側面。（《養一齋詩話》卷五）

張文潛以魯直「桃李春風一杯酒，江湖夜雨十年燈」爲奇語，魯直自以「人得交遊是風月，天開圖畫即江山」爲奇語，均未奇也。（同上）

張文潛、秦少游並稱，而秦之風骨不逮張也。秦之得意句，如「雨砌墮危芳，風軒納飛絮」，「菰蒲深處疑無地，忽有人家笑語聲」，「林梢一抹青如畫，知是淮流轉處山」，婉宕有姿矣。較文潛之「新月已生飛鳥外，落霞更在夕陽西」，「斜日兩竿眠犢晚，春波一頃去凫寒」，「欲指吴淞何處是，一行征雁海山頭」，「芰荷聲裏孤舟雨，卧入江南第一州」，「川明半夜雨，卧冷五更秋」，「漱井消午醉，掃花坐晚涼」，力量似遜一籌。蓋秦七自是詞曲宗工，詩未專門也。「漱井」一聯，尤爲山谷所賞，楊誠齋所謂「山谷前頭敢説詩，絶稱漱井掃花詞」是也。（同上）

「亭亭畫舸繫春潭，只待行人酒半酣。不管烟波與風雨，載將離恨過江南。」張文潛絶句也。漁洋《池北偶談》取宋七絶之似唐者數十首，此亦與焉。《宋人千首絶句》則以爲鄭文寶詩，繫於寇萊公前，誤矣。又改「春潭」爲「寒潭」，與下三句意尤不洽。予考文潛此題詩又有一首云：「風棹浮煙匝地回，雨將濃翠撲山來。晚涼鼓角三吹罷，夕照江天萬里開。」前詩以情致勝，此詩以氣格勝，皆唐人佳境，漁洋遺之何也？予又考文潛所詣，在北宋當屬大家，無論非少游、無咎所能，即山谷、後山，亦當放出一頭地。蓋勁于少游，婉於山谷，腴于後山，精於無咎，蘇公以爲超越絶群，山谷以爲「筆端可以回萬牛」，誠非虚譽。其《離黄州》七古，酷摹老杜，洪容齋賞之，然猶非其至者。予最愛其《昭陵六馬》五古，《孫彦古畫風雨山水歌》七古，真得老杜神理。其《輸麥行》、《牧牛兒》兩詩，摹寫情態，質而愈文，雖使文昌、仲初爲之，寧復過此？佳句如「星低春野路，月淡夜淮風」，「江城過風雨，花木近清明」，「風江客帆疾，晴野雁行遲」，「雲露窗前日，秋明樹外天」，「淺山寒帶水，旱日白吹風」，「川平雙槳上，天闊一帆西」，「春雲藏澤國，夜雨嘯山城」，「溪田雨足禾先熟，海樹風高葉易秋」，「愁如明月長隨客，身似飛鴻不記家」，是皆中唐以上風格，不墮晚唐門徑。即其下者，如「幽花冠曉露，高柳旆和風」，「花鬚嬌帶粉，樹角老封苔」，「澗泉分代井，山葉掃供厨」，「蝶衣曬粉花枝午，蛛網牽絲屋角晴」，「幽花避日房房斂，翠樹含風葉葉涼」，「柳色漸經秋雨暗，荷香時爲好風來」，「緑野染成延晝永，亂紅吹盡放春歸」，猶堪與趙倚樓爭席矣。歷代以來，推崇稱述，不止一人，然以爲出山谷、少游之右者無之，蓋均爲成見所蒙，大名所壓耳。（同上）

吾鄉詩人，入古人堂奥者，前推宛丘，後則虞山。（同上卷六）

容齋取張文潛愛誦杜公「溪回松風長」五古，坡公「梨花淡白柳深青」七絶，以爲美談。二詩何嘗有一字求奇，何嘗有一字不奇？僕少年不學，鹵莽於詩，不謂容齋鉅手，久已爲此。必知容齋述文潛之意，方于詩學有少分相應耳。予又考東坡七絶甚多，而合作頗少。其高才博學，縱横馳驟，自難爲絃外音。「梨花淡白」一章，允屬傑出，文潛所賞，足稱隻眼。（同上卷九）

張文潛愛誦坡公「梨花淡白柳深青」一絶，而放翁譏之曰：「杜牧之有句云：『砌下梨花一堆雪，明年誰此凭闌干？』東坡固非竊人詩者，然竟是前人已道之句，何文潛愛之深也？豈別有所謂乎？」愚按坡公此詩之妙，自在氣韻，不謂句意無人道及也。且玩其句意，正是從小杜詩脱化而出，又拓開境地，各有妙處，不能相掩，放翁所見亦拘矣。（同上）

侯廷銓

【例言】……張宛邱出大蘇之門，而縱横馳驟，鍛鍊一歸於自然，直可與蘇、黄鼎足。（《宋詩選粹》卷首）

江順詒

【宋人詞評】張文潛云：「方回樂府，妙絶一時，盛麗如游金張之堂，妖冶如攬嬙施之袪，幽索如屈、宋，悲壯如蘇、辛。」（《詞學集成》卷五）

姚文田等

【古蹟二】斗野亭：在邵伯鎮梵行院之側，宋熙寧二年建。《雍正志》。……蘇子瞻、子由及秦太虚、黄魯直、張文潛諸人，皆嘗觴於此，則以是爲一邑之勝。（《揚州府志》卷三十一）

【秩官】知揚州：張耒。建中靖國元年。（同上卷三十六）

黄爵滋

《次韻答張文潛惠寄》旂兒二韻，殊不自然。（《讀山谷詩集》正集五言古，下同）

《奉和文潛贈無咎篇末多見及以既見君子云胡不喜爲韻八首》（其四）晁、張二字率意露出，此病唐人所無。

《晁、張和答秦覯五言，予亦次韻》通篇理語，是宋人本色。

《次韻文潛同遊王舍人園》長篇排句太少，便覺不挺，亦以趁韻之故。

《以團茶、洮州緑石研贈無咎、文潛》此詩得李之神，得杜之骨。

《次韻文潛立春日三絶句》（其一）情餘於句，是七絶正宗。

曾國藩

《戲和文潛謝穆父松扇》山谷有《猩猩毛筆》詩，蓋亦穆父高麗所得。文潛體肥，故有「肉山」之譏。黄閒，弩名。（《求闕齋讀書録》卷十）

《以團茶洮州緑石研贈無咎、文潛》元祐元年十二月試太學録，張耒試太學正，晁補之並爲祕書省正字。所謂道山延閣，所謂此地，並指禁省館閣言之也。思齊，指宣仁太后，紫皇及訪落，並指哲宗也。

《武昌松風閣》山谷以崇寧元年壬午九月至鄂，東坡已於前一年辛巳死矣，故曰「東坡道人已沈泉」。文潛時謫黄州安置，尚未到黄，故曰「何時到眼前」。

《次韻文潛》淩江，即淩雲、淩波之類。韓詩：「遂淩大江極東陬。」任《注》云：「三豪當是東坡先生及范淳夫、秦少游，於時皆死矣。「有人」二句，謂安民修政，自有廟堂，諸人身任玆責，吾輩政可隱几學道，息諸妄念爾。末二句言賢愚邪正，久而自明，猶水清而石自見。（同上）

莫友芝

【宛丘集七十六卷　宋張耒撰】聚珍本。閩覆本，題《柯山集》五十卷。舊抄本，題《張右史集》六十五卷。《汲古閣目》：《張右史文集》六十卷。云世行《文潛集》僅十之五，《右史集》乃大全。明嘉靖中郝梁刊本，十七卷。知不足齋傳抄本，有八十二卷，最足也。（《郘亭知見傳本書目》卷十三）

高均儒

【張右史】《宋史·藝文志》：張耒《宛邱集》七十卷，《進卷》十二卷。按：《右史集》各本不同，宋周紫芝《跋》稱有《柯山集》，又《張右史集》七十卷，《張龍圖集》三十卷，胡應麟《筆叢》稱鈔本《柯山集》十六帙，《文獻通考》稱《柯山集》一百卷，王漁洋又有龍泉山人郝梁所刻《宛邱集跋》。今所見者，汲古閣本寥寥不全，内板聚珍本《柯山集》五十卷，中有同文館倡和詩，此外未見也。

右史弱冠第進士，歷官臨淮主簿，壽安尉，咸平丞，入爲太學録事。范純仁以館閣薦試，遷祕書正字，著作佐郎，祕書丞，著作郎，史館檢討。集中有元祐六年罷著作佐郎，充祕書丞，是歲仲冬復除著作郎。居館八年，擢起居舍人，知潤州，坐黨徙宣州，主管明道宮，謫監黃州酒稅。按《宋史》，主管明道宮在崇寧知汝州後，今考《節孝集》，後有宛邱一帖，内云：「耒向罷宣州，至京除管勾明道宮。今年閏月，忽謫監黃州酒稅。」是史誤也。又據右史《素絲堂記》，紹聖四年謫黃，徙復州。徽宗立，通判黃州，知兖州，召爲太常少卿，復知潁州、汝州。崇寧中，復坐黨落職，在潁聞東坡訃，爲舉哀行服，貶房州別駕，黃州安置。五年，得自便，居陳。晚監南嶽廟，主崇福宮，卒年六十一。建炎初，贈集英修撰，比較詳。《志》載太疎。《志》稱《宛邱集》七十六卷，則又一本也。鄒浩《道鄉集》有《張耒直龍圖閣知揚州制》。《揮麈前録》云：「建炎末贈張文潛爲直龍圖閣。」文潛生前，自起居舍人出，帶此銜甚久，亦有司稽考之失也。又《柯山集》有《赴亳州教官贈亳守晁美叔》詩，揚、亳二官《宋史》失載。集中有一《詩序》：「予元豐戊午自楚至宋，年二十有五。後十年，當元祐二年，再過宋都。」《與陳履常詩序》云：「二十五歲見南豐於山陽。」《書曾子固集後》云：「元豐元年，曾公守亳，道楚，拜公行次。」據此，是右史生至和元年，卒政和四年。而集中《祭劉貢父文》云：「維我與君，同年進士。」劉爲慶曆六年進士，在至和前十年，右史尚未生，此或代作也。《祭晁補之文》云：「公生癸巳，我長一歲。」「我長」是「長我」之誤。文中云「往刺於淮」指晁刺泗州，非吾郡。宋呼泗爲淮。

先生祖官閩。父由三司檢法官出仕吴江令，吴正憲贈詩云：「全吴好風景，之子去絃歌。夜犬驚胥少，秋鱸餉客多。縣樓疑海蜃，衙鼓答江鼉。遥想晨凫下，長橋正緑波。」王中父云：「乍被軒綏寵，新辭計省繁。三江吴故國，百里漢郎官。烟水蓴芽紫，霜天橘柚丹。優游民政外，風月即清歡。」又嘗從趙周翰學《易》。並見《明道雜志》，而名未見。惟據集中《投知己書》，知其歿於熙寧四年耳。又右史《祭李深之文》：「昔我先人，剛介峭峙，惟屯田君，則實同年。」《李深之墓誌》：「父餘慶，屯田郎中。」然則右史父亦進士第。

《老學庵筆記》稱：「右史三子，皆進士第。秬、秸在陳死於兵，和爲陝西教官，歸葬二兄，遇盗見殺，右史遂無後。」今考集中，有《種桃示秬》詩，《牡丹植圭竇示矩、秸、和》詩，《園花，秬病不能觀》詩，《北鄰賣餅兒警示秬、秸》詩，《圭竇菊開，秬出未歸》詩，又有《巴河詩與秬同賦》，是秬亦能詩。又有《掛虎圖於寢壁示秬、秠》詩，則右史殆不止三子也。《阿幾》詩：「小兒名阿幾，眉目頗疏朗。」又有《哭下殤》詩，不知誰殤誰幾。《祭李深之文》：「耒之兄弟，應舉姑蘇。」此當在吴江令任中。集中有《同七兄及崧上人墳莊還寺》

詩。外祖李少卿，譙令。舅氏李君甫。表弟李德載，名公輔，宣城令。

右史詩，《志》載未備，如《題洪澤亭》云：據此，亭至宋尚存。「三年淮海飄萍客，今日亭邊再艤舟。人似垂楊隨日老，事如流水幾時休。閑於萬事常難得，仕以爲生最拙謀。此世定知能幾至？皇皇奔走欲何求。」《淮上曉望》云：「酒醒窗明月半川，怯將病齒漱寒泉。樓西別有清秋色，一片淮山在曉烟。」《淮上觀冰下》云：「長淮千里群冰下，古岸枯槎黄葦枝。憶得天津橋上見，五門春動雪消時。」《淮陰》云：「蘆梢林葉雨蕭蕭，獨卧孤舟聽楚謡。生計飄然一搔首，西風沙上數歸潮。」《淮陰晚望》云：「蕭蕭衰柳來時路，了了桅檣西去船。白鳥歸飛夕陽盡，斷霞風約過平川。」《漣水》云：「孤舟逆水上，野静聞水聲。鷗飛不遠水，寒浪濺霜翎。夜氣岸兼木，夕光潭照星。長吟弄雙槳，知有卧龍驚。」《同袁思正諸公登楚州東園樓》云：「杖藜蕭颯對雲沙，白首逢春只嘆嗟。身老易傷千里目，眼驚又見一年花。地平曠野連雲直，天帶清淮向海斜。尚有風光供醉筆，我生詩酒是生涯。」

右史於藝無所不窺，山谷《次韻文潛休沐不出》詩：「墻東作瘦馬」，《注》：「文潛善畫馬。」是善畫也。董史《皇宋書録》中卷：「張耒字文潛，盤州《跋曾躬所藏草書》云：『張右史文名滿天下，而後之人不知其能書，觀此墨妙，真可以藏之十襲。』」是善書也。《直齋書録解題》：「張文潛醫書一卷，三十二方，號治風。」集中《食蟹》詩，《藥戒》文，《龐安常傳》皆根靈素。《東坡志林》引右史論目疾不可治數語。是善醫也。《焦氏筆乘》有右史《老子注》，《答徐仲車》詩：「我意與子殊，欲去依禪子。」是通二氏也。《澹山雜識》記右史喜飲酒，能及斗，呼酒器爲蠅子水心亭。是善飲也。《宋史》傳中論文語，係集中《答李推官書》。洪容齋在史館時，掇取入傳，見《容齋隨筆》。而元代修史沿之。右史在當時名滿天下，故《石林詩話》引「斜日兩竿眠犢晚，春波一眼去鳧寒。白頭青鬢隔存没，落日斷霞無古今。」《能改齋漫録》引「梧桐直不甘衰謝，數葉臨風尚有聲。」《困學紀聞》引《咏孔光》詩：「試問不言温室樹，如何休望董賢車。」《吕氏童蒙訓》引「城角冷吟霜」，「旱日白吹風」，「川鳴半夜雨」，「月照一天秋」。《欒城遺言》引「龍驚漢武英雄射，山笑秦皇汗漫遊。」《王直方詩話》引「漱井消午醉，掃花坐晚凉，衆緑結夏帷，老紅駐春妝。」《老學庵筆記》引《虎圖》詩：「坐令盜肉鼠，不敢窺白晝。」《侯鯖録》引《雪獅》詩：「想獅仰立，天無肺腸。」《滹南詩話》引「不用爲文送窮鬼，直須圖事祝錢神。」《竹坡詩話》引《蟄詩》：「論斤上國何曾飽，旅食江城日至前。」《墨莊漫録》引《木香》詩，《猗覺寮雜記》引《石竹》詩，《歸田詩話》引《中興頌》詩。《漁隱叢話》尤多，如：「鳥語悟實相，飯香悟真空。」「翠浪有聲黄帽動，東風無力彩旗垂。」「夜凉江海近，天闊斗牛微。」「天邊趙盾益可畏，水底武侯方醉眠。」「喜逢山色開眉黛，愁見江雲起砲車。」「新月已生飛鳥外，落霞更在夕陽西。」（《淮壖小記》卷二）

【楊道孚】右史詩稱楊念三監簿，又有一札稱司理三哥，以《紫微詩話》考之，是爲歷陽州法掾也。《詩話》云：「元符初，滎陽吕公吕公名希哲謫居歷陽，楊道孚爲州法掾。」（同上）

【楊吉老】宋時楊吉老，以醫鳴吾邑。……今以《柯山集》考之，亦右史甥也。（同上）

劉熙載

東坡之文工而易，觀其言「秦得吾工，張得吾易」，分明自作贊語。文潛卓識偉論過少游，然固在坡函蓋中。（《藝概》卷一）

沈　雄

【張耒宛丘詞】張耒字文潛，淮陽人，官起居舍人，蘇門四學士之一，有《宛丘集》。《堯山堂外紀》曰：張文潛十七歲作《函關賦》，從東坡游。元祐中，秘閣上巳集西池，張耒咏云：「翠浪無聲黄纈動，春風無力綵旌垂。」少游云：「簾幕千家錦繡垂。」同人笑曰：又將入小石調也。因文潛作大石調《風流子》故云。（《古今詞話·詞評上》）

陸增祥

【宋浯溪題刻】張耒詩高四尺，廣四尺四寸，詩十一行，行十三字，字徑一寸五分許，行書。跋五行，行廿二至廿四字不一，字徑寸許，正書。

右張耒詩，明代模刻，原石已亡矣。近時沈栗仲又書刻之。《永志·名勝》載此詩，「塵埃」作「氛埃」，「元功高名」誤作「元功高明」，「廢興」作「興廢」，「浯水」作「溪水」，皆當以石刻爲正。又案：王象之

《輿地碑記目·永州碑記》内，載秦少游《中興頌碑》，並録其詩，即此詩之首四句也。然則以此詩爲少游作者，當有所據。（《八瓊室金石補正》卷九十一）

徐時棟

【宋文鑑】宋儒論古人，多好爲迂刻之言。如蘇轍之論光武、昭烈，曾肇之論漢文，秦觀之論石慶，張耒之論邴吉，多非平情。孔子曰：「爾責於人，終無已時。」大抵皆坐此病。（《煙嶼樓讀書志》卷十六）

周學濬

【輿地略 水】四安溪：在長興縣南四十三里，源出四安山。……宋張耒有《溪道至四安鎮》詩。（《湖州府志》卷十一）

張兆棟、何紹基等

【藝文】張耒：《柯山集》一百卷，《醫書》一卷，《明道雜志》一卷，《詩説》一卷。（《山陽縣志》卷十八）

【古蹟】鎖外張耒集有《泊楚州鎖外詩》。《山陽志遺》按：城南一里有地名南鎖壩，或即其地。

望淮亭，在望雲門外，舊仁濟橋。張耒詩云：身如客雁寄汀洲，北望休登王粲樓。殘雪朔風驚歲晚，早梅新柳動春愁……（同上卷十九）

【雜記】張大寧，字嘉父，山陽人。登元豐八年第，治《春秋學》。……政和中爲司勳郎，張耒作《南山賦》贈之。（同上卷二十）

徐　嘉

【題蘇門六君子詩文集擬顔延年五君詠體·豫章集】元祐四學士，涪翁標逸塵。瑰瑋妙當世，瘦硬彌通神。雲龍敵韓、孟，天馬先秦、陳。西江啓詩派，垂輝亦千春。（《味静齋集》詩存卷八）

【宛邱集】文潛賦函關，後從潁濱學。健筆凌風騷，史館累超擢。詞壇風毛繼，黨籍蛾眉諑。晚效香山翁，載酒乃南嶽。（同上）

李慈銘

【唐宋元二十二家文　明葛鼒選】坐舟至倉橋街，以洋一元買得明人葛鼒所選《唐宋元二十二家文》一部。……宋十六家：韓魏公、范文正、司馬温公、范忠宣、鄒道鄉、二程合爲一家。李旴江、張文潛、黄山谷……（《越縵堂讀書記·文學》）

【古今歲時雜詠　宋蒲積中撰】閲宋人蒲積中所輯《古今歲時雜詠》鈔本，曹秋嶽藏書也。……積中字致龢，眉山人，其本末無可考。前有自序，言宋宣獻公所集《歲時雜詠》，前世以詩雄者俱在選中。然本朝如歐陽、蘇、黄，與夫荆公、聖俞、文潛、無已之流，逢時感慨，發爲辭章，端不在古人下，因擇今世之

詩以附之，名曰《古今歲時雜詠》。（同上）

闕名

【《宛丘先生文集》前記（手書）】舊影宋本計存二十五卷，爲小山堂藏本，墨筆校者爲樊榭老人，朱筆校者似朱朗齋筆，或歸振綺堂後所加也。文瑞樓格寫本計存目録十八卷，又目録二卷，乃瞿映山從知不足齋鮑氏借文瑞樓舊藏抄本重抄者，用文瑞樓格版以存其舊。朱筆皆映山手校。紀年甲辰，爲道光二十四年也。今補抄三十三卷，以成全璧。（《宛丘先生文集》卷首）

丁丙

【宛丘先生文集前記（手書）】《宛丘先生文集》七十六卷，《補遺》六卷，抄配舊本。按金星軺《文瑞樓書目》云：文潛《柯山集》，《讀書志》載有百卷，而行世之抄本衹六十五卷，名《右史集》。兹集宋子蔚如從其友人借鈔之本，比前本卷數略多，前後參差，訂爲七十六卷，又多《補遺》六卷，仍未符有百卷之數。此清吟閣瞿穎山從鮑以文借文瑞樓舊藏本，依式刊格，重爲抄校。兵燹後衹存一十八卷，目録二卷，配以小山堂藏舊影宋本。二十五卷中，有厲樊榭、朱朗齋校字，又補鈔三十三卷，以成全書，其《補遺》六卷，又缺其一。（《宛丘先生文集》卷首）

【明嘉靖本張文潛文集前記（手書）】起居舍人張耒文潛。前有嘉靖甲申江都馬駉序云：「龍渠子嘗得宋集本，取而刻之。蓋昔人選本，有文無詩。文潛慷慨豪雋，其論有取于漢武，蓋徵本朝兵弱，受侮二虜，它文蓋三致意焉。今疆宇全盛，遠過於宋，而兵弱虜驕，遠慮者所當切心。是集一出，異同機會之間，將無有起予者乎？」末有龍渠山人郝梁識云：「予刻《文潛集》，愛其文也。而紫泉之論，主於意。噫，予豈有是心哉！」按集中《慮遠》、《擇將》、《審戰》諸篇，《宛丘集》中所無。固知耒之文散佚者衆矣。（明嘉靖本《張文潛文集》卷首）

【清光緒抄本《張右史文集》前記（手書）】《張右史集》在南宋初已有四本：一十卷，一三十卷，一七十卷，一一百卷。此見於周紫芝《書譙郡先生文集後》者也。《四庫》所收爲七十六卷本，武英殿聚珍所印名《柯山集》，爲五十卷本。明時所刊爲十三卷本，而金氏《文瑞樓書目》七十六卷之外，又有《補遺》六卷，當爲最多之本歟？此本乃六十卷，按《汲古閣珍藏祕本書目》亦六十卷，注云：張耒世所行《文潛集》纔十之五。《右史集》乃稱大全。當時汲古斷非苟言耳。光緒庚寅七月二十日，八千卷樓丁炳記。（清光緒鈔本《張右史文集》卷首）

【紅藥山房鈔本《宛丘先生文集》前記（手書）】《宛邱先生文集》七十卷，《同文倡和》六卷。紅藥山房鈔本。張耒文潛。耒楚州淮陰人。舉進士，爲臨淮簿，壽安尉，咸平丞，召爲太學録。元祐初爲正字，遷著作郎，兼史院檢討，擢起居舍人，知潤州，徙宣州，責監黄州酒税，徙復州，起爲通判黄州，移知兗州，改知汝、潁兩州。再坐元祐黨，落職主管明道宮，又貶房州别駕，黄州安置。尋得自便，居陳州，主管崇福宮，年六十卒。按《文獻通考》，作《柯山集》一百卷，葉石林序。宛丘之名似出後人，彙集者所改。此抄本有傳無序，《四庫》著録者是也。後《同文集》，乃居館閣時倡和之作。同文諸人：鄧忠臣，字慎思，長沙人，熙寧三年進士，仕至考功郎。耿南仲，開封人，登第仕至尚書左丞門下侍郎。曹輔，字載德，南劍州人，中詞學兼茂科，仕至御史中丞，拜延康殿學士，簽書樞密院事，集中稱子方者，疑即輔。而《播芳文粹》：任正，一字子方，俟考。晁補之，字無咎，鉅野人，進士，歷禮部郎中。蔡肇，字天啓，丹陽人，進士第，歷中書舍人。李公麟，字伯時，舒州人，進士第，歷禮部侍郎，出知洪、宣二州。余幹，字樗年，見《播芳文粹》。商倚、柳子文、及名向、名益者，俱未有考。烏絲闌，版心有「紅藥山房鈔本」六字。（《宛丘先生文集》卷首）

【《蘇門六君子文粹》前記（手書）】《蘇門六君子文粹》七十卷，明刊本，不著編輯姓氏，或傳陳亮所輯，亦無確據。……其文皆從諸家集中録出，凡淮海十四卷，宛邱二十二卷，濟北二十一卷，……板刻雖在崇禎，而雕鏤出於武林，亦可珍也。前有雲間陳繼儒序，有曹氏巢南是亦樓藏書印，趙氏鑑藏諸册記。（《蘇門六君子文粹》卷首）

平步青

【古文觀瀾集集注（節録）】乙酉八月十八日《申報》載：林之奇《古文觀瀾集》與《文章軌範》、《古文關鍵》並稱。《宋史·藝文志》云六十三卷，此刻甲集二十五卷，乙集二十五卷，丙集二十卷，凡七十卷。……宋吕與叔《玉谿集》、《謝上蔡集》、《馬子才集》，見《文獻通考》者，今皆不傳，賴此存一二。房千

里、古之奇、張右史諸文，亦選家未載。（《霞外攟屑》卷六）

英啓等

【古蹟】柯山：在黄岡縣東定惠院南。宋潘大臨居此，稱柯山人。張耒謫黄，文集亦名《柯山集》。

洗墨池：在縣治南，宋蘇軾洗墨處。國朝康熙間，通判宋犖浚池置亭，移建雪堂於池東，竹樓於池西。爲祠祀宋王禹偁、蘇軾、張耒、秦觀，曰四賢祠。嵌元趙孟頫書「洗墨池」三字石刻於壁。

鴻軒：宋張耒初謫監黄州酒税，繼爲倅，復貶房州别駕，安置於黄，凡三至黄，建此以居。國朝王乃斌《鴻軒懷張文潛》詩：「一卷《柯山集》，千秋黨籍名。死生交誼重，得失宦途輕。輸麥邀鄰酒，浮雲慨帝京。欲尋三到處，江上雁鴻驚。」（《黄州府志》卷三）

【壇廟】蘇文忠祠：一在洗墨池。……一在赤壁。國朝宋犖記，仕而過黄，靡不言蘇子瞻、王元之，至於張文潛、秦少游，非其忘之，即不知之矣。（同上卷五）

【文苑】潘大臨，字邠老，性警敏不羈，以詩名於時，與蘇軾、黄庭堅、張耒、洪芻、徐俯輩遊。庭堅稱爲天下奇才。（同上卷十九）

陸心源

【柯山集跋】張文潛《柯山集》一百卷，久無完本。今所存者凡三：一爲《宛丘集》，凡七十六卷；一爲

《張右史大全集》，凡六十卷；一爲擺本《柯山集》，凡五十卷。七十六卷本不得見。余以插架所有《柯山集》及抄本《右史集》互勘，編次頗有異同，詩文無大出入。復以群書互勘，則可以補《柯山集》之缺者甚多。《蘇門六君子文粹》所選：《治術論》、《治原論》、《盡性論上》、《盡性論下》、《孔光論》、《正國語》、《至誠篇上》、《至誠篇下》、《衣冠篇》、《遠慮篇上》、《遠慮篇下》、《慎微篇上》、《慎微篇下》、《用民篇》、《廣財篇》、《力政篇》、《擇將篇上》、《擇將篇下》、《審戰篇》、《養卒篇》、《説道》、《説俗》、《説化》、《説經》、《説愛》、《進誠明説》、《齋説上》、《齋説下》、《上邵提舉書》、《再上邵提舉書》、《代高玘上彭器資書》、《上曾子固書》、《上唐運判書》、《上黄判監書》、《章蒙明發集序》、《詩·臣工傳》、《抑傳》、《桑柔傳》、《雲漢傳》、《崧高傳》、《江漢傳》、《常武傳》、《文王傳》，凡四十三篇，今本《柯山集》皆失收。《宋文選》卷三十，《進齋記》一首。《宋文鑑》卷二十，有《寄楊道孚》、《春日雜書》、《感遇》、《糴官粟有感》、《賀雨拜表》五首。卷廿二，有《種園》、《近清明》、《晨興》三首。卷廿八，有《桓武公》一首。《播芳大全》卷二，有《代辭丞相表》一首。杜大圭《名臣碑版録》中集卷三十四，有《晁補之墓志銘》一首。《歲時雜詠》卷二，有《新正》一首。卷四，《壬午正月望夜赴臨汝宿襄城》。卷八，《上元夜飲文安君誕辰》、《上元日早起贈同遊者》、《上元夜阻雪和景芳》三首。卷廿二，《夏至》、《入伏後一日》、《出伏寄潘十》、《伏暑日惟食粥一甌》四首。卷廿四，《六月二十三日夜行泊林篁港口》一首、《立秋後便凉示秬等》一首。卷廿七，《七月七日晚步園中》一首。卷三十一，《中秋柬贈仁公》一首。卷卅六，《九日懷道孚》、《和彥昭九日西湖會飲》二首。卷四十，《冬至後三日》三首、《冬至呈阿璉》、《廿六日》二首、

《冬至》一首。卷四十三,《三月五日大雪》、《三月六日馬令送花》、《三月十三日作時爲董氏欲爲堂東築宅》、《三月二十四日聞鶯》四首。卷四十四,《四月廿一日會潘何小酌》一首,《四月二十日》二首,《八月十一涼如十月》一首。卷四十五,《九月末風雨》、《初寒》二首,《十月十二日夜務宿寄内》一首,《九月末大風一日遂寒》二首。卷四十六,《十二月十一日早苦寒與婦酌酒》一首。《瀛奎律髓》卷三,《永甯遺興》一首。卷十一,《和應之盛夏》一首。卷十四,《晨起》一首。卷十五,《冬夜》一首。卷十六,《臘日晚步》五首,又《臘日》二首,又《臘日》五律之一。卷二十,《偶折梅數枝》一首。卷廿五,《寒食》七律,又《曉意》七律,卷廿六,《春日》一首。卷二十九,《正月二十日夢京師》、《晚泊襄邑》、《柘城道中》、《赴宣城守吴興道中》、《白羊道中》五律五首。卷卅九,《十二月十七日移病家居》七律三首。卷四十,《少年》五律一首。卷四十三,《歲晚有感》一首。《侯鯖録》有《贈營妓劉淑女》二首。《墨莊漫録》有《木香》一首。《西江詩話》有《輸麥行》一首。集及《文粹》皆無之。總計得文四十六首,詩七十一首。其他篇題字句之異,亦尚不少。未知七十六卷本何如耳。(《儀顧堂集》卷十八)

【張耒傳】張耒字文潛,楚州淮陰人。十三歲能爲文,十七時作《函關賦》,已傳人口。弱冠第進士,范純仁薦試祕書正字。紹聖初,以直龍圖閣知潤州。坐黨籍,徙宣州,謫監黄州酒税,徙復州。徽宗立,起爲通判黄州,歷知汝州。崇寧初,復坐黨籍落職,主管明道宫。耒在潁,聞蘇軾訃,爲舉哀行服。言者以爲言,遂貶房州别駕,安置於黄。五年得自便,居陳州。晚監南嶽廟,主管崇福宫,卒。建炎初,贈集英殿修撰。事蹟詳《宋史》本傳。(《元祐黨人傳》卷四)

【宛丘集跋】《宛丘先生文集》七十六卷，目録三卷，題曰「張耒文潛」。《四庫全書》著於録舊抄本。《郡齋讀書志》：《柯山集》一百卷。《直齋書録解題》：《宛丘集》七十卷，年譜一卷。又云：蜀本七十五卷。此本分卷與蜀本合，當從宋刊蜀本傳録者。卷一至卷三，賦。卷四至卷二十一，古詩。卷二十四至三十三，律詩。卷三十四至四十二，絶句。卷四十三至四十五，古樂府歌辭。卷四十六，騷。卷四十七，哀挽。卷四十八，表狀。卷四十九，啓。卷五十，祭文、祝文。卷五十一，贊、銘、偈、疏。卷五十二、五十三，題跋。卷五十四、五十五，記。卷五十六，序，卷五十七，講、説。卷五十八至六十五，論。卷六十六、六十七，書。卷六十八至七十，墓誌、傳。卷七十一至七十六，同文館唱和詩。以聚珍本《柯山集》互校，《柯山集》總計詩、騷一千陸百餘首，《宛丘集》二千一百餘首，多得詩五百餘首。文、賦則大略相同，惟多華陰楊君、晁無咎、田奉議、崔君、符夫人墓誌五首。又嘗見抄本《張右史集》六十卷，似更不及聚珍本。《柯山集》百卷本不可見，當以此本爲最備矣。《四庫》既收此集，聚珍版排印時不印此集，而印不全之《柯山集》，不可解。（《儀顧堂題跋》卷十一）

張佩綸

前如慶曆、後如元祐，皆史之所推爲主聖臣賢者，實則一味粉飾敷衍而已。……當時惟坡公洞達民情，深識國勢，如唐之贄皇、明之江陵一流，惜其猶染樂全、六一習氣，動喜安佚，而在朝不久。所收羅僅黄、張、晁、秦諸人，特詞客非大才。（《澗于日記》光緒己丑年二月初七日）

張文潛《柯山集·讀唐書四首》其論裴晋公、李衛公，以晋公中和，衛公矜才快意，故安危不同。此亦處世有得之言。然以晋公處宦者劉承偕長流、衛公誅郭誼爲説，則不甚相類。夫劉承偕有寵于母后，而劉悟以其監軍積侮爲言，其罪本不至於死也，斬之則傷母后之意，流之則足安藩鎮之心，是亦足矣。况度先請斬及云不能斬則流之，是逆揣憲宗之必不斬而始出于流也。此在度特無甚關係之事，不足以定其生平渾潞，乃武宗、衛公君臣一生作用。衛公云：劉稹小子，安知友誼。始教之而終賣稹，以求生平斬之。當藩鎮積重之後，不赦稹則足以杜子弟自爲留後之風，不赦誼則足以絶將佐相助爲虐之興。衛公權之熟矣。以爲求名而殺之，殆一孔之論也。獨牛僧孺自劉從諫滅而歎，衛公構成其往來之迹，近於抵陳報嫌，稍失雅量。然當日有無往來，亦難臆決。要之，晋公遇文宗，胡恩禮不替，衛公遇宣宗，故貶謫横加，氣運爲之，不關其處事之和與刻也。獨兩公於宦者均不敢稍示懲創，亦足見當時奄寺之横矣！（同上壬辰年九月初七日）

瞿　鏞

【宛丘先生文集七十六卷　舊鈔本】題：張耒文潛。此本編次分卷與今官刻《柯山集》五十卷本不同。卷一至三爲賦，卷四至二十一爲古詩，卷二十二至三十三爲律詩，卷三十四至四十二爲絶句，卷四十三至四十五爲古樂府歌詩，卷四十六爲騷，卷四十七爲哀挽，卷四十八爲表狀，卷四十九爲啓，卷五十爲文，卷五十一爲贊、銘、偈、疏，卷五十二、五十三爲題跋，卷五十四、五十五爲記，卷五十六爲序，卷五十七爲議説，卷五十八至六十五爲論，卷六十六、六十七爲書，卷六十八至七十爲墓誌與傳，卷七十一至七十六爲同文倡和。按《文獻通考》載，《柯山集》有一百卷，周紫芝所見亦有七十卷及百卷者。是本卷數雖增於官刻，而詩篇大略相同，惟文類中增多《新居上梁文》、《哭下殤文》二首。書簡類中增多《與陳三書》、《代范樞密答陳列書》、《與范十三元長書》三首。墓誌類中增多《華陰楊君墓誌》、《晁無咎墓誌銘》、《田奉議墓誌》、《崔君墓誌》、《符夫人墓誌》五首。至若《評書》、《評賈島詩》二首，兩本皆有，其實爲歐陽公作，編者譌入之也。官刻本《與魯直書》：「夫交者君子之所甚慎，而某」下有闕文。此本不闕，補録於左，以供好古者之校訂：「乃請之以書，而復以是望於人，亦少輕矣。惟某之誠心，其所素信，有過於面見者，故不復自疑。又嘗以謂：天下之物舉不能遁於至誠之外，顧某之不才，未必有能使魯直未嘗見而如見之者，然魯直又安能無動於吾誠乎？魯直以謂如何也？聞魯直於文章無所不能，而獨喜爲詩。某竊好之，然不足以望餘光。謹録其詩五十首，亦將以釣魯直之近作。顧投者薄矣，而求者甚重，故於介者之行也，歌《木瓜三章》以送之。漸寒，伏惟校讎之餘，爲道自愛。（《鐵琴銅劍樓藏書目録》卷二十）

【張文潛文集十三卷 明刊本】題：起居舍人張耒文潛撰。凡論十卷，雜著二卷，序記一卷，明郝梁刻，即胡應麟《筆叢》所載之本，猶出宋人鈔録，故廟諱皆有改字、減筆，較今刻《柯山集》增多文十餘篇，雖非完本，亦可貴也。有馬鮒序，郝梁跋，舊爲孫潛夫藏書。卷首有「孫潛之印」朱記（同上）

邵懿辰、邵章

【張耒明道雜志一卷】明顧氏文房小説刊本。此目及存目均未收。

【續録】《唐宋叢書》本。《學海類編》本。（《增訂四庫簡明目録標注》卷十四）

【宛丘集七十六卷　宋張耒撰。據周紫芝書譙郡先生文集後，知耒集在南宋之初已有四本：一本十卷，一本三十卷，一本七十卷，一本一百卷。此本與所記四本皆不合，疑後人以殘本重編。】聚珍板本作《柯山集》五十卷。鈔本題《張右史集》六十五卷。汲古閣目《張右史文集》六十卷，云世行《文潛集》僅十之五，《右史集》乃大全。明嘉靖中郝梁刊本十七卷。又明嘉靖甲申郝梁刻十三卷宋人選本。振綺堂有鈔本《張右史集》六十卷。許氏亦有鈔本。又蔣生沐有宋刊《張右史集》七十卷，精極。繡谷亭書録，《宛邱集》七十卷，《同文倡和》六卷，似即《庫目》七十六卷本也。云《文獻通考》作《柯山集》一百卷，葉石林序。宛邱之名，似出後人彙集者所改。又十三卷本内，亦有《宛邱集》中所無之文。

【續録】宋建安余騰夫刊本十卷，其文目與郝梁本同。南宋十卷本。南宋三十卷本，名《張龍圖集》，汪藻編。南宋七十卷本，名《張右史集》，有紹興十三年張表臣序。南宋百卷本，名《譙郡先生集》。知不足齋傳鈔本八十二卷，最足。（同上卷十五）

【聖宋文選三十二卷。不著編輯者名氏。據張邦基墨莊漫録，知爲北宋人所選。據其列歐陽修以下十四家，而不及三蘇，當爲徽宗時書。然有黄庭堅、張耒，豈黨籍中人，惟蘇氏文禁最嚴歟？……】路有鈔本。黄氏士禮居有宋刊本，半葉十六

行，行二十八字。振綺堂有曝書亭鈔本。竹垞從徐立齋所藏宋刊本傳鈔，未知黄氏所得即徐本否？（同上卷十九）

【蘇門六君子文粹七十卷】不著編輯者名氏，或題陳亮，無所據也。所録凡秦觀、張耒、晁補之、李廌、黄庭堅、陳師道六家之文。【崇禎六年新安胡仲修刊本。有刊本甚精。似與《三蘇文粹》同選合刻。

【續録】明刊本。傅沅叔有吴兔床舊藏汲古閣刊本。（同上）

王文進

【張右史文集六十卷】宋張耒撰。清謝浦泰手鈔本，附《補遺》，不分卷。半葉九行，行十七字。列傳首題曰：「太倉州浦泰心傳氏手鈔。」一行。

謝氏手跋曰：「余校閲《右史集》，既隨將集中所無者捱次鈔補，得宛丘原集詩文共一百六首，宛丘補卷又一百頁，另爲兩本，以附於《右史文集》之後，合之得十二本，以爲肥仙先生之全集云。時雍正己酉春三月二十三日，太倉謝浦泰心傳氏，識於王館之雨窗。」

細校《宛丘集》中所有而《右史集》所無者：古詩二百七十首，律詩二百三十三首，絶句七首，書二篇，墓誌五篇，《補遺》六卷，全無。《右史集》中所有、而《宛丘集》中所無者：不過古詩四首，律詩九首，《讀唐書》論第二條而已。但余此書，律詩已將《瀛奎律髓》内幾首參在内，亦不可不知。雍正己酉春三月，清明前二日，惺廛書時杏花初放，娱媚可愛，不覺與此書相輝映也。

有妻東謝氏家藏浦泰心傳，别字惺塵，「尚論堂鈔書老更癡」印。（《文禄堂訪書記》卷四）

【張文潛文集十三卷】清徐澹如據宋校明郝梁刻本，半葉十行，行十八字，白口，嘉靖甲申馬駉、郝梁序，書衣李氏題曰：《張文潛文集》十三卷，明嘉靖甲申刊本，吴方山、馮彦淵舊藏，徐澹如用宋建安刻十卷本校，盛鐸記。

徐氏手跋曰：「《張文潛文集》，亦名《宛丘集》。相傳南宋初已有四本：一本十卷，一本三十卷，一本七十卷，一本一百卷。國朝《四庫》所收之本，則又七十六卷。今余得此本十三卷，係虞山馮氏與吴氏兩家藏本，與所記上五本卷帙不同，想即胡氏應麟所見之本也。昨吴興書賈鄭甫田以宋建安余騰夫所刻、永嘉先生標注《張文潛文集》來，上有季滄葦與毛子晋圖書，書共十卷，與此本校對，篇目正同，惟分卷異，因知此本即南宋初十卷之本，後人亂其卷次耳。校正一通如右，俾不失宋本面目。篇中標注亦照建安本寫出，以便讀者。至字句異同，無論允否，並一一校注，不敢意爲去取，蓋校書之體例也，然賴以是正者也，居十之九並信古本之足貴。乙卯十二月初六日，姑餘徐葵識。」有姑蘇吴岫、馮彦淵讀書記，馮知十、徐葵、古潭州袁氏卧雪廬印。（同上）

黄　氏

【《風流子》（亭皋木葉下）】庾信詩：「閉户欲驅愁，愁終不肯去。斂迹欲避愁，愁已知人處。」文潛，淮陰人。第進士，歷官起居舍人。以直龍圖閣知潤州。坐黨籍，謫官。晚監南嶽廟，主管崇福宮。建炎初，贈集英殿修撰。曰「楚天晚」，必其監南嶽時作也。所云「至容，知安否」，憂主之心也。曰「分付東流」，愁豈隨流而去乎，亦與流俱長而已。（《蓼園詞評》）

延君壽

七古，……六一、介甫學韓，張文潛、晁無咎輩是學韓、歐、東坡。（《老生常談》）

孔常父在北宋時，亦是好手，其歌行體張文潛不能過也。（同上）

詩以有真氣爲主。曾記得張文潛《雜詩》句云：「興哀東坡公，將掩郟山墓。不能往一慟，名議真有負。可能金玉骨，亦逐黃壤腐。但恐已神仙，裂石終飛去。」又云：「我不知暑退，但覺衣汗乾。頗怪庭中天，湛然青以寬。」不襲唐人聲調，不落宋人習氣，居然好手，不可多得。（同上）

陳廷焯

【雲韶集中議論 節録】余初習倚聲，曾選古今詞二十六卷，得三千四百三十四首，名曰《雲韶集》。自今觀之，殊病蕪雜。然其中議論，亦有一二足採者。如云：「方回筆墨之妙，真乃一片化工。」又云：「張文潛謂方回詞『妖冶如攬嬙、施之袪，盛麗如入金、張之堂，幽索如屈、宋，悲壯如蘇、李』，此猶論其貌耳。若論其神，則如雲烟縹渺，不可方物。」（《白雨齋詞話》卷七）

【宋詞】北宋晏、歐、王、范諸家，規模前輩，益以才思。東坡出，而縱横排宕，掃盡纖浮；山谷崛强盤屈，

另開生面;張、晁則摇曳生姿,才不大而情勝。秦、柳則風流秀曼,風骨不高而詞勝。(《雲韶集》)

林　紓

【忌狂謬(節録)】祝枝山作《罪知録》,且歷詆韓、歐、蘇、曾六家之文,謂「韓論易而近偎,形矗而情霸,其氣輕,其口誇,其發疏躁。歐陽如人畢生持喪,終身不披衮繡。東坡更作偎浮,的爲利口,譁獷之氣,肆溢舌表,使人奔迸狂顛不息。……至于老泉、潁濱、秦、黄、晁、張,則尤不足齒數。」枝山之意,唯尊柳州。(《春覺齋論文·論文十六忌》)

陳　衍

【卷一按語】此録亦略如唐詩,分初、盛、中、晚。……今略區元豐、元祐以前爲初宋;由二元盡北宋爲盛宋,王、蘇、黄、陳、秦、晁、張具在焉,唐之李、杜、岑、高、龍標、右丞也。……(《宋詩精華録》卷一)

編者按:陳衍在《精華録》第二卷中選晁詩四首:《贈文潛甥楊克學文與可畫竹木詩》、《題廬山》、《遇赦北歸》、《貴溪在信州城南,其水西流七百里入江》。均未寫評語。只在篇末作總評曰:「晁、張得蘇之雋爽,而不得其雄駿。」(同上卷二)

【劍懷堂詩草叙(節録)】故開天、元和者,世所分唐宋詩之樞幹也。廬陵、宛陵、東坡、臨川、山谷、後山、無咎、文潛,岑、高、杜、韓、劉、白之變化也;簡齋、止齋、滄浪、四靈,王、孟、韋、柳之變化也。子孫雖肖祖父,未嘗骨肉間一一相似,一一化生,人類之進退由之,况非子孫,奚能刻意蕲肖之耶!(《石遺

室文集》卷九)

胡玉縉

【宛丘集七十六卷】《文獻通考》作《柯山集》一百卷，玆集少二十四卷。查慎行注《蘇軾詩》云：「嘗見耒詩二首，而今本無之。」考周紫芝《太倉稊米集》，有《書譙郡先生文集後》曰：「余頃得《柯山集》十卷於大梁羅仲洪家，已而又得《張龍圖集》三十卷於内相汪彦章家，已而又得《張右史集》七十卷於浙西漕臺，而先生之製作於是備矣。今又得《譙郡先生集》一百卷於四川轉運副使南陽井公之子晦之，然後知先生之詩文爲最多。……」云云。然則耒之文集，在南宋已非一本，其多寡亦復相懸，此本卷數與紫芝所記四本皆不合，又不知何時何人摭拾殘餘所編？宜其闕佚者頗夥。……又有嘉靖郝梁刊本文集十三卷，云：「集中《慮遠》、《擇將》、《審戰》諸篇，《宛丘集》中所無，固知耒之文散佚者衆矣。」玉縉案：郝本文集，吴氏《繡谷亭薰習録》作《文選》，云：「嘉靖甲申江都馬駙序，稱此係宋人選本，凡録文八十二首，論有《慮遠》云云。」丁説襲此。（《四庫全書總目提要補正》卷四十六）

李盛鐸

【張文潛文集十三卷 宋張耒撰】明刊本，明嘉靖刊本。徐葵據南宋建安余騰夫刻永嘉先生標注十卷本校並跋。末有龍渠山郝梁刊板志語。前有嘉靖甲申江都馬駙序。收藏有「吴岫」白文長方印。「馮知十印」、

「彥淵氏」兩白文方印，「馮彥淵讀書記」朱文方印，「馮氏藏書」朱文方印。有徐氏朱筆校，並手跋云：「張文潛文亦名《宛丘集》。相傳南宋初人，有四本：一本十卷，一本三十卷，一本七十卷，一本一百卷。國朝《四庫》所收之則又七十六卷。今余得此本十三卷，係虞山馮氏與吴氏兩家藏本，與所記上五本卷帙不同，想即胡應麟所見之本也。昨吴興書賈鄭甫田以宋建安余騰夫所刊永嘉先生標注《張文潛文集》來，上有『季滄葦』與『毛子晋圖書』書印，共十卷。與此本校對，篇目正同，惟分卷異。因知此本即南宋初十卷之本，後人亂其卷次耳。校正一過如右，俾不失宋本面目。篇中標注亦照建安本寫出，以便讀者。至字句異同，無論允否，並一一校出，不敢意爲去取，蓋校書之體例也。然賴以是正者已居十之九，益信古本之足貴。乙卯十二月初六日姑餘徐葵識。」下有「徐葵」二字聯珠印，又「臣葵」白文，「澹如」朱文二長方印。（《木樨軒藏書題記及書録·書録》卷四）

朱撰卿、高景祺等

【人物】李宗易，字簡夫，少好學，詩仿白樂天。慶曆間歷諸部，官至太常少卿，得微疾輒乞歸。所與交游多名士，晏元獻殊知之尤深。優游林泉者十六年。陳人種花有洛陽風，宗易觴詠其間。蘇轍爲宛邱博士時，與之游，見轍所作《李簡夫少卿詩集引》。仲子君武，以武舉中第。孫公輔，宣德郎。（《淮陽縣志》卷十二）

編者按：李宗易乃張耒之外祖父。

傅增湘

【校柯山集跋】《宛丘集》世傳卷數最爲參差，聚珍本題《柯山集》五十卷，明嘉靖本題《張文潛文集》十三卷，鈔本題《張右史文集》。有八十二卷者，知不足齋藏。有六十五卷者，有六十卷者，涵芬樓藏本，余在蘇州亦見一本。而《四庫》著録又爲七十六卷。至汪藻所編《張龍閣集》三十卷本，周紫芝所稱《譙郡先生集》百卷本，今已不可得見，蓋編刻之時地不同，傳録之源流遂異。秋間自温州墨香簃寄來舊鈔本，存四十三卷，十行十七字，有「紅豆後人」印，因其寫手頗舊，又卷數特異，遂以廉值收之，固知爲未完本也。暇時取廣雅局翻聚珍本一校，大要視刻本詩僅得十之六、七，古樂府、歌辭三卷，同文倡和集二卷皆不載。文僅得十之三、四，然勘讀一過，則佳處乃不可枚舉。撮其大者言之，如：卷六《西山寒溪》詩，題下脱「一本云挈家同潘郎游寒溪西山二寺并寄邠老書齋名也」小注二十三字；詩中第二聯下，脱「山蹊并修澗，嘉木開蒲蓮」一聯；「石磴相牽攀」下，脱「迎客窮道人，俯僂鬢眉斑」一聯。卷十三《送邵郎中》詩後脱「同州石鏉餅中州作鱠虀甚貴之」小注十三字。卷二十《書寺中所見》三首，脱「閑裏光陰最好，病中談笑無多，夢幻世間種種，《楞嚴》卷裏消磨」一首。卷三十二《論法》下，「嗚呼！治天下之難也」，意與上文不屬，不知乃别爲一篇，脱去題目「治術」二字也。卷三十四，《憫刑》下「夫犯天下之所惡」下，脱「吾報之以所惡」六字。卷三十五《秦論》「大率十年間耳」句下，脱「秦明法立政，以經營天下且數世矣。至於始皇之時，六國大抵皆消沮」二十七字；《魏晋論》「諸侯不敢」下，脱「侮焉，此以名節爲重也。齊桓公兵車徜徉天下，而諸侯不敢」二十三字；《晉論》「晉之不亡何也」下，脱「夫晉之不亡，是幸而至於敗，而遂成其業者也」十九字；「敗於分之不正也」下，脱「夫好博者不皆貧也，然謂博可爲而不貧，則不可。其言固天下之理也」二十七字；《唐論》上「故唐之患」下，脱「不起於僖、昭之間，而起於天寶之際節度之强」十八字；《五代論》「皆智士也」下，脱「可以言志，而時君」七字；「立晋者契丹也」句下，脱「若二人之見亦明矣」八字；「三見而一用」句下，脱「故惟李穀獨有功」七字；「天下何嘗無士哉」句下，脱「有而不可爲者，獨患不能用耳」十二字。卷三十六《陳軫論》，「不能補其所不及」句下，脱「秦以客死，儀以逃，魏其」九字；「負天下之責」句下，脱「從則任天下之咎故」八字。卷三十八《陳湯論》「立功者又寡」句下，脱「匈奴之衰乃五分其國，而其賞則未有二單于也」十九字；論尾「凡若此而已」下八十一字，與原文截然不同。《拾遺》卷七，《遠慮篇》下，「小不恥見用於大」句下，脱二十行一百八十一字，文繁不備載。其片詞隻句，賴以補正者，更不可勝計。此外古、近體詩爲聚珍本所佚，且爲《拾遺》所不及者，都四十四首，咸繕録於卷末。考《拾遺》十二卷，爲廣雅覆刻時采別本《宛丘集》、《宛丘文粹》而成，又益以《墨莊漫録》、《歲時雜詠》、《瀛奎律髓》諸書所載，搜輯可云勤矣，孰意此殘缺不完之本，其裨益竟若是乎！倘得完帙，更加校録，所獲宜不止此。

嗚呼！古今才俊，著作如林，八史經籍，流傳有數，或目存而篇帙已湮，或僅存而名字莫舉。若宛丘者，著籍蘇門，登名祕庫，可云幸矣，而文字訛奪，彌望榛蕪，爬梳釐革之功，更待之數百年之後，寧不重可喟慨哉！故余勘書之旨，於刻本之孤行，名氏之不顯者，特致意焉。「冠蓋滿京華，斯人獨憔

悴。」欲奮丹鉛之力，爲九原一吐其鬱伊耳！歲在乙丑祀竈日，識於藏園之龍龕精舍。（《藏園群書題記》卷十四）

【校宋本永嘉先生標注張文潛集跋】德化李椒微師藏明郝梁刻《張文潛文集》十三卷本，經吴人徐葵手校，所據爲宋建安余騰夫所刊永嘉先生標注本。余從秋浦周叔弢許展轉假出，取廣雅局覆聚珍本勘之，其文字殊異，不可勝記。余方臨校三卷，而來書促還。旋幸浼叔弢長君爲續校終卷見寄。今日移硯北海，坐抱素書屋，竭一日之力，移録訖功。標注本録文凡八十一首，分爲十卷，視郝梁本卷數雖異，而文之篇目悉符，始知郝氏所出正從此本，而析其卷第耳。其《進論》、《遠慮》等五首及《進齋記》一首爲聚珍本所無，而廣雅覆刻已據《宛丘文粹》增入，故得以悉加點勘。其差舛最巨者，爲《治術》一首，聚珍本誤與《論法下》合爲一篇，《秦論》脱文二十七字，《魏晋論》脱三十三字，《晋論》脱四十八字，《五代論》脱三十七字，《陳軫論》脱二十三字，《陳湯論》脱一百十字，《遠慮篇》至失去一葉，脱文多至三百六十餘字，皆賴宋本補正之。凡所增改之處，與余昔年所校舊鈔本者八九合焉，蓋《柯山文集》歷年來凡三校矣。兹將宋本目録鈔存於左，俾後人得見舊刊面目，而徐氏手跋亦附著之，藉可考見《宛丘集》各本之源委焉。戊寅五月二十二日，沅叔書於瓊島北岸之鏡清齋。宋本目録别存於校本中。（同上）

【校本張文潛文集跋】此集祇十三卷，明嘉靖甲申龍渠山人郝梁刊本，半葉十行，行十八字。前有江都馬駉序，言龍渠子得宋集本，取而刻置山房，是集蓋昔人選本，有文無詩云。今觀所録，祇論説雜著八十二首，視本集之文亦不盡備，知所言出於選本者，殆可信矣。兹帙爲椒微師所藏，歷藏吴方山、馮彦淵諸家，經姑蘇徐葵澹如校勘，所據爲宋建安余騰夫本，余氏原本分十卷，題「永嘉先生標注」，則亦坊賈選録，以備場屋揣摩之用耳。據徐氏跋語，宋本篇目與郝本正同，而分卷殊異，知郝氏所得宋刻當即余本，第必欲改定其卷第，殊費人索解也。每文咸撮舉大意一二語，記於題下，意即所謂標注者耶！余舊有郝氏本，前歲以易書斥去，今猝不可獲，因以聚珍本校其文字異同，而别寫十卷目録附後，以存宋本舊觀，庶後人有所考焉。徐君生平年代無可考，其跋録之左方。丁丑十二月十七日，藏園書。（同上）

【宛丘集七十四卷　宋張耒撰　缺卷三十八至五十】明謝肇淛小草齋寫本。（癸丑）（《藏園群書經眼録》卷十三，下同）

【宛丘先生文集七十六卷　宋張耒撰，存四十三卷】清寫本，十行十七字。鈐有「紅豆後人印」。余嘗以校聚珍本，補脱文訛字極夥，補佚詩四十四首，不意此區區殘帙俾益若是之鉅也。

忠謨謹按：此書先君别有跋，收入《藏園群書題記續集》卷四。

【張右史文集三十卷　宋張耒撰】舊寫本，九行十七字。前録《宋史列傳》。鈐有「翰林院印」大官印、又「臣昀私印」、「曉嵐」二印。

【張右史文集六十卷　宋張耒撰】舊寫本，九行十七字。鈐有「笥河府君遺藏書籍」、「嘉蔭簃藏書印」、「海源閣印」。《楹書隅録》未著録。（海源閣遺籍，庚午見。）

【張文潛文集十三卷　宋張耒撰】宋刊本校于明嘉靖郝梁刊本上，宋本卷目列後：卷一《進論》五篇：遠慮上下、擇將上下、審戰。卷二《論》七篇：本治論上下、敦俗、用大、知人、馭相、將。卷三《論》六篇：憫刑上下、法制、論法上下、治術。卷四《論》七篇：禮論三篇、秦、漢文帝、景帝、魏晉。卷五《論》七篇：晉論、唐論上中下、明皇、代宗、德宗。卷六《論》九篇：五代、莊宗、子産、魯仲連、樂毅、吴起、陳軫、應侯、商君。卷七《論》十篇：子房、蕭何、陳平、田横、魏豹彭越、陳平周勃、衛青、司馬相如、司馬遷上下。卷八《論》十一篇：丙吉、陳湯、趙充國、王鄭、張華、王導、屈突通、韓愈、裴守真、李郭、李德裕。卷九《雜著》十篇：藥戒、讀唐書、讀韓信傳、讀南越傳、讀楚甘公説、題賈長卿續高彦休讀白樂天事、書宋齊丘化書後、老子義、書韓退之傳後、書吐蕃傳後。卷十《雜著》十篇：續鄒陽傳、游俠、諱言、敢言、秘丞章蒙明發集序、賀方回樂府序、送李端叔赴定州序、李德載字序、進齋記、冀州州學記。(余藏，丙辰)

瞿良士

【宛丘先生文集七十六卷　舊鈔本】《老學庵筆記》：「張文潛三子，秬、秸、和，皆中進士第，秬、秸在陳死於兵，和爲陜府教授，歸葬二兄，復遇盗見殺，文潛遂無後，可哀也。」(《鐵琴銅劍樓藏書題跋集録》卷四)

余嘉錫

張文潛六十一　耒　生皇祐四年壬辰　卒政和二年壬辰

《東都事略》作六十。據《秦少游年譜》，文潛與子由，俱以壬辰歲卒。

案：《少游年譜》，乃秦小峴瀛所重編，刻成後以示錢氏者。錢氏有跋一首，附刻譜後，潛研堂文集未收。今未見原刻本。道光十七年，高郵王敬之等重刻《淮海集》，取年譜附入卷首，删節甚多。錢氏所引文潛與子由同歲卒一條，已削去，不知其説云何。考《宋史》本傳雖不載卒年，然嘗云：「時二蘇及黄庭堅、晁補之輩相繼殁，耒獨存，士人就學者衆，分日載酒肴飲食之。」衢本《郡齋讀書志》卷十九，亦曰：「元祐中，蘇氏兄弟以文章倡天下，號長公、少公，其門人號四學士。文潛，少公客也，諸人多早殁，文潛獨後亡，故詩文傳於世者尤多。」夫曰獨存，曰後亡，則文潛必不與子由俱殁於先後數月之間亦明矣。《少游年譜》不足爲據。檢《張右史集》卷二十六，有詩題云：「余元豐戊午歲，自楚至宋，由柘城至福昌，年二十有五。後十年，當元祐二年，再過宋都，追感存殁，悵然有懷。」以此推之，當生於至和元年甲午，卒於政和四年甲午，後於子由之殁二年，與《宋史》正合。（《余嘉錫論學雜著·疑年録稽疑》）

段朝端

《節孝先生文集》卷三《感秋和張文潛》云：「而况西郭交，年將屈五指」……蓋先生居西城時，與文潛鄰。張之官赴洛，故先生思之不置也。文潛生至和元年，少先生二十六歲。（《徐集小箋》卷上）

倪爲山陽令，與先生唱和尤多。卷四《贈倪敦復》云：「北軒主人吴中清，所居才乂皆有名。」秦觀《淮海集》、張耒《柯山集》，皆有題倪敦復北軒詩。（同上卷中）

張右史於先生爲鄉里後進，服膺最至。《柯山集》屢有投贈之作。而《冬懷二首》之一云：「山陽賢者有徐子，親没十年哀不已。精誠感天天爲愁，甘露常霑墳樹枝。……」此數語能將先生爲人曲曲寫出，知之深故言之切也。（同上卷下）

莫伯驥

【張文潛文集十三卷 明刻本，毛子晋、方柳橋舊藏】前題起居舍人張耒著。耒字文潛，楚州淮陰人。……前有嘉靖甲申江都馬駉序……末有龍渠山人郝梁識。梁江都人，曾刊揚子《太玄經》者也。護葉有巴陵方氏墨筆題記云：「謹按：《欽定四庫全書總目提要》，《張宛丘集》在南宋初已有四本，一本十卷，一本三十卷，一本七十卷，一本一百卷。另胡應麟之本有十三卷，此本明人所刻，適十三卷，殆與胡氏所見之本同。前有毛子晋圖記，雖與《四庫》所收七十六卷本不同，然亦希有之册。伯驥按此十三卷本，内《慮遠》、《擇將》、《審戰》諸篇，七十卷之《宛丘集》中無此文，此可證文潛遺稿散佚者不尠。」方氏所云，僅就卷數而數之，未及其内容也。半葉十行，行十八字，有毛子晋、方柳橋藏章。（《五十萬卷樓藏書目録初編》卷十六）

田毓璠

【柯山集序】曩讀《東湖叢記》，内載宋紹興刊本《張右史集序》一首。序爲單父張表臣作。表臣於右史爲後輩，年十七猶獲見右史於陳，生平篤嗜其文字。念黄、秦諸集皆次第行世，右史獨否，緣其家子弟死兵火，無纂萃而詮次之者，遂慨然任其役，搜羅至二千七百餘篇，定卷七十。今此集不可復見，睠懷古册，心嚮往之矣！邇來周太史蘅圃以志餘之貲，謀鋟張集，屬覓善本，因假段蔗丈所藏粤本《柯山集》閲之，《正集》五十卷，前列《四庫提要》語，無序。《拾遺》十二卷，從《宛丘集》、《宛丘文粹》諸本採輯之者，統計詩文近二千七百篇，視紹興本無甚差池。惟《詩傳》七篇，藉經義以規切時政，與《詩説》同一用意，是最有關係文字，而張表臣序目遺之。然則紹興本亦未可謂大全，而近人之搜羅又安見其不古若也。即以段藏本付梓，並以吾友邵君叔武所編《年譜》附焉。嗣後續刊《楚州叢書》二集，當補刻《明道雜志》，庶右史之著作可覩其備。此則有志未逮之事，俟諸異日可耳。乙丑仲冬下澣，後學田毓璠序。（《柯山集》卷首）

趙萬里

【校輯柯山詩餘】案《張右史集》，傳世者以七十六卷本爲最足，然亦不附詩餘。兹於《樂府雅詞》、《梅苑》、《能改齋漫録》諸書輯得六首如下。至《詞統》所引《阿那曲》、《荷花詞》，則七言絶句體，未敢攔入。萬里記。

《減字木蘭花》箇人風味，只有江梅《樂府雅詞》作梅花。些子似。每到開時，滿眼清《雅詞》作春。愁只自知。霞裾《雅詞》作裙。仙珮，姑射神人《雅詞》作仙。風露態。蜂蝶休忙，不與春風一點香。《梅苑》九，

《樂府雅詞拾遺》上。

《秋蕊香》 簾幕疎疎風透，一線香飄金獸。朱欄倚遍黄昏後，廊上月華如晝。 别離滋味濃於酒，著人瘦。此情不及牆東柳，春色年年如舊。《能改齋漫録》十七，《論綜》六，《歷代詩餘》十七。

《少年遊》含羞倚醉不成歌，纖手掩香羅。偎花映燭，偷情深意，酒思入横波。 看朱成碧心迷《詞律》作還。亂，翻《詞律》無翻字，《歷代詩餘》同。脉脉斂雙蛾。相見時稀隔别多，又春盡奈愁何。《能改齋漫録》、《詞綜》，《詞律》五，《歷代詩餘》二十二。

《鷓鴣天》傾蓋相逢汝水濱，須知見面過聞名。馬頭雖去過千里，酒盞才傾且百分。 喏得失，一微塵，莫教冰炭損精神。北扉西禁須公等，金榜當年第一人。《樂府雅詞拾遺》上。

《滿庭芳》裂楮裁筠，虚明瀟灑，製成方丈屠蘇。草蒲團坐，中置一山鑪。拙似春林鳩宿，易于□秋野鶉居。誰相對，時煩孟婦，石鼎煮寒蔬。 嗟吁。人生隨分足。風雲□□庫本《雅詞》作際會。□□庫本《雅詞》作漫付。伸舒。且偷取閒時，向此躊躇。謾□庫本《雅詞》作欲取。□庫本《雅詞》作黄。金建厦，繁華夢畢竟空虚。爭如且寒□庫本《雅詞》作村。厨火，湯餅一齋盂。同上

《風流子》《花庵詞選》題作《秋思》，《類編草堂詩餘》、《花草粹編》並同。 木葉亭皐《花庵》作亭皐，木葉《草堂詩餘》、《圖譜》、《粹編》、《詞綜》、《詞律》、《歷代詩餘》、《詞譜》並同。下，重陽近，又是擣衣秋。奈愁入庾腸，老侵潘鬢，謾簪黄菊，花也應羞。楚天晚，白蘋煙盡處，紅蓼水邊頭。芳草有情，夕陽無語，雁横南浦，人倚西樓。 玉容知安否，香牋共錦字，兩處悠悠，空恨碧《詞譜》作白。雲離合，青鳥沉浮。向風前懊惱，芳心一點，

寸眉兩葉，禁甚閑愁。情到不堪言處，分付東流。《樂府雅詞拾遺》下，……《詩餘圖譜》三，《花草粹編》十二，《詞譜》二。（《校輯宋金元人詞》）

王智勇

【張右史文集　六十五卷（缺五卷）　張耒撰】張耒（一〇五四——一一一四）字文潛，號柯山，世稱宛丘先生，楚州淮陰（今安徽亳縣）人。幼穎異，弱冠第進士，歷臨淮主簿、壽安尉、咸平縣丞。入爲太學録，遷秘書省正字、著作佐郎、史館檢討。擢起居舍人，以直龍圖閣知潤州。坐黨籍徙宣州，謫黄州酒税，徙復州。徽宗立，起爲通判黄州，知兖州，召爲太常少卿。復出知潁州、汝州。崇寧初，坐黨籍落職，貶房州别駕，安置於黄州。耒筆力雄長，於騷詞尤善，少以文章受知於蘇軾兄弟，爲蘇門四學士之一。《宋史》卷四百四十四有傳。

張耒詩文甚富，其集有稿本，有刊本，編次不一，故各以所得結集流傳。據汪藻《柯山張文潛集書後》、張表臣《張右史文集序》、周紫芝《書譙郡先生文集後》，可知宋代張耒文集版本有五：《鴻軒集》，卷數不詳，收居復州時之作；《柯山集》十卷，收居黄州時之作；《張龍閣集》三十卷，汪藻編，收詩一千一百六十四首、文一百八十四篇；《張右史集》七十卷，張表臣編，收詩文二千七百餘篇；《譙郡先生集》一百卷，井度編，周紫芝據《柯山集》、《張龍閣集》、《張右史集》補，當爲張集最完備者。然據衢本《郡齋讀書志》卷十九、《直齋書録解題》卷十七、《文獻通考》卷二百三十七及《宋史·藝文志》，知宋代刊行本至少有百卷本、七十五卷本、七十卷本。至明、清，張集刊本與鈔本的卷帙與宋人著録又皆不同，根據傅增湘《校宛丘集跋》所云，有聚珍版五十卷本，有明嘉靖十三卷本，鈔本中有八十二卷本，有六十五卷本，有六十卷本，又有《四庫》著録之七十六卷（實爲五十卷）本。而今存張耒文集，以書名分有四：一爲《宛丘先生文集》，有七十六卷本、四十一卷本；一爲《張右史文集》，有六十五卷本、六十卷本，有明鈔本三部，清鈔本一部；一爲《柯山集》五十卷本；一爲《張文潛文集》十三卷本。

本叢刊所收之明鈔本《張右史文集》，從卷末萬曆四十四年清常道人趙琦美跋中可知，此鈔本爲趙氏鈔校拼湊若干殘帙而成，中有由宋刻鈔出者。又書前有咸豐七年五月翁同書識語，云「購得《右史集》十五册，末有吾邑趙琦美跋，知此本係琦美攟拾而成，脱落已甚。原缺二十二卷至二十四卷及三十三卷，今又缺第十二册五十卷至五十三卷。」「首葉有一印，曰『海虞陵秋家藏』。蓋吾邑士人從清常道人家傳録者。」末附《宋史》本傳。此本與《四庫全書》本及《武英殿聚珍版叢書》本所收張集卷帙、編次均有異，爲張集衆多版本之一種，雖有奪漏，仍古舊可珍。（明鈔本卷首）

【宛丘先生文集　七十六卷　張耒撰】張耒行迹及文集版刻源流已見前述。其文集有稿本，有刊本，編次不一，故各以所得結集流傳，《四庫全書總目》卷一百五十四《宛丘集》提要云「耒之文集，在南宋已非一本，其多寡亦復相懸」，其説誠是。從前述張耒文集的版本系統中可知，《宛丘先生文集》七十六卷本爲現存張耒文集中卷帙最多之本，其中又有明鈔、清鈔之異，而康熙呂無隱鈔本有二部，皆卷帙完整。考《四部叢刊》本收張耒文集爲六十卷本，名《張右史文集》；《武英殿聚珍版叢書》所收爲五十卷本，名《柯山集》；《四庫總目》云其著録爲七十六卷本，名《宛丘集》，王重民《中國善本書提要》著録明謝氏小草齋鈔本《宛丘先生文集》，亦云「此即《四庫》著録之本，全書七十六卷，此闕卷三十八至五十。」然考文淵閣《四庫全書》，其所收實爲五十卷本，名《柯山集》，與本叢刊所選之吕無隱鈔本不但書名有異，且卷帙多寡亦極懸殊，可見二者並非出自同一系統。此本可補通行叢書中張耒文集無七十六卷本之不足。本書前有《宛丘先生傳》，當鈔自《東都事略》本傳；傳後有《目録》上下二卷。

（清康熙吕無隱鈔本卷首）

附録一

張耒著作善本著録

臺北故宫博物院著録

【張太史明道雜志一卷】宋張耒撰。明嘉靖間刊本《顧氏文房小説》之一。

【明道雜志一卷續一卷】宋張耒撰。清乾隆間《四庫全書》本《説郛》之一。

【明道雜志一卷續一卷】宋張耒撰。清道光十一年六安晁氏活字本《學海類編》之一。（《國立故宫博物院善本舊籍總目·子部小説家類》）

【張文潛文集十三卷】宋張耒撰。明嘉靖甲申（三年）郝梁刊本。二册。

【柯山集五十卷】宋張耒撰。清乾隆間寫文淵閣《四庫全書》本。十二册。

【柯山集五十卷】宋張耒撰。清乾隆間武英殿聚珍本。二十四册。

【宛丘文粹二十二卷】宋張耒撰。清乾隆間《四庫全書本·蘇門六君子文粹》之一。

【宛丘詩鈔一卷】宋張耒撰。清康熙吴氏原刊本及清乾隆《四庫全書》、《四庫全書薈要本·宋詩鈔》之一。（同上集部别集類）

北京圖書館著録

【宛丘先生文集七十六卷】宋張耒撰。清康熙吕無隱抄本。十册。

【張右史文集六十五卷】宋張耒撰。明萬曆趙琦美抄本。趙琦美校並跋。翁心存校。翁同龢跋。十五册。存五十六卷。一至二十，二十五至三十二，三十四至四十九，五十四至六十五。

【張右史文集六十五卷】宋張耒撰。明抄本，翁心存校並跋。十六册。

【張右史文集六十卷】宋張耒撰。明抄本（卷一至三十配清抄本）。十二册。

【張右史文集六十卷】宋張耒撰。清抄本。二十册。

【柯山集五十卷拾遺十二卷】宋張耒撰。清光緒二十五年廣雅書局刻聚珍版叢書本，傅增湘校補並跋。十一册。

【張文潛文集十三卷】宋張耒撰。明嘉靖三年郝梁刻本，四册。

【張文潛文集十三卷】宋張耒撰。明嘉靖三年郝梁刻本，胡連玉校並跋。二册。（《北京圖書館善本書目·集部上》）

附録二

《宋史》張耒傳

張耒字文潛，楚州淮陰人。幼穎異，十三歲能爲文，十七時作《函關賦》，已傳人口。游學於陳，學官蘇轍愛之，因得從軾游，軾亦深知之，稱其文汪洋沖澹，有一倡三歎之聲。

弱冠第進士，歷臨淮主簿、壽安尉、咸平縣丞。入爲太學録，范純仁以館閣薦試，遷祕書省正字、著作佐郎、祕書丞、著作郎、史館檢討。居三館八年，顧義自守，泊如也。擢起居舍人。紹聖初，請郡，以直龍圖閣知潤州。坐黨籍徙宣州，謫監黄州酒税，徙復州。徽宗立，起爲通判黄州，知兗州，召爲太常少卿，甫數月，復出知潁、汝二州。崇寧初，復坐黨籍落職，主管明道宫。初，耒在潁，聞蘇軾訃，爲舉哀行服，言者以爲言，遂貶房州别駕，安置於黄。五年，得自便，居陳州。

耒儀觀甚偉，有雄才，筆力絶健，於騷詞尤長。時二蘇及黄庭堅、晁補之輩相繼没，耒獨存，士人就學者衆，分日載酒殽飲食之。誨人作文以理爲主，嘗著論云：「自六經以下，至於諸子百氏騷人辯士論述，大抵皆將以爲寓理之具也。故學文之端，急於明理，如知文而不務理，求文之工，世未嘗有也。夫決水於江、河、淮、海也，順道而行，滔滔汩汩，日夜不止，衝砥柱，絶吕梁，放於江湖而納之海，其舒爲淪漣，鼓爲波濤，激之爲風飆，怒之爲雷霆，蛟龍魚鱉，噴薄出没，是水之奇變也。水之初，豈若是哉！順道而決之，因其所遇而變生焉。溝瀆東決而西竭，下滿而上虚，日夜激之，欲見其奇，彼其所至者，蛙蛭之玩耳。江、河、淮、海之水，理達之文也，不求奇而奇至矣。激溝瀆而求水之奇，此無見於理，而欲以言語句讀爲奇，反覆咀嚼，卒亦無有，文之陋也。」學者以爲至言。作詩晚歲益務平淡，效白居易體，而樂府效張籍。

久於投閑，家益貧，郡守翟汝文欲爲買公田，謝不取。晚監南嶽廟，主管崇福宫。卒，年六十一。建炎初，贈集英殿修撰。（《宋史》卷四百四十四）

附録三

張文潛先生年譜

淮安山陽邵祖壽叔武編

杭大宗曰：「年譜之作，其當有宋之世耶？自一二鉅公長德大集流布，後人景仰其休風，即其所著，按其行事，年經而月緯之。吴仁傑之譜靖節、少陵，吕大防、洪興祖之譜昌黎，文安禮之譜柳州是矣。」又曰：「年譜即世家之體，較之遺事、行狀尤嚴，以其德業崇閎、文章彪炳，始克足以當此。未有以草亡木卒之人，而可施之以編年紀月之法者也。」張文潛先生爲「蘇門四學士」之一，其年譜一卷，載於陳振孫《書録解題》，不知爲何人所纂。顧以宋人譜宋人，其見聞較真，其排比較確，非若吴仁傑、吕大防諸君之譜異代者也。惜乎其書久佚不傳。近人同邑丁子静前輩，著有《張右史年表》，亦未見傳本。余閒居無俚，頗有志於先生年譜之役，因取證於本集詩文，復參以蘇、黄、秦、陳諸先生集及《續通鑑長編》、《續資治通鑑》諸書，凡有年月可稽者，悉從而經緯之，成《年譜》一卷。惟世系不可考，并先生之祖若父名亦淹没不著，有深憾焉。噫，以先生生平顧義自守，而猶不免於人言，遭黨籍之累。雖未斥諸荒裔，然其浮沈仕宦，窮老而終，而其子復死於兵，死於盜，有伯道之悲，何其酷耶！天道儚儚，輟筆三歎。

宣統辛亥季秋，山陽邵祖壽序。

先生張氏名耒，字文潛，楚州淮陰人。

本集《吴大夫墓誌》、《大理寺丞王君之夫人李氏墓誌》、《冀州學記》，皆自署譙郡張耒。《四庫全書總目》引周紫芝《太倉稊米集》，有《書譙郡先生文集後》云云。晁氏《郡齋讀書志》别集類稱「張耒，譙郡人。」陳振孫《直齋書録解題》稱「譙國張耒」。《淮海集·書晉賢圖後》稱「譙郡張文潛」。《雞肋集·冰玉堂辭》稱「前起居舍人譙郡張文潛」。汪藻《柯山集書後》稱「文潛，譙郡人」。先生先世當係譙郡，亦猶退之韓氏之先世爲河内修武也。《舊唐書》謂韓爲昌黎人。今從《宋史》，斷先生爲淮陰人。先生本仕宦之族。本集《上蔡侍郎書》：「家本淮南，仕者數世。」祖父官於閩。《淮壖小記》引《明道雜志》，名不著。父任三司檢法官，以親老求知吴江縣。《淮壖小記》引《明道雜志》，名不著。將之官，名公多作詩送行。吴正憲、王中甫兩詩載在《雜志》，不備録。父從趙周翰受《易》，嘗與客語：「周翰作詩極有風味，是温飛卿、韓致光之流，而世以樸儒目之，非也。」范氏《淮壖小記》據本集《祭李深之文》「昔我先人，剛介峭峙。惟屯田君，則實同年」，斷爲先生之父亦進士第。按本集《福昌縣君杜氏墓誌》，先生之父應舉得官，游宦四方，與李公竦多相似。誌中但言李公仕宦登朝，而不言第進士，則李公非進士可知。先生之父當是明法諸科出身，有「曾任三司檢法官」可證。同年不必專指進士科也。母李氏，文安君。按本集《上元家飲值文安君誕辰》詩：「況值私庭慶，祝壽比蟠桃。」文安君當是先生之母。本集《呈宜君》詩：「江城風雨作朝昏，愁殺壚邊賣酒人。祇有醉時差可喜，不應醒坐過新春。」宜君或是先生之妻，然「呈」字可疑，姑存以備攷。本集《祭李深之文》：「耒之兄弟，應舉姑蘇」，《離宿州後寄兄弟》詩、《對酒奉懷无咎》有「我兄改秩令新昌」句，其名字均無可攷，惟「正叔老兄」字僅一見，「君復七兄」屢見於詩。據本集《同七兄及崧上人自墳莊還寺》詩，有「論詩得靈運」句，則七兄當是從兄。四子：秬、秸、和、秠。《老學庵筆記》：「文潛三子：秬、秸、和，皆中進士第。秬、秸在陳死於兵。和爲陝西教官，歸葬二兄，復遇盜見殺。文潛遂無後，可哀也。」馬純《陶朱新録》：「張彧字景安，文潛之子也。俊邁有家聲。一日赴調，得蔡州確山市易務。方欲出京，當宣和間，景龍門燈火極盛，見公道自潁昌來潛觀，遇之途。景安欲拜，而止之曰：『豈非小字僧哥者乎？』曰：『是也。』乃邀登酒樓，飲酣，贈以詩曰：『壁水衣冠明玉雪，市樓風月話江湖。莫學羣兒敗家法，入門無不曳長裾。』景安，建炎中爲陝府教授。」馬純字子約，單父人。建炎初，避地南渡，僑寄陶朱山下。《新録》成於紹興壬戌。按府教授見於《入蜀記》。陝府教授與陝西教官當是一人，特「和」「彧」異名耳。《新録》在《筆記》之先，故遇盜見殺一事未之及。秠僅一見。本集又有《阿几》詩，不知阿几爲誰。《哭下殤》，亦不知殤者爲誰也。姊適楊補之。本集《送楊補之赴鄂州支使》：「相逢顧我尚童兒，二十年來鬢有絲。涕淚兩家同患難，光陰一半屬分離。扁舟又作江湖別，千里常懸夢寐思。何日粗酬身世了，卜鄰耕釣老追隨。」《送三姊之鄂州》：「兄弟分飛各一方，老來分袂苦多傷。兩行別淚江湖遠，五月征車歧路長。休歎伯鸞甘寂寞，所欣楊惲好文章。北歸會有相逢地，只恐塵埃髮易蒼。」《楊克一甥纂其父奉議君遺文求書卷末而作》：「楊君冢木已蕭蕭，筆墨遺文久寂寥。墮淚交親悲宿草，長飢奴僕守空瓢。平生好事誰能繼，後世高名骨已消。欲酹一杯澆墓隧，遺魂楚些倘能招。」妹適錢東美。周益公《跋錢穆父與張文潛書》云：「文潛妹歸穆父第二子東美，婚姻之故，情誼款密。其《賀入翰苑啟》載文潛集中，所謂『內翰侍讀四丈』者。未幾，竄逐元祐臣僚，人以東坡兄弟、秦少游爲諱，而穆父憐問懇惻，且有『靈光巋然』之語，蓋自況也。最後勉文潛以『卯入申出仍以閉，詩文不著急爲諷』意愛深矣。」女婿陳景初。本集有《送婿陳景初還錢塘》詩。外祖李宗易。《宋詩紀事》：「李宗易字簡夫，宛丘人。歷官尚書屯田員外郎，知光化軍事，仕至太常少卿。有詩集。《范文正集》舉李宗易、向約堪任清要狀。宗易天禧三年進士第九人及第。本集《外祖李公詩卷書後》稱：「公少日知己惟晏、范，故元獻及文正往來詩居多。」元獻《臨川集》、《紫微集》均未見。《范文正集》有《得李四宗易書》、七律《依韻酬光化李簡夫屯田》、七律《依韻酬李光化見寄》、七律《和李光化秋詠五絶》，文正與李交誼之厚可以概見。李終於太常少卿，故本集有《挽李少卿》詩。而其先以著作佐郎爲譙令，見於《詩卷書後》。范氏《淮壖小記》第據《詩卷書後》之官秩，謂「先生外祖李少卿譙令」，似以少卿爲字而官以譙令終者，疏矣。表兄李文饒。見本集《田奉議墓誌》。表弟李德載。名公輔，字成甫，改字德載。本集有《改字序德載爲宣城令》，本集有《送李赴宰宣城》詩。又官於冀州，見本集《冀州學記》。甥楊道孚、楊介。道孚字克一，亦字念三。少有才思，爲舅所知。年十五時在鄂渚作詩云：「洞庭無風時，上下皆明月。微波不敢興，甚静蛟蜃穴。」元符初，滎陽公呂希哲謫居歷陽，道孚爲州法曹掾，嘗從公出遊，以職事遽歸，遺公詩云：「雨緑霜紅郭外田，山濃水淡欲寒天。參軍抱病陪清賞，一檄呼歸亦可憐。」公甚稱之。見呂居仁《紫微詩話》。介字吉老。《輿地紀勝》作楊玠老，今從《宋史》。工醫。舉孝廉，不就。療宋徽宗脾疾。著《四時傷寒總病論》六卷，存《真圖》一卷。賀鑄遊盱眙南山，有《贈吉老》詩。以上見《盱眙縣志》。按《宋史·方技傳》無楊介。《藝文志》醫類載有楊介存《四時傷寒總病論》，非楊介也。王明清《揮麈餘話》云：「楊吉老以醫名四方。有儒生李氏子，棄業願娶其女，以受其學，執子壻禮甚恭。吉老盡以精微告之。」本集《喜吉老甥見過》詩：「楊甥時過我，論詩朝達暮。」是吉老亦善詩也。與黄師是寔爲友壻。師是與山谷通譜，居宛丘。本集有《爲黄潁州作友于泉記》。潁州名好謙，字幾道，師是之父也。樓鑰《攻媿集·跋黄氏所藏東坡山谷二張帖》云：「黄龍圖師是之二女，爲少公二子适、遜婦。」據此，蘇适、蘇遜是先生姨女之夫也。

宋仁宗至和元年甲午三月某日，先生生。

本集《涉淮後賦序》略云：「甲寅至臨淮，今秋又之東海，予生二十有二年。」按甲寅是熙寧七年，先生爲臨淮主簿，本集《杞菊賦》所謂初到官也。其明年以事之東海，是熙寧八年乙卯。由乙卯上溯，知先生生於至和元年甲午。又按《宛丘集》五古題《潘郎以予生日見過致酒與兩詩》，其一云：「東風沛甘雨，百物一時好。江南桃李盡，紅紫到百草。道旁負擔子，寒食歸祭禱。念我淮上丘，三年不躬掃。」據此，先生生日當在三月。《柯山》、《右史》集均載兩詩，但題曰《與潘仲達二首》而已。《老學庵筆記》：「張文潛生而有文在其手曰耒，故以爲名，而字文潛。」按《歷代名人年譜》：「皇祐四年壬辰，張耒生。」誤。其致誤之由，蓋以先生集中《祭晁无咎文》有「公生癸巳，我長一歲」句，遂定先生爲壬辰年生，次於无咎之生之前，不知「長我」誤爲「我長」，范氏《淮壖小記》曾言之矣。如定先生爲壬辰年生，與《宋史》弱冠第進士不符。尤可詫者，譜内載元豐元年戊午，文潛二十五歲，謁南豐於山陽，而由壬辰至戊午則已二十七年矣，吴氏豈不自相矛盾乎？

至和二年乙未，二歲。

嘉祐元年丙申，三歲。

嘉祐二年丁酉，四歲。

嘉祐三年戊戌，五歲。

嘉祐四年己亥，六歲。

嘉祐五年庚子，七歲。

嘉祐六年辛丑，八歲。

嘉祐七年壬寅，九歲。

嘉祐八年癸卯，十歲。

英宗治平元年甲辰，十一歲。

治平二年乙巳，十二歲。

治平三年丙午，十三歲。

本集《投知己書》云：「耒自丱角而讀書，十有三歲而好爲文。」《宋史》本傳：「張耒幼穎異，十三歲能爲文。」

治平四年丁未，十四歲。

是年見太學直講楊褒家藏唐高閑上人二帖石本，歐陽文忠書其末，先生心焉好之。本集《高閑蘇才翁帖跋》。

神宗熙寧元年戊申，十五歲。

是年遊陝。本集《再和馬圖》句云：「我年十五遊關西，當時唯揀惡馬騎。」

熙寧二年己酉，十六歲。

熙寧三年庚戌，十七歲。

《宋史》本傳：「耒十七時作《函關賦》，已傳人口。游學於陳，蘇轍愛之，因得從軾游。」

熙寧四年辛亥，十八歲。

本集《與黄魯直書》：「耒年十八九時，居陳。」遭母喪。本集《投知己書》：「十有七歲而親病，又二年而親喪。」按「十有七歲」、「七」字恐是字誤，不然先生在喪服中，次年秋焉得應舉？

熙寧五年壬子，十九歲。

六月癸亥，詔以四場試進士。秋，應舉姑蘇，受知於運判唐通直。按淮陰屬淮南東路，姑蘇屬兩浙路，先生不當越路應舉。然考《參寥集·送蘇迨蘇過二承務以詩賦解兩浙路赴試春闈》詩、晁説之《蘇叔黨墓誌》，元祐五年，東坡知杭州，叔黨以詩賦解兩浙路。先生應舉姑蘇，當在其父爲吴江令時。宋代之制，蓋不拘於本路發解也。

熙寧六年癸丑，二十歲。

是年三月庚戌，親策進士，置經義局，命王安石提舉。辛亥，試明經諸科。壬戌，賜奏名進士諸科，余中以下及第出身總五百九十六人，先生與焉。《文獻通考》作「余忠」，今從《宋史》。本集《寄余五十五》句云：「念昔登科各年少，子中第一名傳呼。春風朝遊踏廣陌，夜雨縱飲傾金壺。」《宋詩紀事補遺》引《咸淳毘陵志》：「余中字行老，宜興人。熙寧五年，偕兄貫試禮部，中與選而貫黜，請自黜以存兄，有司雖不許，士論嘉之。次年，魁廷對。」先生是年集賢殿試罷，寓居京師。遊西岡錢昌武郎中之第，時同會者河東柳子文與錢氏三子。

仲夏出京。

熙寧七年甲寅，二十一歲。

授臨淮主簿。八月三日，舟行蔡河，有詩。將之臨淮，旅泊泗上，屬病作，迎候上官，不敢求告，比歸尤劇，憫歎爲詩。作《涉淮賦》。寄孫户曹兄弟詩，有「三年流落寓於陳，一命青衫淮水濱」句。

熙寧八年乙卯，二十二歲。

作《涉淮後賦》。先生到官。次年秋，以事之東海，道漣水，漣水令盛僑按盛僑爲令，《淮安府志》、《安東縣志》均失載。以蘇子瞻《後杞菊賦》見示，因作《杞菊賦》。按：子瞻於七年十一月三日到密州任，次年與通守劉庭式，循古城廢圃求杞菊食之，作《後杞菊賦》。

熙寧九年丙辰，二十三歲。

丁父艱。本集《福昌書事言懷》詩自注：「耒幼授臨淮簿，歲餘居喪。」按本集《福昌縣君杜氏墓誌》略云：「先君前李公十年歿。元符二年，某謫官黄州，李公之子廷老以其母杜夫人之行來求銘墓，是時蓋後李公之卒又十餘年矣。」由元符二年上推甲子，先生之父歿於熙寧九年，益無可疑也。《送李之儀赴定州序》略云：「某爲兒童，從先人於山陽學宮，按先人不必專稱父，稱祖亦可。孔安國曰：『我先人用藏其家書於屋壁。』是稱五世祖子襄爲先人也。始見端叔爲諸生。某雖未有知，意已相親。後幾二十年，端叔罷官四明，道楚，某又獲見。某時已孤，端叔弔我。」《上蔡侍郎書》略云：「弱冠得官，欲養其親，而受養者未飽，而泣血繼之。飄然羈孤，挈其妻孥，就食四方，莫知所歸。」據此，先生先遭母喪，後遭父喪。范氏《淮壖小記》謂先生父歿於熙寧四年者誤。寓山陽，本集《智軫禪師塔記》。與徐仲車結鄰。徐集《感秋和詩》。又往海州。本集《寄劉伯聲》詩原注：「在海州作。」句云：「未知菽水豐，已感霜露變。羈孤寄窮海，親友誰弔唁。」作《超然臺賦》，序云：「子瞻守密，作臺於囿，命諸公賦之。余在東海，子瞻令貢父來命。」按王宗稷《東坡年譜》：「熙寧九年，子瞻在密州任，寫《超然臺記》。先生是時在海州，故云在東海也。」

熙寧十年丁巳，二十四歲。

寄蘇子由詩。查編《東坡年表》：「是年秋，子由至徐。留月餘，赴南都。」按子由生於寶元二年，已卯赴南都，時年三十九。本集《寄子由》句云：「先生四十猶未遇，獨坐南都誰與語。」《再寄》云：「宛丘之別今五年，汴上留連纔一日。」五年之前，正游學陳州，受知於子由時也。本集《再和馬圖》句云：「爾來十年我南走，此馬嗟嗟入誰手？楚鄉水國地卑污，人盡乘船馬如狗。」先生十五遊陝，又十年而南走。「楚鄉水國」當指山陽而言。

元豐元年戊午，二十五歲。

是年入都。寄徐仲車詩。與同年進士余中相會於都。已而先生補官洛陽，遂與余君別，返山陽。是年夏，曾南豐奉勅移知亳州，道山陽，先生謁之。南豐約先生溯汴而西至永城，纜舟陸行至亳，爲旬日會也。南豐行後，先生病兩月，至永城猶未瘳，不能騎，遂失約。按本集《曾子固集書後》作元豐二年，誤。是年秋，到壽安尉任。按尉卑於簿。先生之由簿而尉者，非左遷也。蓋壽安爲赤緊之區故耳。子由《次王適韻送先生赴壽安尉》：「緑髮驚秋半欲黄，官居無處覓林塘。浮生已是塵勞侣，病眼猶便錦繡章。羞見故人梁苑廢，夢尋歸路蜀山長。憐君顧我情依舊，竹性蕭疏未受霜。」「魏紅深淺配姚黄，洛水家家自作塘。遊客賈生多感慨，閑官白傅足篇章。山分少室雲煙老，宫廢連昌草木長。路出嵩高應少駐，孱顔新過一番霜。」赴壽安尉，尉廨在福昌。泛汴，有詩。到任後朝應天寺。寺有五聖御容，官於洛者，至則首謁。作《冬懷》詩五首，其一云「山陽賢者有徐子，親没十年哀不已。精誠感天天爲悲，甘露常沾墳樹枝。徐子行年過五十，衣不被體常苦飢」云云。按仲車生於天聖六年戊辰，長先生二十六歲，是時年五十一，故曰「行年過五十」也。

元豐二年己未，二十六歲。

作《早春有感》詩。得子由次韻和詩：「相逢十年驚我老，雙鬢蕭蕭似秋草。壺漿未洗兩脚泥，南轅已向淮陽道。我家初無負郭田，茅廬半破蜀江邊。生計長隨五斗米，飄摇不定風中烟。茹蔬飯糗不願餘，茫茫海内無安居。此身長似伏轅馬，何日還爲縱壑魚。憐君與我同一手，微官骯髒羞牛後。請看插版趨府門，何似曲肱眠甕牖。中流千金買一壺，櫝中美玉不須沽。洛陽榷酒味如水，百錢一角空滿盂。縣前女几翠欲滴，吏稀人少無晨集。到官惟有懶相宜，卧看南山春雨濕。」按和詩當在二年春間，時先生涖任福昌尚未久也，故有「到官惟有懶相宜，卧看南山春雨濕」句。四月二十二日，大雨雹，有詩。《寄答參寥》詩句云：「蘇公守吴興，山水方有主。子兮從之遊，挂錫當可駐。」按子瞻是年知湖州。得司馬君實答書：「五月五日，陜人司馬光謹復書福昌少府秘校足下：光行能固不足以高於庸人，而又退處冗散，屬者車騎過洛，乃蒙不辱，而訪臨之，其榮已多。今又承賜書，兼示以新文七篇。豈有人嘗以不肖欺聽聞耶？何足下所與之過也！始懼中愧，終於感藏以自慰。知幸！知幸！光以居世百事無一長，於文尤所不閑。然竊見屈平始爲騷，自賈誼以來，東方朔、嚴忌、王子淵、劉子政之徒踵而爲之，皆蹈襲模倣，若重景疊響，訖無挺特自立於其外者。獨柳子厚恥其然，乃變古體，造新意，依事以敍懷，假物以寓興，高颺横騖，不可羈束，若《咸》、《韶》、《濩》、《武》之不同音，而爲閎美條鬯，其實鈞也。自是寂寥無聞，今於足下復見之，苟非英才間出，能如此乎？欽服慕重，非言可迨。然彼皆失時不得志者之所爲，今明聖在上，求賢如不及，足下齒髮方壯，才氣茂美，官雖未達，高遠有漸，異日方將冠進，賢佩水蒼，出入紫闥，訏謨黄閣，致人主於唐虞之隆，納烝民於三代之厚，如斯文者，以光愚陋，竊謂不可遽爲也。光頓首。」官舍歲暮作《感懷書事》詩。

元豐三年庚申，二十七歲。

壽安夏旱，作《訴魃詞》。福昌之民有禱於西山者，取山泉祠之，不數日而雨。復作歌，以揚神庥。是年冬，徐仲車寄詩：「不知今之人，誰識張縣尉？勿問胸中事，但看面上氣。所謂人英者，正是斯人輩。前年南郭中，文酒日夜會。一從舍我去，忽忽再逾歲。今兹歲且盡，爲子吟不睡。起坐却就枕，伸頭出紙被。約是三四更，老老抱雙脚。此詩吟正酣，聲調不可却。春風起淮東，須臾到嵩洛。往往入子家，但子眠不覺。子覺將奈何，聲盡情思多。上東門外路，洛水生春波。還我大松來，不用寄詩歌。」

元豐四年辛酉，二十八歲。

作《遺憂賦》、《寄余五十五》詩。元年戊午春，先生與余晤於京師。詩有「一別三年餘」句，則寄余當在是年。

元豐五年壬戌，二十九歲。

作《任青傳》。元豐三年，河南伊陽賊張晏聚黨抄掠，朝廷選任青爲伊陽巡檢。五年，盜刼伊陽之小水，任青追盜至福昌，先生見之，服其捕盜甚有方略，爲之傳。是年秋，喪妻。本集《悼亡詩》：「嵩陽道出建春門，同入西都四見春。誰謂回頭隔存殁，斷腸今作獨歸人。」按洛陽爲宋之西都。先生於元年秋到壽安尉任，至五年秋則四見春矣。昔時同入，今慨獨歸，與《悼逝》詩有「我迂趣世拙，十載困微官。男兒不終窮，會展凌風翰。相期脱崎嶇，一笑舒艱難。秋風催芳蕙，既去不可還。滴我眼中血，悲哉摧肺肝。兒稚立我前，求母夜不眠」句。當是一時作。又據本集《内生日》詩「黔婁環堵貧常醉，壽母高堂老亦康」句，此則孟光偕老景況，當是續娶之妻。

元豐六年癸亥，三十歲。

罷壽安尉，居洛。《明道雜志》云：「范丞相、司馬太師俱以閒官居洛中，余時待次洛下。一日，春寒中謁之。先見温公，時寒甚，天欲雪，温公命至一小室中，坐談久之，爐不設火。語移時，主人設粟湯，一杯而退。復至留司御史臺見范公，纔見，主人便言天寒，遠來不易，趣命温酒，大杯滿酾，三杯而去。此事可見二公之趣各異。」曾南豐卒，作祭文。本集《書曾子固集後》：「予罷壽安尉，居洛。聞公卒，爲文一篇，將祭公於河南，未果。」此文失載。是年自洛來陳州。

元豐七年甲子，三十一歲。

又往淮南。是年到咸平丞任。宋真宗咸平五年，改通許鎮爲咸平縣。熙寧某年置丞。先是真宗幸亳祠老子，道通許，築宫以待幸。後爲縣，以宫爲縣令治所。而丞之所居，即當日之樞密府也。本集《咸平丞廳酴醿記》。赴官咸平，蔡河阻水，泊州宛丘皇華亭下，有詩。贈營妓劉淑女詩。《侯鯖録》謂初官通許時作。寄詩孫端明求酒，有「青衫畿丞頑不羞，三十持版拜督郵」句。按《東都事略》：「孫永字曼叔，以將作監召還朝，遷端明殿學士。」本集《赴亳州教官次韻和中書錢舍人及亳州守晁美叔見贈》有詩。按《宋史·錢勰傳》：「使高麗，還，除中書舍人。」出使在元豐七年。先生次穆父韻，稱錢舍人爲亳教官，當即在元豐七八年間。而與黄魯直書，時爲丞於咸平已一年矣。子瞻報先生書稱縣丞，時將由丞入爲太學録，中間似不當有赴亳州教官之事。范氏《淮壖小記》謂《宋史》失載此官，恐未爲篤論也。姑附此備攷。

元豐八年乙丑，三十二歲。

是年三月戊戌，神宗崩，作挽詞。上蔡侍郎書，與黄魯直書。四月，曾子開自建昌赴京師，先生謁見於咸平。六月，先生故人子假承務郎楊克勤自合肥赴京師，過咸平，爲言道出亳州太清宮下，太清人談方士自焚事，先生因記其異。是年冬，得子瞻答書：「頓首。文潛縣丞張君足下：久别思仰，到京公私紛然，未暇奉書。忽辱手教，且審起居佳勝，至慰！至慰！惠示文編，三復感歎，甚矣！君之似子由也。子由之文實勝僕，而世俗不知，乃以爲不如。其爲人深不願人知之，其文如其爲人，故汪洋澹泊，有一唱三歎之聲。而其秀傑之氣，終不可没，作《黄樓賦》乃稍自振厲，若欲以警發憒憒者。而或者便謂僕代作，此尤可笑，是殆見吾善者機也。文字之衰，未有如今日者也，其源實出於王氏。王氏之文，未必不善也，而患在於好使人同己。自孔子不能使人同顔淵之仁，子路之勇不能以相移，而王氏欲以其學同天下。地之美者，同於生物，不同於所生，惟荒瘠斥鹵之地，彌望皆黄茅白葦，此則王氏之同也。近見章子厚言先帝晚年，甚患文字之陋，欲稍變取士法，特未暇耳。議者欲稍復詩賦，立春秋學官，甚美。僕老矣，使後生猶得見古人之大全者，正賴黄魯直、秦少游、晁无咎、陳履常與君等數人耳。如聞君作太學博士，願益勉之：『德輶如毛，民鮮克舉之。我儀圖之。愛莫助之。』此外千萬善愛。偶飲卯酒醉，來人求書，不能復覼縷。」按子瞻於是年十月二十日，以禮部員外郎召還朝，先生使人賫書呈子瞻，故答書云「來人求書，不及覼縷。」先生由咸平丞將入爲太學録，故答書云「如聞君作太學博士，願益勉之」也。

哲宗元祐元年丙寅，三十三歲。

遇陳后山於京師。曾子固門人存者，唯后山一人，感舊慨歎，因成一律。寄黄九詩。后山答書：先生原書，本集失載。「師道啟：近者足下來京師，不鄙其愚，辱既以友。卒卒一再見，懷不得吐。既别，欲一致問，因以自效，方事之不閒，竟後足下，大以爲恨。及讀足下書，乃僕所欲言者。君子之所存，夫人不遠，惟設之於僕爲不當耳。嗟乎！足下誠知我矣，亦既愛之矣。不識足下何從而得之，其得之於人耶？其有以自得之耶？得之於人耶，譽者可信，則毁者又可信矣。有以自得之耶，則僕言未效而迹未接，竊有疑焉。豈足下使人可疑，乃僕之不敏，不能不疑耳。古蓋有之，目逆而道存，而僕不足當也。以僕之愚有以知足下，而謂足下何從而得之，僕過矣。夫衆口鑠金，三人成虎，僕懼足下有時不自信而信人，不待人毁而自毁矣。僕以小人之懷爲君子之心，則又過矣。然所以言者，雖君子不可不戒也。足下憫僕無以事親畜妻子，宜從下科以幸斗食，疑僕好惡與人異情。足下於僕至矣，僕何以得之？何以受之耶？僕家以仕爲業，舍仕則技窮矣。故僕之於仕，如瘖者之溺聲，氣不動而手足亂矣。世徒見其忍而不發，遂以爲好惡異人，此殆談者過情，聽者過信耳。雖然，僕病且老矣，目有黑子而昏華，瘰癧俠於頸領，隱起而未潰，氣伏於胸腹之間，下上不時，痔形於下體者十年矣。志强而形憊，年未既而老及之，足下雖欲進之，而僕不能勉也。閏月甲子，詔以河内公爲相。按《通鑑》元祐元年春閏二月，以司馬光爲尚書左僕射兼門下侍郎。是時自九月不雨，有司傳詔未竟而雨，貴賤賢不肖，不至房室女子，歡然相慶，天人之意如此。按后山本集《秦少游字序》有「元豐之末，余客東都」句，據此，后山於元豐八年已至京師。觀書中自九月不雨，至閏月而雨云云，益可爲元豐之末在京師之證。其詩註《城南寓居》題編在元豐七八年内，謂送其妻子入蜀，客寄關中，殆未深考耳。僕方卧，聞之起立，尚可勉耶。足下視此時如何？僕獨得不勉耶？羊鼎之側，飢者吐舌，但未染指耳。足下欲與僕居，將坐僕而薰沐之耶？豈意其逃世而加束縛焉，抑愛之過厚而欲常常見之與？李聃家於瀨鄉，莊周老於蒙，田邑之間，復有昔時懷器而隱處者乎？願一覽焉。僕於書如貪者之嗜利，未嘗厭其欲也。譙祁氏多書，稱號外府太清老氏之藏室，願與足下盡心焉。春益暄，惟爲道重慎。師道再拜。」玩「春益暄」句，答書當在三月。四月，供職太學。山谷《次韻答惠寄》：「短褐不磷緇，文章近楚辭。未識想風采，別去令人思。斯文已戰勝，凱歌偃旍旂。任注：「文潛試中學官。」君行魚上冰，忽復燕哺兒。學省得佳士，催來費符移。任注：「文潛元祐初爲太學博士。」方觀追金玉，如許遽言歸。任注：「文潛元韻曰：『五日長安塵，故山夢中歸。』故此句廣其意。」南山有君子，握蘭懷令姿。任注：「此句當以屬二蘇，文潛蓋其門下士也。東坡元祐初爲禮部郎中，故山谷用此事。」但應潔齋俟，勿詠無生詩。」據任注，先生於夏初到太學，故詩有「忽復燕哺兒」及「學省得佳士」句。四月，詔執政大臣各舉文學政事行誼之臣，可充館閣之選者，范純仁以先生薦。贈張公賁詩。按詩有「我方困虀鹽，酸寒官辟雝」句，當是爲太學録時作。后山贈詩：自注：「少公之客也，聞文潛召試。」「張侯便然腹如鼓，飢雷收聲酒如雨。讀書不計有餘處，尚著我輩千百許。翻湖倒海不作難，將軍百戰富善賈。弟子不必不如師，欲知其人視其主。秋來待試丞相府，穀馬礪兵吾甚武。商周不敵聞其語，一戰而霸在此舉。百年富貴要自取，人將公卿退爾汝，德如墨君誰敢侮！」山谷贈《明月篇》：黃㽦《山谷年譜》置此篇於元年。「天地具美兮，生此明月。陸白虹兮，貫朝日。工師告余曰：斯不可以爲珮。棄捐櫝中兮，三歲不會。霜露下兮，百草休。抱此耿耿兮，與日星遊。山中人兮招招，耕而食兮無卹。榛艾蓁蓁前，吾牛兮瘨不可更抶。淺耕兮病歲，深耕兮石嬰耜。登山兮臨川，雉得意兮魚樂，小風兮吹波，從其友兮尾尾。日下兮川逝，射雉兮喪余一矢。佳人兮潔齊，悵何所兮行媒。南山有葛兮，葛有本。我羞餔兮，以君之鋤來。」寄子瞻舍人詩。按是時子瞻作中書舍人，九月方遷翰林學士。秋，贈无咎詩，以「既見君子，云胡不喜」爲韻。山谷和韻：「龜以靈故焦，雉以文故翳。本心如日月，利欲食之既。後生玩華藻，照影終没世。安得八紘罝，以道獵衆智。談經用燕説，束棄諸儒傳。濫觴雖有罪，末派瀰九縣。張侯真理窟，堅壁勿與戰。難以口舌争，水清石自見。野性友麋鹿，君非我同羣。文明近日月，我亦不如君。任注：「言張侯文采可以入侍。」十載長相望，逝川水沄沄。何言談絶倒，茗椀對鑪薰。北寺鎖齋房，塵鑰時一啟。晁張跫然來，連璧照書几。庭柏鬱葱葱，紅榴罅多子。時蒙吐佳句，幽處萬籟起。先皇元豐末，極厭士淺聞。只今舉秀孝，天未喪斯文。晁張班馬手，崔蔡不足云。當令横筆陣，一戰静楚氛。張侯窘炊玉，僦屋得空爐。任注：「張文潛集有初到都下供職，寄黄九詩曰：『僦舍酒家樓，椎壚卷其旗。鼠壤敗晨炊，守翁噪羣兒。』」但見索酒郎，不見酒家胡。任注：「此句以戲文潛。」雖肥如瓠壺，胸中殊不粗。何用知如此，文采似於菟。荆公六藝學，妙處端不朽。諸生用其短，頗復鑿户牖。譬如學捧心，初不悟己醜。玉石恐俱焚，公爲區别否？吾友陳師道，抱獨門掃軌。晁張作薦書，射雉用一矢。吾聞舉逸民，故得天下喜。兩公陣堂堂，此事可摩壘。」任注：「兩公謂晁、張。」按汴京北寺，一名醋池寺，山谷嘗寓几研於此，先生與无咎時往遊焉，故和詩有「北寺鎖齋房」及「晁張跫然來」句。任注據《實録》「元祐二年四月乙巳，徐州布衣陳師道充徐州州學教授」，而山谷和詩稱師道爲逸民，蓋猶未得官也，且詩有「紅榴罅多子」之句,當是元年秋作。元月一日,司馬君實薨於東府。往哭之,見覆尸以布衾,上有銘焉,因書布衾銘後。作挽詞。代范樞密作祭司馬文。十月,上考試館職策問。問云:「傳曰:秦失之强,周失之弱。昔周公治魯,親親而尊尊,至其後世,有寖微之憂。太公治齊,舉賢而上功,而其末流,亦有争奪之禍。夫親親而尊尊,舉賢而上功,三代之所共也,而齊、魯行之,皆不免於衰亂。其故何哉?國家承平百年,六聖相授,爲治不同,同歸於仁。今朝廷欲師仁祖之忠厚,而患百官有司不舉其職,或至於媮;欲法神考之勵精,而患監司守令不識其意,流入於刻。夫使忠厚而不媮,勵精而不刻,亦必有道矣。昔漢文寬仁長者,至於朝廷之間恥言人過,而不聞其有怠廢不舉之病;宣帝綜核名實,至於文理之士咸精其能,而不聞其有督責過甚之失。何修何營可以及此?願深明所以然之故,而條其所當行之事,悉著於編,以備采擇。」二十九日,召試學士院。拔畢仲游、黄庭堅、晁補之與先生並擢館職。王文誥曰:「畢仲游等九人試學士院,擢仲游爲第一,補集賢校理;黄庭堅爲校書郎,遷集賢校理、著作佐郎;張耒爲太學録,范純仁薦,召試,遷秘書省正字;晁補之爲太學正,李清臣薦,召試,遷秘書省正字。仲游、庭堅薦主未詳。凡除館職,必登第,歷仕成資,再經保薦,召試入等始授,故黄、晁、張先入館,而秦觀不與焉。」十一月二十一日,子瞻書《黄泥坂詞》後曰:「余在黄州,大醉中作此詞,小兒輩隨去藁,醒後不復見也。前夜與黄魯直、張文潛、晁无咎夜坐,三客翻倒几案,搜索篋笥,偶得之。字半不可讀,以意尋究,乃得其全。文潛喜甚,手録一本遺余,持元本去。明日得王晋卿書云:『吾日夕購子書不厭,近又以三縑博兩紙,子有近書,當稍以遺我,毋多費我絹也。』乃用澄心堂紙,李承晏墨，書此遺之。」《東坡題跋》和子瞻《武昌西山》詩。東坡原詩序：「考試館職，與鄧聖求會宿玉堂，偶話武昌西山舊事，因爲此詩。」序云元祐元年十一月二十九日作。請聖求同賦，先生與孔武仲、子由、无咎、魯直次韻。受詔校《資治通鑑》於秘書省。本集《冰玉堂記》。《明道雜志》云：「某初除秘書省正字，時與今劉端明奉世同謝。劉時除左史。余舊見相人術貴天地相臨，謂頤額之勢相稱。余見劉有此相，歸謂同舍晁无咎曰：『劉左史不遲作兩府。』晁不以爲然。劉竟再歲簽書西府，无咎嘗怪余言之驗。」聞子由除校書郎，喜而爲詩。按子由是年自績溪令召入爲秘書省校書郎。與无咎同過后山，后山贈詩：「白社雙林去，高軒二妙來。排門衝鳥雀，揮壁帶塵埃。不憚除堂費，深愁載酒回。功名付公等，歸路在蓬萊。」《后山年譜》。

元祐二年丁卯，三十四歲。

會於王駙馬都尉詵之西園。米元章《西園雅集圖記》：「李伯時效唐小李將軍爲著色，泉石雲物、草木花竹，皆絶妙動人，而人物秀發，各肖其形，自有林下風味，無一點塵埃氣，不爲凡筆也。其烏帽黄道服，捉筆而書者，爲東坡先生。仙桃巾紫裘而坐觀者，爲王晋卿。幅巾青衣，據方机而凝竚者，爲丹陽蔡天啓。捉椅而視者，爲李端叔。後有女奴雲鬟翠飾侍立，自然富貴風韻，乃晋卿之家姬也。孤松盤鬱，上有凌霄纏絡，紅緑相間。下有大石案，陳設古器瑶琴，芭蕉圍繞。坐於石盤傍，道帽紫衣，右手倚石，左手執卷而觀書者，爲蘇子由。團巾繭衣，手秉蕉箑而熟觀者，爲黄魯直。幅巾野褐，據橫卷畫《淵明歸去來》者，爲李伯時。披巾青服，撫肩而立者，爲晁无咎。跪而捉石觀畫者，爲張文潛。道巾素衣，按膝而俯視者，爲鄭靖老，後有童子執靈壽杖而立。二人坐於盤根古檜下，幅巾青衣，袖手側聽者，爲秦少游；琴尾冠紫道服，摘阮者，爲陳碧虚。唐巾深衣，昂首而題石者，爲米元章。幅巾，袖手而仰觀者，爲王仲至。前有鬅頭頑童捧古硯而立，後有錦石橋，竹徑繚繞於清溪深處。翠陰茂密中，有袈裟坐蒲團而説《無生論》者，爲圓通大師。傍有幅巾褐衣而諦聽者，爲劉巨濟。二人並坐於怪石之上，下有激湍潨流於大溪之中，水石潺湲，風竹相吞，爐烟方裊，草木自馨，人間清曠之樂，不過於此。嗟乎！洶湧於名利之域而不知退者，豈易得此耶？自東坡而下，凡十有六人，以文章議論，博學辯識，英辭妙墨，好古多聞，雄豪絶俗之資，高僧羽流之傑，卓然高致，名動四夷。後之攬者，不獨圖畫之可傳，亦足彷彿其人耳。」王文誥曰：「此集在二三兩年之間，而劉涇將赴莫州倅，故置二年爲當。」王虚舟曰：「《西園雅集圖記》乃米老生平興到之作。前有蘭亭，後有西園，兩會皆天運所開，千古無匹者也。顧蘭亭有定武，西園獨少佳，刻董宗伯《戲鴻帖》中，亦僅存形似，非妙品也。」按戲鴻堂原係棗板，鉤摹極精，在來禽館刻本之上。本朝張文敏爲襄陽嫡派，其摹本亦具體而微，然合以觀之，米書如居百尺樓上，不止上下牀之別也。」樓鑰《跋王都尉湘鄉小景》：「國家盛時，禁臠多得名賢，而晋卿風流尤勝。頃見《雅集圖》，坡、谷、張、秦一時鉅公偉人悉在焉。《淮海詞》所謂『憶昔西池會，鵷鷺同飛蓋』者，又有詩云『夢入平陽舊池館，隔花猊口吐清寒』，皆爲此也。阮閲《詩話總龜》：「秘館以上巳日會西池，王仲至有二詩，張文潛和之最工，云：『翠浪有聲黄帽動，春風無力綵旗垂。』秦少游云『簾幙千家錦繡垂』，仲至笑曰：『此語又待入小石調也。』」王明清《揮塵餘話》：「元祐二年，東坡先生暇日會黄、張、秦、晁、陳、李六君子於私第，忽有旨，令撰賜奉安神宗御容。禮儀使吕大防口宣茶藥，詔東坡就牘，書曰：『於赫神考，如日在天。』顧羣公曰：『能代下一轉語否？』各辭之。坡隨筆復書云：『雖光明無所不臨，而躔次必有所舍。』羣公大聳服。」本集奉安神宗御容入景靈宫有詩。與无咎和答秦觀五言，山谷亦次韻。黄㽦年譜。山谷以團茶洮州緑石硯贈无咎、文潛，有詩：「晁子智囊可以括四海，張子筆端可以回萬牛。自我得二士，意氣傾九州。道山延閣委竹帛，清都太微望冕旒。延閣，漢武積書處也。貝宫胎寒弄明月，天網下罩一日收。此地要須無不有，紫皇訪問富春秋。晁无咎，贈君越侯所貢蒼玉璧，可烹玉塵試春色。澆君胸中《過秦論》，斟酌古今來活國。張文潛，贈君洮州緑石含風漪，能淬筆鋒利如錐。請書元祐開皇極，第入思齊訪落詩。」黄㽦年譜引蜀本詩集注云：「按《實録》：元祐元年十一月，試太學，張耒、晁補之並爲秘書省正字。而詩有『道山延閣委竹帛』之句，蓋今歲所作。」遊王才元舍人園，有詩。舍人名棫，字才元。其子名直方，字立之，著有《詩話》。山谷同遊，次韻云：「移竹淇園下，買花洛水陽。風烟二十年，花竹可迷藏。九衢流車馬，相值各匆忙。豈有道邊宅，静居如寶坊。幅巾延客酒，妙歌小紅裳。主人有班綴，衣拂御爐香。常恐鸜鴝鳴，百草爲不芳。故作龜曳尾，頗深漆園方。初開蝸牛廬，中置師子牀。買田宛丘間，江漢起濫觴。今此百畝宫，冬温夏清涼。身閑閱世故，宇静發天光。安肯聲利場，牽黄臂老蒼。張侯筆端世，三秀麗齋房。作詩盛推賞，明珠計斛量。掃花坐晚吹，妙語益難忘。重遊樊素病，捧心不能妝。任注：「曾端伯《詩選》載李商老云：王直方高貲，有園在城南。事諸名流，具杯盤，出聲伎，以娛客。故山谷詩云『重來樊素病，捧心不能妝』，文潛云『執板歌一聲，坐客無留觴』，皆爲皓齒蛾眉而設。」來日猶可追，聽我歌楚狂。」《送張天覺使河東詩》。按黄𥲅《山谷年譜》引《實録》：「元祐二年七月，開封府推官張商英提點河東路刑獄。」而詩有『手持明光節，六月登太行』句，則是六月，非七月也。」《謝錢穆父惠高麗扇詩》。元豐七年，穆父使高麗。松扇蓋奉使時所得。山谷戲和云：「猩毛束筆魚網紙，松柎織扇清相似。動摇懷袖風雨來，想見僧前落松子。張侯哦詩松韻寒，六月火雲蒸肉山。任注：「文潛頗肥，故山谷詩有『雖肥如瓠壺』，陳后山有『詩人要瘦君則肥』之句。」持贈小君聊一笑，不須射雉彀黄間。」任注：「戲謂文潛之肥如賈大夫之陋。」子瞻和云：「可憐堂上十八公，老死不入明光宫。萬牛不來難自獻，裁作團團手中扇。屈身蒙垢君一洗，挂名君家詩集裏。猶勝漢宫悲婕妤，網蟲不見乘鸞子。」查註《蘇詩編年》此詩作於丁卯秋冬，時爲翰林學士。《晝卧懷陳三》七律一首。時陳三卧疾。后山答詩：自注：「文潛來詩云：『欲餉子桑歸問婦，食簞過午尚懸牆。』」「我貧無一錐，所向皆四壁。瀛洲足風露，胡不減飢色。昔聞杜氏子，翦髻事尊客。君婦定不然，三梳奉巾櫛。」《后山年譜》。休沐不出，有詩。山谷次韻云：「風塵車馬逐，得失兩關心。惟有張仲蔚，門前蓬藋深。自公及歸沐，畢願詩書林。牆東作瘦馬，萬里氣駸駸。」任注：「張方回家。本有山谷自注云：『文潛喜畫馬。』」「與世自少味，閉關非有心。戎葵一笑粲，露井百尺深。著書洒風雨，枯筆束如林。蘇公歎妙墨，逼人太駸駸。」考校同文館，鄧慎思戲贈曹子方兼呈文潛七古一首：用晁无咎韻。「五年坎壈哀南方，江湘魏闕兩相忘。洞蘿巖桂搴孤芳，月潭風渚儔漁郎。單閼孟夏草木長，望都樓觀鬱蒼蒼。原注：「慎思癸亥六月以家艱去國，丁卯四月還省。」誰令焚芰辭楚狂，復來上君白玉堂。黄門戟曜羽林槍，未央引籍班氏羌。雲屯錦簇馬斯臧，大官日膳瓊爲糧。追隨威鳳鳴高岡，豈敢偃息復在牀。投鉛歸休下殿旁，衛士傳詔來如驤。館閭闔外西城隍，書橐迫遽不及裝。籲俊士集要言揚，得弓勿問何人亡。趙璧既入秦城償，穎脱喜見錐出囊。同人于野不擇鄉，峩峩羽翮整顏行。天閑玉勒皆驌驦，伯喈懷贖望金商。原注：无咎。魁梧奇偉值子房，原注：文潛。令數家術應帝王。原注：无咎。三英粲粲日争光，我輒與之較雌黄。芳菲滿室蘭生香，坐堂月久秋氣涼。將軍思歸歌撫觴，原注：子方。倚梧目送雁南翔。想見葭菼水中央，洞庭河漢遥相望。香楓葉老赤染霜，感慨少日七步章。長安城西約鄭莊，原注：慎思與子方、无咎、文潛、天啓嘗有此約。牽率不往有底忙。人生可意皆吉祥，快馬劃過小苑牆。入門爛醉銀瓶漿，秦箏趙瑟喜高張。」作《華陽楊君墓誌》。

元祐三年戊辰，三十五歲。

是年春，子瞻領貢舉事，辟先生爲參詳官。又辟黄庭堅、鄭君乘、上官均、畢錫、劉安世、李昭玘、廖正一、晁補之、舒焕、孫敏行、蔡肇、鄒浩、李公麟等爲參詳、編排、點檢、試卷各官，同入試院。王明清《揮麈後録》：「張文潛作參詳官，以一卷携呈東坡云：『此文甚佳。』蓋以東坡《醉白堂記》爲法。東坡一覽喜曰：『誠哉，是言！』擢置魁等。後拆封，乃劉燾也。」黄魯直《太學題名記》漏載先生名。作《楊中散夫人張氏墓誌》，和黄山谷伯父《築亭馬鞍山》詩。《山谷外集》：「伯父祖善，耆老好學。於所居紫陽溪後小馬鞍山爲放隱齋，遠寄詩句，意欲庭堅和之。幸師友同賦，率爾上呈詩題。」史容註引黄㽦《山谷年譜》載山谷伯父詩并序：「老伯行年七十有六，本集作「年七十五，名序。」近築亭於馬鞍山，松聲泉溜，足以忘年。魯直九姪爲我乞詩朝中諸公，要驚山祇突兀出聽耳。」詩云：「直木皆先伐，輪囷却歲寒。時霑病者粟，倒著掛時冠。人樂觀魚尾，山齋跨馬鞍。朝中乞佳句，留與子孫看。」時山谷所求，朝士和篇甚多，且云「師友同賦」，當是求東坡。明年，東坡已在杭矣。按子瞻於四年三月，以龍圖學士朝奉郎出知杭州。上孫端明書。云：「某生三十有五矣。」又云：「某今也爲令沈丘，得在使部。聞公之將有慶也，日夜喜躍，樂頌其事，而願有獻焉。」又云：「來歲之春，公將有薦其屬爲京官，某者願沾其一乎？」按《東都事略·孫永傳》：「神宗朝，遷端明殿學士。哲宗即位，召拜工部尚書，尋除吏部尚書。明年，以資政殿學士兼侍讀，未拜而卒。」上書在元祐三年，而仍稱端明，其可疑者一。先生於元祐元年冬除正字，紹聖元年夏初出知潤州，居館八年，與《宋史》適合，焉有元祐三年出而爲令之事？而書云「爲令沈丘，其可疑者二。已爲京官矣，而復云「公將有薦其屬爲京官，某願沾其一」，其可疑者三。此書或是代作，似非先生自上之書也。據本集《祭劉貢父文》，有「惟我與君，同年進士」之句。貢父與兄原父，同舉慶曆六年進士第，與先生登第遠不相及。後讀宋本《皇朝文鑑》，內有《代祭劉貢父文》，乃知《柯山》、《右史》、《宛丘》三集皆脱去「代」字。流傳於世，啓人之疑，而宋本之足貴，洵不誣矣。

元祐四年己巳，三十六歲。

二月日，謁常子允。《容齋三筆》：「王順伯藏昔賢墨帖至多，其一曰高子允諸公謁刺，凡十六人，時公美、徐振甫、余中、龔深父、元耆寧、秦少游、黃魯直、張文潛、晁无咎、司馬公休、李成季、葉致遠、黃道夫、廖明略、彭器資、陳祥道，皆元祐四年朝士，唯器資爲中書舍人，餘皆館職。其刺字或書官職，或書郡里，或稱姓名，或只稱名，既手書之，又斥主人之字，且有「同舍」、「尊兄」之目，風流氣味，宛然可端拜，非若後之士大夫，一付筆吏也。」按「高」與「常」筆畫相近而誤，當從《游宦紀聞》作常子允。常亦黨籍之一，仕履詳後。張世南《游宦紀聞》：「士大夫謁見刺字，古制莫詳。世南家藏石本《元祐十六君子墨蹟》，其間有《觀敬賀子允學士尊兄。正旦高郵秦觀手狀》、《庭堅奉謝子允學士同舍。正月日江南黄庭堅手狀》、《耒謹候謝子允學士兄。二月日著作郎兼國史院檢討張耒狀》、《補之謹謁謝子允同舍尊兄。正月日昭德晁補之狀》、《汝礪參候子允校書同舍》，以次凡十六人，皆元祐四年朝士。時惟彭公爲中書舍人，餘皆館職也。刺字或書官職，或書郡里，或稱姓名，或只稱名，既手書之，又稱主人字，且有『同舍』、『尊兄』之目，風流氣味，將之以誠。今人觀之，宜泚顙矣。野處先生嘗跋此帖，謂子允不知爲誰，嘗攷之，常立字子允，當時亦在館中，當是謁常無疑，而野處偶未詳也。」按《續通鑑長編》：「元祐六年十一月，張耒以左奉議郎爲國史院檢討官，尋爲著作郎。」與本集《舊局題屏》詩叙適合，先生爲著作郎在六年仲冬毫無可疑。兹刺字書著作郎等官職，其非四年謁常可知，《游宦紀聞》特未之深考耳，十六君子不必同在一年投刺也。然洪容齋亦指定元祐四年，姑置於此以備參攷。與秦少游論定《晉賢圖》。《淮海集·書晋賢圖後》：「此畫舊名《晉賢圖》，有古衣冠十人，惟一人舉杯欲飲，其餘隱几、策杖、傾聽、假寐、讀書、屬文，了無霑醉之態。龍眠李叔時見之曰：『此《醉客圖》也。』蓋以唐竇蒙畫評有《毛惠遠醉客圖》，故以名之焉。叔時善畫，人所取信。未幾，轉相摹寫，偏於都下，皆曰此真《醉客圖》也，非叔時疇能辨之？獨譙郡張文潛與余以爲不然。此畫晉賢燕居之狀，非醉客也。叔時易其名，出奇以眩俗耳。余舊傳聞江南有一僧，以貲得度，未嘗誦經。有書生欲苦之，詣僧問曰：『上人亦嘗誦經否？』僧曰：『然。』生曰：『《金剛經》幾卷？』僧實不知，卒爲所困，即誣生曰：『君今日已醉，不復可語，請俟他日。』書生笑而去。至夜，僧從鄰房問知卷數。詰旦，生來，僧大聲曰：『君今日乃可語耳。豈不知《金剛經》一卷也。』生曰：『然則卷有幾分？』僧茫然，瞪目熟視曰：『君又醉耶？』聞者莫不絶倒。今圖中諸公，了無醉態，而横被沈湎之名，然後知昔所傳聞爲不謬矣。雖然，余懼叔時以余與文潛異論，亦將以醉見名，則余二人者將何以自解也。叔時好古，博雅君子，其言宜不妄，豈評此畫時方在酩酊耶？圖中諸客洎予二人，孰醉孰不醉，當有能辨之者。」注：「元祐四年作。」作《大理寺丞王君之夫人李氏墓誌》、《歐陽伯和墓誌》。

元祐五年庚午，三十七歲。

是年先生卧病城南，李端叔嘗夜過視疾，爲覓醫藥。端叔與先生外家通譜，於先生舅行也。卧病月餘，呈子由詩。子由次韻云：「一卧憐君三十朝，呼醫仍苦禁城遥。靈根自逐新陽發，病枿從經野火燒。吻燥未須尋麴糵，囊空誰與典絺蕉？何時匹馬隨街鼓，睡起頻驚髀肉消。」「塵垢污人朝復朝，病中吟嘯夜方遥。長空雁過疑相答，虚幌蟲飛坐恐燒。稍覺新霜試松竹，未應寒雨敗梧蕉。從來百煉身如劍，火滅重磨未遽銷。」无咎《次韻蘇中丞喜文潛病間》：「攜筇過子約朝朝，況是門無百步遥。午卧檜曦茶可煮，夜談窗霰栗堪燒。范魚何用驚生釜，鄭鹿應知夢覆蕉。試作文殊問居士，從今一飯久如消。」按子由於元祐五年爲御史中丞。六月，除著作佐郎。作《司馬温公祠堂記》。奉議郎王仲孺爲温令，作司馬公祠堂，屬先生爲之記。司馬薨於元年九月，朝廷追崇之，進爵爲公，而國於温云。十二月，爲集賢校理。見《續通鑑長編》。《宋史》失載此官。

元祐六年辛未，三十八歲。

作《立春》五古一首。六月，罷著作佐郎，除秘書丞。十一月，除著作郎，兼國史院檢討官。復至舊局，題屏五絶一首。

元祐七年壬申，三十九歲。

《送秦少章赴臨安主簿序》。七年仲春十一日作。見宋本《皇朝文鑑》。《淮海年譜》云：「少章元祐六年登進士第，調臨安主簿。」是年九月，詔：「南郊宜依故事，設皇地祇。禮畢，别議方澤之儀。」十一月，祀天地於圜丘，中外加恩。南郊與捧皇帝禋帛。進《大禮慶成賦》。《蘇長公外紀》：「元祐壬申南郊，坡公爲鹵簿使。尋遷禮部尚書，遷端明侍讀學士。有《讀朱暉傳題文潛語後》。」王宗稷《東坡年譜》同。按《文潛語題後》蘇集失載，所謂文潛語，亦不可考。

元祐八年癸酉，四十歲。

三月，遭御史黄慶基彈劾，謂蘇軾自進用以來援引黨與，王鞏、林豫、張耒、晁補之皆軾力爲援引，秦觀亦軾之門人也，是以奔競之士趨走其門者如市。見《續通鑑長編》。《祭蘇端明郡君文》。八月，東坡繼室王郡君卒。九月，東坡帥定武，辟李端叔爲簽判。先生作序送端叔。諸館職餞於惠濟宫，坡舉白浮歐陽叔弼、陳伯脩二校理、常希古少尹，曰：「三君但飲此酒，酒釂當言所罰。」三君飲竟。東坡曰：「三君爲主司而失李方叔，茲可罰也。」三君者無以爲言，慚謝而已。張文潛舍人在坐，輒舉白浮東坡先生曰：「先生亦當飲此。」東坡曰：「何也？」文潛曰：「先生昔知舉而遺之，與三君之罰均也。」舉坐大笑。《蘇長公外紀》引《百川學海》。按東坡於九月二十七日出都赴定館職，餞行已稱先生爲舍人。而《后山詩集》任淵注：「文潛元祐八年冬，自著作郎除起居舍人。」又周必大跋汪季路所藏《張文潛與彥素帖》：「朱希真父諱勃，元祐、紹聖之交爲右司諫，時張文潛爲起居舍人，故云同省。」似先生除舍人職，在是年之冬近是。作《宣仁太皇太后挽詞》、《商屯田墓誌》。贈无咎詩，約同赴大尹龍圖四丈至日羔酒之集。呈龍圖四丈詩。按《東都事略》：「錢穆父於元祐八年，以龍圖閣直學士知開封府。」居館，每歲上元，晨，趨大慶門迎駕。近午，駐輦，拜謝茶酒之賜。作《史官歲六節賜御醪》。與同館諸人唱和。元祐以來，分黨相攻，廢罷不一。先生居館職八年，顧義自守，粗免人言。先生與王鞏、黄庭堅、秦觀、晁補之、陳師道、畢仲游、李之儀、廖正一、李昭玘諸人爲蜀黨，邢恕、朱光庭、賈易、杜純諸人爲洛黨，劉摯、梁燾、王巖叟、劉安世諸人爲朔黨。

紹聖元年甲戌，四十一歲。

少游寄詩：「解手亭皐纔幾月，春風已復動林塘，稍遷右史公何忝，初閱除書國爲狂。日出想驚儒發冢，風行應罷女爭桑。東坡手種千株柳，聞説邦人比召棠。」按少游是年坐黨籍改館閣校勘，出爲杭州通判，此詩當作於春間。三月，侍立集英殿，臨軒試舉人，有詩。左正言、上官均彈劾吕大防，謂其以張耒、秦觀浮薄之徒撰次國史。《道山清話》。鄧聖求、蔡元長上章指黃、秦、晁、張所修《神宗實録》，以爲謗史，乞行重修。蓋舊史多取司馬文正公《涑水紀聞》，如韓、富、歐陽諸公傳，及敍劉永年家世，載徐德占母事，王文公之詆永年，常山吕正獻之評曾南豐，邵安簡借書多不還，陳秀公母賤之類，所引甚多。至新史，於是《裕陵實録》皆以朱筆抹之，且究問前日史官，悉行遷斥，盡取王荆公《日録》無遺，以删修焉，號朱墨本。陳瑩中上書曾文肅，謂尊私史而壓宗廟者也。其所從來，亦有本焉。覽者熟究而考之，當知此言不誣。《玉照新志》。先生患風痺五年，去年冬末又患瘡疹，不治恐成痼疾，欲圖外官，少就優便，專意藥物，遂請郡。无咎《次韻病中作》：自注：「時文潛方求補引。」「貧爐初著灰，燭酒寒不温。鄰張病未來，獨負南窗暄。昨日往過之，歡喜能兩餐。醒醲渙然解，愧無枚乘言。祝君抱虚一，邪氣襲無門。今晨有起色，迎笑眉宇軒。扶掖兩男兒，總丱佳弟昆。遺誦寄我詩，妙可白玉刊。平生俱豪氣，見酒渴驥奔。賜休常苦稀，晨謁良不閑。約君向南邦，勿厭敲扑諠。公餘未忘飲，何必釂十分。時平但行樂，卧治安足論。琵琶五十面，雷雨出鵾絃。」后山《寄文潛舍人》詩：《后山年譜》：「文潛元祐八年冬，除起居舍人，即右史也。紹聖元年四月，以直龍圖閣知潤州。此詩蓋春時作。」「今代張平子，雄深次子長。名高三俊上，官立右螭傍。車笠吾何恨，飛騰子莫量。時平身早達，未用夢凝香。」自注曰：「來書云補郡之樂，發于夢寐。」先是乞知潁、相、徐、潤州，不允，再乞乃允。於是以直龍圖閣出知潤州，閏四月二十九日致仕交割訖。五月到任，有《謝執政啟》。本集贈翟公巽句：「我昔出守來丹陽，江流五月如探湯。」時子瞻責知英州，道過揚。先生自潤州遣兵王告、顧成衛子瞻而行。游金山，留宿五日。本集《贈吴孟求承議》詩，有「金山五日厭僧粥」句。《潤州書事》五律一首。是年秋，坐黨籍，解潤州任。《贈吴孟求承議》詩所謂「褐來京口見花落，歸去西風未吹柳。山尋北固初知路，水飲中冷未盈缶」是也。道淮陰，將入京，忽被命守宣，遂赴任。據本集《宣州謝兩府啟》：「法當易地，恩使造庭。方奔命於半途，遽分符於使郡。」知先生將入京，中途聞命折回，赴宣任。過吴興道中，有詩。九月，子瞻游羅浮，與先生書云「羅浮曾一游。每出勞人，不如閉户之有味也。」《對酒奉懷无咎》。有「最憶南都晁別駕」句。按无咎是年坐黨累，降通判應天府。后山《寄張宣州》詩：《后山年譜》置此詩於元年。「與世情將盡，懷仁老未忘。故人今五馬，高處謾三長。詩豈江山助，名成沈鮑行。肯爲文俗事，打鴨起鴛鴦。」《后山年譜》據《實録》：「紹聖元年八月，直龍圖閣張耒權知宣州。」十二月，重修《神宗實録》，成，逮問元祐史官。

紹聖二年乙亥，四十二歲。

作《符夫人墓誌》。三月，遣兵王告至惠州。子瞻以桄榔杖爲寄縢之，以詩并書。時初聞黄魯直遷黔南，范淳父遷九疑，並致慨焉。《宋史》：「紹聖元年十二月甲午，范祖禹、黄庭堅坐史事，責授散官，永豐、黔州安置。」詩云：「睡起風清酒在亡，身隨殘夢兩茫茫。江邊曳杖桄榔瘦，林下尋苗蓽撥香。獨步倘逢勾漏令，遠來莫恨曲江張。遥知魯國真男子，獨憶平生盛孝章。」《老學庵筆記》引蘇季真云：「東坡寄張文潛《桄榔杖》詩，初本云『酒半消』，其下云：『江邊獨曳桄榔杖，林下閒尋蓽撥苗。』『盛孝章』又誤爲『孝標』。已而悟，故盡易之。雖其家所傳，然去今所行亡字韻殊遠，恐傳之誤也。」書云：「屏居荒服，真無一物爲信，有桄榔方杖一枚，前此土人不知以爲杖也。勿誚微陋，收其遠意爾。茘支正出，林下恣食，亦一快也。无咎竟坐修造，不肖累之也。」又云：

「來兵王告者，極忠厚。方某流離道路，時告奉事，無少懈，又不憚萬里再來，非獨走卒中無有也。願公以某之故，置一好科坐處。當時與同來者顧成，亦極小心可念。」子瞻與魯直第二書：「某啟：惠州遣人致所惠書，承中塗相見，尊候甚安，即日想已達黔中。不審起居何似，云大率似長沙，審爾亦不甚惡也。惠州久已安之矣，度黔亦無不可處之道。文潛在宣極安，少游謫居甚自得，淳甫亦然，皆可喜。獨元老淹忽爲之流涕，病劇久矣，想非由遠適也。幽絶書問難繼，惟倍萬保重！不宣。」先生以子瞻故坐徙，故子瞻惓惓焉。《宣州雨中題壁》七絶一首。

紹聖三年丙子，四十三歲。

復遣使至惠州。子瞻報書云：「忽辱專人手教，伏讀感歎。且審爲郡多暇，至慰！至慰！某清净獨居，一年有半爾，按子瞻於元年十月到惠州，以一年有半計之，報書當在三年春末夏初。已有所覺，此理易曉無疑也。然絶欲，天下之難事也，殆似斷肉，今使人一生食菜，必不肯，且斷肉百日，似易聽也，百日之後，復展百日，以及朞年，幾忘肉矣。但且立期展限，決有成也。已驗之，方思以奉傳，想識此意也。見寓監司行館，下臨二江，有樓，劉夢得《楚望賦》句是也。過甚有幹蠱之才，舉業亦少進，侍其父亦然，恐欲知之解憂爾。」是年罷守宣城，入京，除管勾明道宮。作《智軫禪師塔記》、《出都之宛丘贈寄參寥》詩。秋，寓居宛丘南門靈通禪刹之西堂。靈通院，石晋末所創，有千佛殿。職間無事，終日杜門。人知先生之好飲也，或饋之酒。於外家李氏得見所蓄摹本韓幹畫甚多，内有一馬，與采石中元水府祠藏本正同，乃知太平守張唐公之所賞，決爲摹本無疑也。《明道雜志》。按張瓌字唐公，洎之孫也。進士。見《宋史》。

紹聖四年丁丑，四十四歲。

二月二十八日癸未，制：「呂大防責授舒州團練副使，循州安置；劉摯責授鼎州團練副使，新州安置；蘇轍責授化州別駕，雷州安置；梁燾責授雷州別駕，化州安置；范純仁責授武安軍節度副使，永州安置。劉奉世、韓維、王覿、韓川、孫升、呂陶、范純禮、趙君錫、馬默、顧臨、范純粹、孔武仲、王汾、王欽臣、張耒、呂希哲、呂希純、呂希績、姚勔、吴安詩、晁補之、賈易、程頤、錢勰、楊畏、朱光庭、孫覺、趙卨、李之純、杜純、李周等三十一人，或貶官奪恩，或居住安置，輕重有差。其郴州編管秦觀，移送横州。」大防等責詞，皆葉濤所草也。自呂大防以下，凡《宋史》有傳者，其事蹟不復詳。按王汾字彦祖，鉅野人，禹偁曾孫。第進士甲科。治平三年，召試館職，歷官兵部侍郎，寶文閣待制致仕。姚勔字輝中，山陰人。嘉祐四年進士。歷官秘書丞、起居舍人，遷起居郎、權給事中、國子祭酒。紹聖中，貶水部員外，分司南京。見《宋詩紀事補遺》。吴安詩字傳正，建安人。父充，《宋史》有傳。安詩以蔭歷官禮部員外郎、右司諫、中書舍人。蘇轍罷知汝州，安詩以草制獲咎，降起居舍人。後責授濮州團練副使，連州安置。見《宋史翼》。先生謫監黄州酒税欑務。閏二月六日，治行之黄州，與表弟宛丘李德載話别。由陳入蔡，道真陽。真陽宰錢君，起居舍人彦遠之孫也。起居前守真陽，名其燕寢曰「素絲堂」，今猶存。錢君館先生於縣舍，屬作《素絲堂記》。三月，到任。謝表云：「准告罷管勾明道宫，落職添差，監黄州酒税欑務，已於今年三月到任管勾訖。」與徐仲車書：「耒拜上。季春極暄，恭惟仲車教授先生尊體起居萬福。耒向罷宣州，到京蒙除管勾明道宫，尋便居陳，僅半年餘，卬頗優游。今年閏月初，忽捧告命謫監黃州酒稅，仍落職，遂出陸自陳入蔡，自蔡入光，遂至貶所。黃在大江上，風土食物却相得。太守乃楊瓌寶，與之親舊。通守山陽人也，真長者。謫官之幸！未卑體亦頑健，新婦以次各無恙。職事亦不絶冗，公私既無事事，中亦泰然。其他外物，應自有命，非人能與也。先生以謂如何，有以見教，乃卑誠所願也。末由參省，伏乞順時保重。」上郡守楊瓌寶啟。《宋史翼》：「楊瓌寶字器之，管城人，吕公著外甥也。父仲元，《宋史》有傳。瓌寶累官郡守，與張文潛相唱和。」作《投知己書》。王雯來謁，求爲其先人朝奉君時中作墓誌。與潘奉議昌言游處，甚相得。名綆，黃州人。大臨之父。元豐己未進士。曾監楚州都鹽倉。

元符元年戊寅，四十五歲。

正月八日，作《早寒詩》。見龐安常於蘄水山中，深衣幅巾，偉然其貌。安常精於醫，爲先生治風痺疾有間。作《問雙棠賦》。到黃已周歲，賦所謂「天星一周，穆然舊春」是也。丙子季冬，植兩海棠於宛丘靈通院。是年，寺僧書來，言花茂悦如故。爲廬山太平觀道士温信之作《新開朝天九幽拔罪懺贊》。《明道雜志》云：「自余罷守宣城，至今且二年，所過州府數十，而有佳酒者不過三四處。高郵酒最佳，幾似内法，問之其匠，故内庫匠也。其次陳州瓊液酒，陳輔郡之雄，自宜有佳匠。其次乃黃州酒，可亞瓊液而差薄，此謫官中一幸也。」陸游《入蜀記》：「黃州酒味殊惡，蘇公《虀湯蜜汁之戲不虛發郡人何斯舉》詩亦云『終年飲惡酒，誰敢憎督郵』，而文潛乃亟稱黃州酒，以爲自京師之外無過者，豈文潛謫黃時適有佳匠乎？」九月末，大風一夕，安置火爐有感二首。自註：「余以丑年春至黃，今見二冬矣。」是年夏極熱。自註：「黃岡三伏，暑不可過。」寄楊道孚詩。道孚爲先生甥，吕氏之重甥也。元符初，滎陽公謫居歷陽，道孚爲州法曹掾。故先生寄詩有「士師我自出」及「昏燈夜問囚」句。作《潘奉議墓誌、挽詞》、《吴天常墓誌》。

元符二年己卯，四十六歲。

作《景德寺西禪院慈氏殿記》、《別齊安税務窗竹》詩。窗竹，先生所手植。本集有《黄州酒務税宿房北窗種竹題壁》詩。《離黄州》詩：「扁舟發孤城，揮手謝送者。山回地勢卷，天豁江面瀉。中流望赤壁，石脚插水下。昏昏烟霧嶺，歷歷漁樵舍。居夷實三載，鄰里通假借。別之豈無情，老淚爲一灑。篙工起鳴鼓，輕櫓健於馬。聊爲過江宿，寂寂樊山夜。」先生於紹聖四年三月蒞黄，元符二年秋去黄，居黄近三載。此詩當作於是年秋。若崇寧元年到黄，五年去黄，則是五載矣。是年秋，坐元祐黨籍，謫復州監酒。按《沔陽州志沿革表》，元祐元年，復州屬荆湖北路，治竟陵。端平三年，復州治沔陽鎮，仍屬荆湖北路。到復時，僦舍有小園，景物頗佳。景湖門外，灼灼紅蓮，猶照碧流也。李文舉以事至郡，同遊西禪刹、陸子泉，烹茶酌酒甚歡。與文舉登夢野亭。亭在子城西南角，一目而盡雲夢之野，最爲郡中之勝。遊五華山、管氏梅橋。務中晚作，有詩。魏鶴山《題復州鴻軒》。爲劉道原之子羲仲作《冰玉堂記》。時羲仲主簿於德安。按《記》謂元符中謫官廬陵，當是竟陵之誤。十二月二十日作《感事》詩。

元符三年庚辰，四十七歲。

正月八日，坐局沽酒，有詩。魏鶴山《題復州鴻軒》。九日，哲宗崩，作挽詞。徽宗踐阼，起先生通判黄州。周益公《跋張文潛右史遺李彥誠名忱，仲同之孫。登科元祐六年。爲洪州獄掾。十一帖》：「右史以元符末貶監黃、虔二州酒稅。」作《鴻軒記》。謂去秋至，今春去，有類於鴻云。鴻軒下薔薇，先生初至時，生意僅存，灌溉壅護，今春大盛，著花數百萼，豐富妍麗，頃所未見也。移官將去，酌酒賞別，有詩。李文舉自武昌渡江來話別。文周翰惠酒，以詩謝之。時周翰自漢陽移陜，與黃師是爲代。先生亦自復移倅黃州。

六月望日，黃州罷官。率兒秬與潘仲達同游匡山，過樊口，李文叔棹小舸相送。文叔，易安之父。元祐館職。下巴河，巴河道中有詩。至靈巖寺，觀孫仲謀刑馬壇，吳攻壽春，刑馬祭江於此。與潘、李飲酒賦詩於寺中。次日，宿昭明太子廟，候風而發。過道士磯。本集詩：「已逢嫵媚散花峽，不怕艱危道士磯。」蓋江行惟此處最湍險。泊富池，回望匡山諸峰，半在雲際。十八日，宿於潯陽太平觀。二十日，題詩神運殿壁，「神運殿」三字爲唐相裴休書。相傳殿本龍潭，深不可測，一夕鬼神塞之，運良材爲殿。未知實否。禮晋慧遠法師像。七月，知兗州。將之官，盡出所假潘氏諸書，歸之於潘，獨留子瞻書一卷。蓋曩時子瞻謫黃，爲奉議公所書，備正書行草數體。先生假之於奉議之子邠老，以爲書法者，令兒秬納之篋中，而題其後。發岐亭，宿故鎮，詩有「我别竟陵時，楚稻如碧絲。秋風發齊安，稻穗如植旂」句，到任當在十月。據本集《將至都下》詩「九旬刺史歸空囊」，知先生在兗僅三月耳。蒞事之始，祭文宣王，有文。臘八日，大雪，有詩。后山《寄兗州張龍圖》詩：「去國遭前政，還家未白頭。百年當晚遇，一辱獨先收。齒脱空餘舌，顔衰早著秋。三爲郡文學，大勝鄧元侯。」「賸喜開三面，旋聞乞一州。力難隨鳥翼，行復立螭頭。今日麒麟閣，當年鸚鵡洲。寄書愁不達，書達得無愁。」任註：「『行復立螭頭』句，言文潛將復爲舊官。」

徽宗建中靖國元年辛巳，四十八歲。

徽宗聽政，召爲太常少卿。蒙恩除奉常，有感一首。正月，欽聖憲肅向太后崩。神宗后。范忠宣卒，作挽詞。春，大雪，先生以禮官奉欽聖喪事入宿内東門，凡數十鋪，直廬官吏達旦不能寐。是年追尊太妃陳氏徽宗生母。爲欽慈皇后，陪葬永裕陵。作《欽慈皇后挽詩》。夏，知潁州。與李德載相會，德載贈詩，因次韻，有「重入修門一見春」句。自註：「余召還奉常，滿一春而去。」作《病暑賦》。六月，子瞻歿於常州，訃至京師，王定國、李豸皆有疏文。先生時知潁，聞訃出俸，於薦福寺修供以致師尊之哀。自來名公下世，太學生必相率至佛宫薦悼，王荆公薨，太學録朱朝偉作薦文，追悼於佛宫，先生援其例也。是年初秋，山谷在荆南，有《病起荆江亭即事》詩十首。其一云：「張子耽酒語蹇吃，聞道潁州又陳州。」任注：「文潛素嗜酒，晚有末疾。建中靖國元年，除秘書少監，兼史職。以御史陳次升言其疾病，出知揚州。尋改陳州，又改潁州。」形模彌勒一布袋，任注：「文潛素肥，晚益甚。」文字江河萬古流。」按太常少卿見《宋史》。秘書少監當是兼職，故《宋史》未載。范氏《淮壖小記》引鄒浩《道鄉集》，有《張耒直龍圖閣知揚州制》，謂《宋史》失載此官，實則揚州、陳州皆未到任即改知潁州，《宋史》非失載也。范氏《小記》誤。題皇甫秘校書室詩。冬知汝州。道萬壽縣，縣令皇甫君館先生於新學舍，爲作《萬壽縣舍記》。十二月，后山卒。

崇寧元年壬午，四十九歲。

正月望夜，赴臨汝，宿襄城古驛亭。襄城地爽塏，可以眺二室，韓退之所謂「潁水嵩山豁眼明」者。到汝後，張至柔來訪。先是元豐七年，會至柔於宛丘，爾後絶不相聞，至今十八年矣。將歸於固始山中，先生作序送之。四月，聞鶯，有詩。五月乙亥，詔：「故追復太子太保司馬光、吕公著，太師文彦博，光禄大夫吕大防，大中大夫劉摯，右中散大夫梁燾，朝奉郎王巖叟、蘇軾，各從裁減，追復一官，其元追復官告並繳納。王存王存、鄭雍、傅堯俞、趙瞻、趙卨、孫升、孔文仲、朱光庭、秦觀、張茂則、范純仁、韓維、蘇轍、范純粹、吴安詩、范純禮、陳次升、韓川、張耒、吕希哲、劉唐老、歐陽棐、孔平仲、畢仲游、徐常、黄庭堅、晁補之、劉跂、王鞏、劉當時、常安民、黄隱、張保源、汪衍、余爽、湯馘、鄭俠、常立、程頤、張巽。等四十人行遣，輕重有差。唯孫固爲神考潛邸人，已復職名及贈官，免追奪。任伯雨、陳祐、張庭堅、商倚等，并送吏部，令在外指射差遣。陳瓘、龔夬并予祠。」其司馬光等責詞，皆曾布所草也。自司馬光以下，凡《宋史》有傳者，其事蹟不復詳。按劉唐老字壽臣，洛陽人。曾祖温叟，祖燁，《宋史》有傳。父忱，官修撰。唐老以吕大防舉召試館職，除秘閣校理，終於朝請郎。黄隱字光中，治平四年登進士第四人。元豐八年，權殿中侍御史，排王氏新説。元符初，責授水部員外郎。二年，責授平江軍司馬，南安軍安置。張保源字澄之，深州束鹿人。累官通直郎。坐妄議朝政，勒停五年，與監廟差遣。商倚，淄川人，官太學博士。紹聖四年，爲秘書省校書郎，通判保州。建中靖國元年，爲殿中侍御史。見《宋史翼》。劉跂字斯立。父摯，《宋史》有傳。王鞏之婿也。與弟蹈同登元豐三年進士。遭黨禍，爲李延年所誣，編管壽春。王鞏字定國，莘縣人。文正公旦孫，工部尚書素子。嘗倅揚州，坐與蘇軾遊，謫監筠州鹽稅，罷還。官至宗正丞。見《宋詩紀事》。常立字子允，汝陰人。父秩，《宋史》有傳。立第進士，歷官崇文院校書、秘書省正字、鄆州觀察支使，添差監永州酒税。見《續通鑑長編》。汪衍，未詳里貫。官朝散郎、永康軍通判。後編管封州，永不收敘。湯馘，未詳里貫。官陳州別駕。後除名，送新州編管。張巽，開封人。父茂則，《宋史》宦者有傳。巽宿衛宫省，後改授皇城副使，差鄧州都監。見《元祐黨人傳》。徐常、劉當時二人無考。先生復坐黨籍落職，主管勾亳州明道宫。七月，言者謂先生知潁州日，聞子瞻卒，飯僧縞素而哭。遂自管勾亳州明道宫，責授房州别駕，黄州安置。《山谷内集》任淵注。范氏《淮壖小記》據《徐節孝集》宛丘一帖駁《宋史》之誤，謂管勾明道宫當在罷宣州到京時，不當在崇寧知汝州後。按任淵註：「崇寧元年，管勾亳州明道宫。」與紹聖三年入京後管勾明道宫絶不相涉，特《宋史》脱「亳州」二字，又漏載紹聖三年之事，《淮壖小記》遂誤認兩事爲一事。《清河縣志》因亦謂史文有誤，其實非也。山谷《武昌松風閣》詩，蓋九月之鄂途中所作，故有「張侯何時到眼前」之句，時先生猶未到黄也。黄與武昌隔江相望，故云。到黄後謝表略云：「准告責授房州别駕，黄州安置。臣已於九月初三日到黄州公參訖。」山谷次韻七古：「武昌赤壁弔周郎，寒溪西山尋漫浪。忽聞天上故人來，呼船凌江不待餉。我瞻高明少吐氣，君亦歡喜失微恙。任注：「文潛時有末疾，故云微恙。」年來鬼祟覆三豪，詞林根柢頗搖蕩。任注：「三豪，當是東坡先生及范淳夫、秦少游，於時皆死矣。」天生大材竟何用，只與千古拜圖像。張侯文章殊不病，歷險心膽元自壯。汀洲鴻雁未安集，風雪牖户當塞向。有人出手辦茲事，政可隱几窮諸妄。任注：「意謂徽廟躬攬之初，安民修政自有廟堂諸人身任其責，吾曹但當學道山林爾。」經行東坡眠食地，拂拭寶墨生楚愴。水清石見君所知，此是吾家秘密藏。」任注：「文潛到黄，山谷自鄂往見之，有『風雪牖户當塞向』句，蓋冬深所作。東坡謫黄時，放浪溪山間，凡所遊覽，見於賦詠，人皆刻之石。山谷作是詩時，文潛亦謫於此，故有『經行東坡眠食地』句。文潛聞東坡之喪，縞素而哭，拂拭寶墨，得無生楚愴耶？此兩句非獨盡文潛之方寸，又見其師友戀慕，片言隻字不敢頃刻忘也。」山谷又和舟中所題：任注：「舊本題云：『乘武昌小舟過黄岡木門間，觀張文潛次韻和李文舉詩。是日冒大風，刺舟對赤鼻磯渡江？』」「雲横疑有路，天遠欲無門。任注：「謂文潛初在朝路，疑若自致青雲，然竟流落，望君門而不可入也。」信矣江山美，懷哉譴逐魂。長波空泚記，佳句洗眵昏。誰柰離愁得，村醪或可尊。」時元祐、元符末，羣賢貶竄，死徙畧盡。蔡京猶未愜意，與其客强浚明、葉夢得共鍛煉之。九月己亥，御批付中書省：「應元祐責籍并元符末敘復過當之人，各具元籍定姓名進入。」于是蔡京籍文臣執政官文彦博文彦博、呂公著、司馬光、安燾、呂大防、劉摯、梁燾、王巖叟、范純仁、王珪、王存、傅堯俞、趙瞻、韓維、孫固、范百禄、胡宗愈、李清臣、蘇轍、劉奉世、范純禮、陸佃。等二十二人，待制以上官蘇軾蘇軾、范祖禹、王欽臣、姚勔、顧臨、趙君錫、馬默、孔武仲、王汾、孔文仲、朱光庭、吳安持、錢勰、李之純、孫覺、鮮于侁、趙彦若、趙卨、孫升、李周、劉安世、韓川、賈易、呂希純、曾肇、王覿、范純粹、楊畏、呂陶、王古、陳次升、豐稷、謝文瓘、鄒浩、張舜民。等三十五人，餘官秦觀秦觀、湯馘、杜純、司馬康、宋保國、吳安詩、張耒、黄隱、歐陽棐、呂希哲、劉唐老、晁補之、黄庭堅、畢仲游、常安民、汪衍、孔平仲、王鞏、張保源、余爽、鄭俠、常立、程頤、余卞、唐義問、李格非、商倚、張庭堅、李祉、陳佑、任伯雨、陳郛、朱光裔、蘇嘉、陳瓘、龔夬、呂希績、歐陽中立、吳儔、呂仲甫、徐常、劉當時、馬琮、謝良佐、陳彦默、劉昱、魯君貺、韓跋。等四十八人，内臣張士良張士良、魯燾、趙約、譚扆、楊偁、陳恂、張琳、裴彦臣。等八人，武臣王獻可王獻可、張巽、李備、胡田。等四人，等其罪狀，謂之姦黨，請御書刻石於端禮門。

按吳安持，父充，《宋史》有傳。安持，寶文閣待制，王荆公之婿。見《宋詩紀事》。趙彦若字元考，青州人。父師民。《宋史》有傳。元祐元年兵部侍郎，二年充實録館修撰，六年翰林學士，知制誥。蘇嘉字景謨，福建人。父頌，《宋史》有傳。以蔭仕至太常寺博士，通判常州。陳郛字彦聖，建陽人。嘉祐二年進士。歷官歙州軍事推官，知崑山縣，司農大府丞，終於朝奉大夫、管勾洞霄宫。張士良，給事御藥院，後徙白州編管。裴彦臣，官内東頭供奉，後編管池州。見《宋史翼》。王古字敏仲，旦曾孫。第進士。官至寶文閣直學士，知成都，後責投衡州别駕。見《宋史紀事補遺》。宋保國安陸人。父祁，《宋史》有傳。元祐七年，官宣德郎。元符元年，追毁出身以來文字，除名。李祉，魏州人。父清臣，《宋史》有傳。祉坐其父議，棄湟州事，送英州編管。朱光裔字公遠，河南人。朝散郎、管勾仙都觀。歐陽中立，袁州人。初試部郎，後以司馬光門人坐廢。吴儔，福建人。祖育，《宋史》有傳。累官承議郎。魯燾，編管歙州。陳恂，編管瓊州。趙約、譚扆、楊偁、張琳等，皆令三省籍記姓名，不得與在京差遣。王獻可，累官知麟州，西作坊使。坐擅擊夏賊，追一官，勒停。李備，官至文思院副使。胡田，官至廣西經略使。見《元祐黨人傳》。吕仲甫、馬琮、謝良佐、陳彦默、劉昱、魯君貺、韓跋七人無考。山谷次韻立春日三絶句：「眇然今日望歐梅，已發黄州首更回。試問淮南風月主，新年桃李爲誰開？」任注：「山谷此詩在黄州作，蓋東坡舊謫之地。東坡舉進士，時歐陽文忠、梅聖俞愛其文，置之異等。後在黄州，嘗有帖云：『江山風月，本無常主，閒者便是主人。』此引用以屬文潛。」「誰憐舊日青錢選，不立春風玉筍班。任注：「文潛舊爲起居舍人。」傳得黄州新句法，老夫端欲把降幡。」任注：「黄州謂東坡。」「江山也似隨春動，花柳真成觸眼新。清濁盡須歸甕蟻，吉凶更莫問波臣。」黄䇲《山谷年譜》據蜀本詩集注云：「按長曆，是歲十二月二十一日立春，明年春時山谷已歸鄂，故詩中有『已發黄州首更回』之句。」是年臘月下旬，作七絶二首。其一云：「風折蒹葭水結凘，燕鴻相語定歸期。淮南水闊山長處，少待燕山霰雪晞。」先生蓋有故鄉之思焉。山谷再次前韻：「春工調物似鹽梅，一一根中生意回。風日安排催歲换，丹青次第與花開。」「久狎漁樵作往還，曉風宫殿夢催班。鄰娃似與春争道，酥滴花枝綵翦幡。」「酒有全功筆有神，可將心付白頭新。春盤一任人争席，莫道前銜是近臣。」

崇寧二年癸未，五十歲。

《元夕謫居齊安有感示秬秸》詩。《贈張嘉甫南征》。《聞紅鶴有感》，句云：「憶我去年臨汝城。」四月乙亥，詔：「蘇洵、蘇軾、蘇轍、黄庭堅、張耒、晁補之、秦觀、馬涓文集，范祖禹《唐鑑》，范鎮《東齋記事》，劉攽《詩話》，釋文瑩《湘山野録》等印板，悉行焚毁。」九月辛丑，臣僚上言：「近出使府界，陳州士人有以端禮門石刻元祐姦黨姓名問臣者，其姓名雖嘗行下，至於御筆刻石，則未盡知。近在畿甸且如此，況四遠乎！乞特降睿旨，以御書刊石端禮門姓名下外路州軍，於監司長吏廳立石刊記，以示萬姓。」從之。先生謫黄，寓郡東乾明寺，《黄州府志》：「乾明寺在黄岡縣東南定惠院内，今廢。」而制不得逾歲，是年冬遂移居，因遺秬、秸料理新居，作詩示之：「孟冬寒氣至，北風羣木衰。微霖墮簷瓦，老客卧先知。二年蕭寺客，巾屨忽復移。誰令簡書畏，易此鷦鷯枝。冥冥造化中，毫釐陰有司。念此雖細事，亦非人所爲。東窗頗明爽，洒掃吾遨嬉。濁酒爲余辦，勿使歎空卮！」移居柯家山何氏第詩：「吾居最易足，容膝便有餘。平生一畝宫，游宦乖所圖。謫官求便安，僦舍柯山隅。灑掃勤汝力，真成野人居。棲鴻媚夜渚，待旦志在塗。栖遲聊復爾，本不計憂娱。惟此東窗下，可以陳圖書。三酌便陶然，何者爲吾廬。」《黄州府志》引《東坡志林》：「由定惠院步出城東，入何氏、韓氏竹園，遂置酒竹陰下，興盡乃徑歸。」按何氏在城東，移居何氏第當即此。先生居柯山西，潘邠老居東，時相過從。《黄州府志》：「柯山在黄岡縣東，定惠院南。宋潘大臨居此，稱柯山人。蘇軾詞『蔚柯丘之葱蒨』即此。」

崇寧三年甲申，五十一歲。

六月戊午，詔：「重定元祐、元符黨人及上書邪等者，合爲一籍，自司馬光以下通三百九人，刻石朝堂。」先生名列餘官第四。《梁谿漫志》曰：「元祐黨籍，初僅七十八人，皆一時忠賢，可指而數者也。

其後凡得罪於章、蔡者，騤騤附益入籍。至崇寧間，京悉舉不附己者籍爲元祐姦黨，至三百九人之多。于是邪正混淆，其非正人而入元祐黨者，蓋十之六七。建炎、紹興間，例加褒贈，推恩其後，而議者謂其間多姦邪，而今日子孫又從而僥倖恩典矣。」按元二年黨籍已有百數十人之多，其中無考者九人，即有可考者，亦不盡卓卓可傳，而況蔓衍附益至三百九人之多乎！誠如費補之所云：「非正人而入黨籍者，蓋十之六七也。」七月，作《吴德仁大夫墓誌》。

崇寧四年乙酉，五十二歲。

跋范坦所藏《高閑蘇才翁帖》。蘇舜元字才翁，舜欽字子美，兄弟也。舜欽名籍甚，才翁人少稱之。然才翁書字清勁老健，實過子美；詩有佳句，子美亦不逮也。見《明道雜志》。先生官秘書近十年，凡秘府所藏與一時士大夫家所有晉、唐以來名書妙墨，皆獲見之，而高閑書絶未嘗見。是年七月，始見范伯履所藏千文，追想昔年楊褒石本，真出一手。祭秦少游文。按《淮海年譜》：「元符三年八月，少游卒於雷州。建中靖國元年，停殯於潭州。崇寧四年，歸葬廣陵。其孤處度，拜先生於黃州，爲作祭文。」九月己亥，大赦天下。詔：「元祐姦黨，久責遐裔，用示至仁，稍從内徙，應嶺南移荆湖，荆湖移江淮，江淮移近地，唯不得至四輔畿甸。」除上書已經量移及近鄉人外，其被詔量移者，自鄒浩以下，共五十七人，先生與焉。黃山谷卒。

崇寧五年丙戌，五十三歲。

正月乙巳，以彗星之變，避殿減膳，詔毁元祐黨人碑。又詔：「應元祐及元符末係籍人等，遷謫累年，已定懲戒，可復仕籍，許其自新。朝堂石刻，已令除毀，如外處有姦黨石刻，亦令除毀，今後更不許以前事彈糾，常令御史臺覺察，違者劾奏。」庚戌，三省同奉旨敍復元祐黨籍諸人。先生於是年十一月去黄之潁州，過盱眙，少留。杜子師出示子瞻《字説》，于是蘇公之亡五年矣，相與太息出涕而讀之。赴淮陰。太寧寺僧崇岳，聞先生自黄歸，欣然空所居而相延。詩有「風波歷盡見故鄉，親友相逢驚白髮」句。

大觀元年丁亥，五十四歲。

本集《潘邠老文集序》：「崇寧中，罪謫黄州，與邠老爲鄰。後蒙恩去黄，居淮陰，聞邠老客死蘄春，太息出涕。」按先生於五年十一月去黄，是年當在淮陰。跋呂居仁所藏《秦少游投卷》。《紫微詩話》：「予舊藏秦少游上正獻公呂公著。投卷，張丈文潛題其後，略云：『此卷是投正獻公者，今藏居仁處。居仁好其文，出以示予，覽之令人愴恨。』」時大觀改元二月也。

大觀二年戊子，五十五歲。

三月戊寅，門下中書後省左右司言：「檢會今年正月一日赦書：『元祐黨人，懷姦睥睨，報怨不已，公肆詆誣，罪在宗廟者，朕不敢貸。其或情輕法重，例被放棄；或非身自犯，因人得罪；或志非誣謗，言有近似；或本緣辦理，語涉譏訕；或止因職事，偶涉更改。凡此之類，不據元貶責罪犯，審量其情，分輕重等第，取情理輕者，與落罪籍，甄敍差遣。』今將元編類册內依詳赦文，看詳到。」詔並出籍，先生與焉。《紫微詩話》：「張丈文潛，大觀中，歸陳州，至南京，答予書云：『到宋冒雨，時見數花淒寒，重裘附火端坐，不類季春氣候也』。」到陳後，任、王二君惠牡丹兩槃，皆絶品也。作詩呈常希古，有「初來淮陽春已晚，下里數楹聊寢飯。此邦花時人若狂，我初稅駕遊獨懶。任王二君真解事，來致兩槃紅紫爛」句。又句云：「東鄰夫子亦嗜酒」，蓋先生與希古結鄰也。趙德麟《侯鯖録》「余崇寧中坐章疏入籍爲元祐黨人，後四年，牽復過陳，張文潛、常希古皆在陳居，相見慰勞之」云云。按德麟於崇寧三年坐入黨籍，後四年當爲大觀二年。先生至陳，其爲大觀二年之暮春無疑。七月十五日，希古生日，先生以詩爲壽，有「蒼顏白髮老祠官，邂逅淮陽一笑歡」句。

大觀三年己丑，五十六歲。

七月丁未，詔：「謫籍人除元祐姦黨及得罪宗廟外，餘並録用。」作《宗禪師語録序》。是年孟冬，宗禪師之門人義和，以其師語録若干卷求序，先生應之。

大觀四年庚寅，五十七歲。

三月癸亥，詔：「罪廢人稍加甄敘能安分守者，不俟滿歲，各與敘進，以責來效。」監南嶽廟，主管崇福宫，當在是年。《永州府志·金石畧》引《湖南通志》云：「張文潛《浯溪詩》，當是監南嶽廟時遊題，蓋在宣和時。」按先生足跡未至衡、永，《浯溪詩》係見拓本而作，非親造碑下也。「誰持此碑入我室，使我一見昏眸開」，此二句可證。且《金石略》中，但標題「宋張耒《浯溪詩》」六字，注云：「詩未見。」蓋當時未刊於石，以其非遊題之作也。至謂南嶽在衡、永，廟亦當在衡、永，則又不然。《東都事略·陳瓘傳》：「移郴州，監中嶽廟。」《陳師錫傳》：「遇赦，監涇州南嶽廟。」南嶽廟且可建於涇州，先生之監南嶽廟，當即在陳州境内。《宋詩紀事》削去監南嶽廟字，衹云主管崇福宫。樊榭蓋亦謂崇福宫在陳州云。《永州府志》謂先生遊題浯溪在宣和時，其謬誤更不足辨。晁无咎卒，祭之以文。

政和元年辛卯，五十八歲。

是年夏初，自孝悌坊移居冠蓋孫氏第，有詩。句云：「中有騰騰者，淮陽四年客。」作《潘邠老文集序》。邠老之子既免喪，拜先生於陳州，裒其先人文集若干卷求序。

政和二年壬辰，五十九歲。

蘇子由卒。兩蘇公以文倡天下，從之遊者，先生與黄、秦、晁三君，號四學士，而先生年最少。至是相繼以殁，先生巋然獨存，士人就學者，皆趨重焉，往往分日載酒肴飲食之。

政和三年癸巳，六十歲。

贈翟公巽詩。紹聖元年，知潤州。與公巽相識，先生時年四十一，故贈詩有「二十年間多少事，身如疲馬起復僵」句，兹公巽守陳，先生窮栖於此。《宋史》云：「家貧，郡守翟汝文欲爲買田，固謝不取。」其操守可知矣。《初冬偶成》，有「六年淮陽客，歲歲風景同。吁嗟吾老矣，撫事思無窮」句。《送翟公巽赴中書舍人》詩。《宋史·翟汝文傳》：「字公巽，潤州丹陽人。進士。除中書舍人。言者謂汝文從蘇軾、黄庭堅遊，不可當贊書之任，出知唐州，以謝章自辨。未幾，起知陳州。召拜中書舍人。」《通鑑》：政和三年七月己亥，詔：「於所置禮制局，討論古今沿革。中書舍人翟汝文奏乞編集新禮，改正《三禮圖》以示後世，卒不果行。」

政和四年甲午，六十一歲。

先生殁於陳州，《東都事略》：卒年六十。」今從《宋史》。歸葬於淮陰。《舊淮安府志》：「張右史墓，在清河舊治。」注：「宋張耒。」《乾隆山陽縣志》引舊府志云：「張右史墓，去治北七里。嘉定六年，常平使者施宿建祠於其所。」據此，右史墓在山陽。未知孰是。建炎初，贈集英殿修撰。王明清《揮麈前録》：「建炎末，贈黄魯直、秦少游及晁无咎、張文潛俱爲直龍圖閣。文潛生前，紹聖初自起居舍人出帶此職，蓋甚久，亦有司一時稽考之失也。」其持贈詞曰：「敕：故朝奉郎黄庭堅等，自熙寧大臣用事變法始，以異同排斥士大夫。維我神祖，念之不忘，元豐之末，稍稍收召。接於元祐，英俊盈朝，而爾四人以文采風流爲一時冠，學者欣慕之。及繼述之，論起黨籍之禁行，而爾四人每爲罪首，則學者以其言爲諱。自是以來，搢紳道喪，綱紀日隳，馴致宣和之亂。言之可爲痛心。肆朕纂承，既從昭洗，今爾四人復加褒贈，斯足以見朕志矣。嗚呼！西清之遊，書殿之選，惟爾曹爲稱，使生而得用，能盡其才，亦何止於是歟？舉以追命，聊伸賁志之恨，亦以少慰天下士大夫之心。英爽不亡，歆此休顯。」黄𥲅《山谷年譜》。

引用書目

溫國文正公文集　宋司馬光撰　四部叢刊本
節孝先生文集　宋徐積撰　楚州叢書本
蘇軾詩集　宋蘇軾撰　中華書局一九八二年版
蘇軾文集　宋蘇軾撰　中華書局一九八六年版
欒城集　宋蘇轍撰　四部叢刊影印明嘉靖本
宗伯集　宋孔武仲撰　豫章叢書本
道山清話　宋闕名撰　百川學海本
范太史集　宋范祖禹撰　四庫全書珍本初集本
同文館唱和詩　宋鄧忠臣等撰　四庫全書珍本初集本
山谷詩内集　宋黄庭堅撰　四部備要仿宋刻本
豫章黄先生文集　宋黄庭堅撰　四部叢刊影印宋乾道刊本
山谷全書　宋黄庭堅撰　光緒甲午刻本
淮海集　宋秦觀撰　四部叢刊影印明嘉靖本

淮海集　宋秦觀撰　道光十七年王敬之刻本
日涉園集　宋李彭撰　豫章叢書本
張文潛文集　宋張耒撰　明嘉靖甲申郝梁刻本
宛丘先生文集　宋張耒撰　清吟閣鈔配舊宋本
柯山集　宋張耒撰　清武英殿聚珍叢書本
張右史文集　宋張耒撰　四部叢刊影印舊鈔本
張右史文集　宋張耒撰　清光緒鈔本
宛丘集　宋張耒撰　文淵閣四庫全書本
宛丘先生文集　宋張耒撰　紅欒山房鈔本
柯山集　宋張耒撰　民國十八年刊本
宛丘題跋　宋張耒撰　津逮秘書本
寶晋英光集　宋米芾撰　湖北先正遺書本
後山居士文集　宋陳師道撰　上海古籍出版社影印蜀刻大字本
雞肋集　宋晁補之撰　四部叢刊影印明詩瘦閣仿宋本
姑溪居士集　宋李之儀撰　粤雅堂叢書本
濟南先生師友談記　宋李廌撰　北京中國書店影印宋咸淳本

嵩山文集　宋晁説之撰　四部叢刊影印宋乾道本
晁氏客語　宋晁説之撰　北京中國書店影印宋咸淳本
道鄉集　宋鄒浩撰　文淵閣四庫全書本
侯鯖録　宋趙令畤撰　知不足齋叢書本
潘子真詩話　宋潘淳撰　中華書局宋詩話輯佚本
優古堂詩話　宋吴幵撰　中華書局歷代詩話續編本
王直方詩話　宋王直方撰　中華書局宋詩話輯佚本
石門文字禪　宋惠洪撰　四部叢刊影印明徑山寺刊本
却掃編　宋徐度撰　津逮秘書本
毘陵集　宋張守撰　清武英殿聚珍叢書本
忠惠集　宋翟汝文撰　文淵閣四庫全書本
建康集　宋葉夢得撰　文淵閣四庫全書本
石林詩話　宋葉夢得撰　中華書局歷代詩話本
石林燕語　宋葉夢得撰　中華書局一九八四年版
避暑録話　宋葉夢得撰　津逮祕書本
雞肋編　宋莊綽撰　中華書局一九八三年版

浮溪集　宋汪藻撰　清武英殿聚珍叢書本
藝苑雌黄　宋嚴有翼撰　中華書局宋詩話輯佚本
梁谿漫志　宋費衮撰　上海古籍出版社一九八五年版
步里客談　宋陳長方撰　墨海金壺本
太倉稊米集　宋周紫芝撰　文淵閣四庫全書本
竹坡詩話　宋周紫芝撰　中華書局歷代詩話本
茶山集　宋曾幾撰　清武英殿聚珍叢書本
東萊先生詩集　宋吕本中撰　四部叢刊影印宋刊本
紫微詩話　宋吕本中撰　中華書局歷代詩話本
童蒙師訓　宋吕本中撰　中華書局宋詩話輯佚本
中吴紀聞　宋龔明之撰　上海古籍出版社一九八六年版
墨莊漫録　宋張邦基撰　四部叢刊影印明鈔本
横浦日新　宋張九成撰　商務印書館影印張氏藏本
李清照集校注　宋李清照撰　上海古籍出版社排印本
相山集　宋王之道撰　四庫全書珍本初集本
能改齋漫録　宋吴曾撰　中華書局一九六〇年版

紫微集　宋張嵲撰　湖北先正遺書本
韻語陽秋　宋葛立方撰　中華書局歷代詩話本
東牟集　宋王洋撰　四庫全書珍本初集本
雙溪集　宋蘇籀撰　粤雅堂叢書本
欒城先生遺言　宋蘇籀撰　陶氏涉園影印宋刊百川學海本
曲洧舊聞　宋朱弁撰　知不足齋叢書本
湖山集　宋吴芾撰　文淵閣四庫全書本
寓簡　宋沈作喆撰　知不足齋叢書本
歲寒堂詩話　宋張戒撰　中華書局歷代詩話續編本
艇齋詩話　宋曾季貍撰　中華書局歷代詩話續編本
昭德先生郡齋讀書志　宋晁公武撰　宛委别藏影印宋淳祐衢州刻本
苕溪漁隱叢話　宋胡仔撰　人民文學出版社一九八一年版
梅溪先生後集　宋王十朋撰　四部叢刊本
芸菴類稿　宋李洪撰　四庫全書珍本初集本
續資治通鑑長編　宋李燾撰　文淵閣四庫全書本
盤州文集　宋洪適撰　四部叢刊影印宋刻本

文定集　宋汪應辰撰　清武英殿聚珍叢書本
東都事略　宋王偁撰　文淵閣四庫全書本
容齋隨筆　宋洪邁撰　上海古籍出版社一九七八年版
砦溪詩話　宋黄徹撰　中華書局歷代詩話續編本
竹洲集　宋吴儆撰　文淵閣四庫全書本
木筆雜鈔　宋闕名撰　學海類編本
渭南文集　宋陸游撰　中華書局一九七六年版
老學庵筆記　宋陸游撰　中華書局一九七九年版
二老堂詩話　宋周必大撰　中華書局歷代詩話本
廬陵周益國文忠公集　宋周必大撰　宋集珍本叢刊
益公題跋　宋周必大撰　津逮秘書本
雪山集　宋王質撰　清武英殿聚珍叢書本
誠齋集　宋楊萬里撰　四部叢刊影印宋鈔本
誠齋詩話　宋楊萬里撰　中華書局歷代詩話續編本
清波雜志　宋周煇撰　四部叢刊影印宋刊本
揮麈後録　宋王明清撰　四部叢刊影印宋鈔本

朱子語類　宋朱熹撰　中華書局一九八六年版
畫繼　宋鄧椿撰　津逮秘書本
江湖長翁集　宋陳造撰　文淵閣四庫全書本
攻媿集　宋樓鑰撰　清武英殿聚珍叢書本
尊白堂集　宋虞儔撰　文淵閣四庫全書本
葉適文集　宋葉適撰　中華書局一九六一年版
習學記言　宋葉適撰　文淵閣四庫全書本
宋宰輔編年録　宋徐自明撰　中華書局一九八六年版
坡門酬唱集　宋邵浩撰　文淵閣四庫全書本
野客叢書　宋王楙撰　中華書局一九八七年版
方壺存稿　宋汪莘撰　文淵閣四庫全書本
山房集　宋周南撰　文淵閣四庫全書本
建炎以來繫年要録　宋李心傳撰　史學叢書本
賓退録　宋趙與時撰　上海古籍出版社一九八三年版
履齋示兒編　宋孫奕撰　知不足齋叢書本
鶴山先生大全文集　宋魏了翁撰　四部叢刊影印宋刻本

寶真齋法書贊　宋岳珂撰　清武英殿聚珍叢書本
後村先生大全集　宋劉克莊撰　四部叢刊影印舊鈔本
後村詩話　宋劉克莊撰　中華書局一九八三年版
江西詩派小序　宋劉克莊撰　中華書局歷代詩話續編本
鶴林玉露　宋羅大經撰　中華書局一九八三年版
藏一話腴　宋陳郁撰　文淵閣四庫全書本
荆溪林下偶談　宋吴子良撰　寶顔堂秘笈本
篔窗集　宋陳耆卿撰　文淵閣四庫全書本
南宋館閣續録　宋闕名撰　文淵閣四庫全書本
詩人玉屑　宋魏慶之撰　上海古籍出版社一九七八年版
竹溪十一稿詩選　宋林希逸撰　汲古閣影印南宋六十家集
皇宋通鑑長編紀事本末　宋闕名撰　宛委别藏影印寶祐刻本
直齋書録解題　宋陳振孫撰　清武英殿聚珍叢書本
困學紀聞　宋王應麟撰　商務印書館排印本
齊東野語　宋周密撰　中華書局一九八二年本
聲畫集　宋孫紹遠撰　文淵閣四庫全書本

愛日齋叢鈔　宋葉□撰　文淵閣四庫全書本
雲莊四六餘話　宋楊囦道撰　讀畫齋叢書本
梅花衲　宋李龏撰　知不足齋影寫南宋八家集
滹南遺老集　金王若虚撰　四部叢刊影印舊鈔本
敬齋古今黈　金李冶撰　清武英殿聚珍叢書本
紫山大全集　元胡祗遹撰　文淵閣四庫全書本
稼村類稿　元王義山撰　四庫全書珍本初集本
郝文忠公集　元郝經撰　嘉慶戊午刻本
桐江集　元方回撰　商務印書館影印宛委別藏本
桐江續集　元方回撰　四庫全書珍本初集本
瀛奎律髓彙評　元方回选評　上海古籍出版社一九八六年版
隱居通議　元劉壎撰　讀畫齋叢書本
修辭鑑衡　元王構撰　中華書局上海編輯所影印元本
庶齋老學叢談　元盛如梓撰　文淵閣四庫全書本
清容居士集　元袁桷撰　四部叢刊影印元刊本
金華黄先生文集　元黄溍撰　四部叢刊影印元刊本

文獻通考　元馬端臨撰　文淵閣四庫全書本
吴禮部詩話　元吴師道撰　中華書局歷代詩話續編本
東維子文集　元楊維楨撰　四部叢刊影印明舊鈔本
宋史　元脱脱等撰　中華書局校點本
東坡文談録　元陳秀明等編　學海類編本
蓮堂詩話　元祝誠輯　琳琅秘室叢書本
書史會要　元陶宗儀撰　文淵閣四庫全書本
宋學士全集　明宋濂撰　四部叢刊影印明正德刊本
文淵閣書目　明楊士奇撰　嘉慶庚申刻本
歸田詩話　明瞿佑撰　中華書局歷代詩話續編本
讕言長語　明曹安撰　寶顔堂秘笈本
水東日記　明葉盛撰　中華書局一九八〇年版
菉竹堂書目　明葉盛撰　粤雅堂叢書本
洹詞　明崔銑撰　文淵閣四庫全書本
知命録　明陸深撰　寶顔堂秘笈本
玉堂漫筆　明陸深撰　寶顔堂秘笈本

太史升庵全集　明楊慎撰　乾隆六十年刊本
升庵詩話　明楊慎撰　中華書局歷代詩話續編本
詞品　明楊慎撰　人民文學出版社一九六〇年版
逸老堂詩話　明俞弁撰　中華書局歷代詩話續編本
蓉塘記聞　明姜南撰　藝海珠塵本
語林　明何良俊撰　上海古籍出版社影印四庫全書本
皇明文衡　明程敏政輯　四部叢刊影印明嘉靖丁亥本
續焚書　明李贄撰　中華書局一九五九年版
國史經籍志　明焦竑撰　粵雅堂叢書本
世善堂藏書目録　明陳第撰　知不足齋叢書本
少室山房筆叢　明胡應麟撰　中華書局一九五八年版
詩藪　明胡應麟撰　上海古籍出版社一九七九年版
太平清話　明陳繼儒撰　偉文圖書公司影印明刊本
六研齋筆記　明李日華撰　乾隆刻本
袁宏道集箋校　明袁宏道撰　上海古籍出版社一九七九年版
唐音癸籤　明胡震亨撰　上海古籍出版社一九八一年版

萬曆野獲編　明沈德符撰　中華書局一九五九年版
蘇門六君子文粹　闕名撰　明崇禎刊本
牧齋初學集　清錢謙益撰　上海古籍出版社一九八五年版
絳雲樓書目　清錢謙益撰、陳景雲注　粤雅堂叢書本
宋元學案　清黄宗羲撰　中華書局一九八六年版
圍爐詩話　清吴喬撰　上海古籍出版社清詩話續編本
春酒堂詩話　清周容撰　上海古籍出版社清詩話續編本
宋論　清王夫之撰　中華書局一九六四年版
薑齋詩話　清王夫之撰　人民文學出版社一九六二年版
餘庵雜録　清陳恂撰　學海類編本
季滄葦書目　清季振宜撰　粤雅堂叢書本
讀書敏求記　清錢曾撰　海山仙館叢書本
述古堂藏書目　清錢曾撰　粤雅堂叢書本
原詩　清葉燮撰　人民文學出版社一九七九年版
曝書亭集　清朱彝尊撰　四部叢刊影印原刊本
宋詩鈔　吴之振、吕留良等　中華書局一九八六年版

式古堂書畫考　清卞永譽撰　文淵閣四庫全書本
珂雪詞　清王煒撰　上海書店清名家詞叢書本
姜先生全集　清姜宸英撰　寧波大西山房刊本
蠶尾文集　清王士禎撰　上海錦文堂印本
池北偶談　清王士禎撰　中華書局一九八二年版
香祖筆記　清王士禎撰　上海古籍出版社一九八二年版
居易録　清王士禎撰　康熙辛巳年刻本
古夫于亭雜録　清王士禎撰　文淵閣四庫全書本
汲古閣珍藏祕本書目　清毛扆撰　士禮居黄氏叢書本
載酒堂詩話　清賀裳撰　上海古籍出版社清詩話續編本
硯齋詩談　清張謙宜撰　上海古籍出版社清詩話續編本
通志堂集　清納蘭性德撰　上海古籍出版社影印康熙刻本
文瑞樓藏書目録　清金檀撰　讀畫齋叢書本
釀蜜集　清浦起龍撰　清光緒二十七年刻本
淮安府志　清衛哲治等撰　乾隆十三年刻本
隨園隨筆　清袁枚撰　同治隨園藏板

四庫全書總目　清紀昀撰　商務印書館排印本
甌北詩話　清趙翼撰　人民文學出版社一九八一年版
十駕齋養新録　清錢大昕撰　商務印書館一九八三年版
疑年録　清錢大昕撰　粤雅堂叢書本
竹汀先生日記鈔　清錢大昕撰　嘉慶刊本
續資治通鑑　清畢沅撰　中華書局一九五七年版
病餘掌記　清温序撰　乾隆八年刻本
詞林紀事　清張思巖撰　成都古籍書店一九八二年版
詩學源流考　清魯九皋撰　上海古籍出版社清詩話續編本
石洲詩話　清翁方綱撰　人民文學出版社一九八一年版
雨村賦話　清李調元撰　函海本
宋詩略　清汪景龍、姚壎編　乾隆庚寅竹雨山房刻本
樹經堂詩集　清謝啟昆撰　嘉慶七年刻本
陳州府志　清崔應階等撰　乾隆十一年刻本
静居緒言　清闕名撰　上海古籍出版社清詩話續編本
通俗編　清翟顥撰　函海本

孫氏祠堂書目　清孫星衍撰　岱南閣叢書本
校禮堂文集　清凌廷堪撰　安徽叢書本
筱園詩話　清朱庭珍撰　上海古籍出版社清詩話續編本
易餘籥録　清焦循撰　嘉慶己卯年刻本
百宋一廛賦　清顧廣圻、黄丕烈撰　士禮居叢書本
蘇文忠公詩編注集成總案　清王文誥撰　清嘉慶二十三年刻本
有不爲齋隨筆　清光聰諧撰　清光緒刻本
昭昧詹言　清方東樹撰　人民文學出版社一九六一年版
平書　清秦篤輝撰　湖北叢書本
國朝金陵詩徵　清朱緒曾編　光緒十二年刻本
養一齋詩話　清潘德輿撰　上海古籍出版社清詩話續編本
宋詩選粹　清侯廷銓撰　道光刊本
東湖叢記　清蔣光煦撰　雲自在龕叢書本
揚州府志　清姚文田等撰　嘉慶十五年刻本
讀山谷詩集　清黄爵滋撰　遜敏堂叢書本
求闕齋讀書録　清曾國藩撰　同治刊本

郘亭知見傳本書目　清莫友芝撰　宣統元年印本
淮壖小記　清高均儒撰　咸豐乙卯刻本
藝概　清劉熙載撰　上海古籍出版社一九七八年版
古今詞話　清沈雄撰　中華書局詞話叢編本
八瓊室金石補正　清陸增祥撰　文物出版社一九八五年版
煙嶼樓讀書志　清徐時棟撰　民國十七年鄞徐氏蘧學齋鉛印本
湖州府志　清周學濬等撰　同治十三年刻本
山陽縣志　清張兆棟等撰　同治十二年刊本
味静齋集　清徐嘉撰　中華書局仿宋排印本
越縵堂讀書記　清李慈銘撰　商務印書館排印本
霞外攟屑　清平步青撰　上海古籍出版社一九八二年版
黄州府志　清英啟等撰　光緒甲申刻本
儀顧堂集　清陸心源撰　光緒戊戌刻本
元祐黨人傳　清陸心源撰　光緒甲申刻本
儀顧堂題跋　清陸心源撰　光緒庚寅刊本
潤于日記　清張佩綸撰　豐潤潤于草堂石印本

鐵琴銅劍樓藏書目録　清瞿鏞撰　光緒二十年刊本
增訂四庫簡明目録標注　清邵懿辰、邵章撰　上海古籍出版社一九五九年版
文禄堂訪書記　清王文進撰　壬午年刻本
蓼園詞評　清黄氏撰　詞話叢編本
老生常談　清延君壽撰　上海古籍出版社清詩話續編本
春覺齋論文　清林紓撰　人民文學出版社一九六二年版
宋詩精華録　清陳衍撰　商務印書館排印本
石遺室文集　清陳衍撰　民初刻本
四庫全書總目提要補正　清胡玉縉撰　中華書局一九六四年版
木樨軒藏書題記及書録　清李盛鐸撰　北京大學出版社一九八五年版
淮陽縣志　朱撰卿等撰　民國五年刻本
藏園羣書經眼録　傅增湘撰　中華書局一九八三年版
藏園羣書題記　傅增湘撰　上海古籍出版社一九八九年版
鐵琴銅劍樓藏書題跋集録　瞿良士撰　上海古籍出版社一九八五年版
余嘉錫論學雜著　余嘉錫撰　中華書局一九六三年版
徐集小箋　段朝端撰　楚州叢書本

五十萬卷樓藏書目録初編　莫伯驥撰　民國十年印本
宋集珍本叢刊　四川大學古籍研究所編輯　綫裝書局影印本
校輯宋金元人詞　趙萬里撰　民國二十年中央研究院歷史語言研究所印本
臺北故宫博物院善本舊籍總目　編寫組編　臺北一九八三年版
北京圖書館善本書目　編寫組編　中華書局一九五九年版